Raymond A. Scofield

Der große Lord

atb aufbau taschenbuch

RAYMOND A.
SCOFIELD

Der große Lord

EIN
WEIHNACHTSROMAN

atb aufbau taschenbuch

FSC
www.fsc.org
MIX
Papier aus verantwortungsvollen Quellen
FSC® C083411

ISBN 978-3-7466-3172-1

Aufbau Taschenbuch ist eine Marke der Aufbau Verlag GmbH & Co. KG

1. Auflage 2015

Umschlaggestaltung www.buerosued.de, München

unter Verwendung von Motiven von © Justin Paget/corbis

und © Thomas Rodriguez/corbis

Satz LVD GmbH, Berlin

Druck und Binden CPI books GmbH, Leck, Germany

Printed in Germany

www.aufbau-verlag.de

Für Karoline

1. Kapitel

Ein Besucher kommt an Heiligabend.

Der bitterkalte Dezemberwind aus Nordwest wirbelte wilde Strudel weißer Flocken umher und drückte sie gegen die Fenster der Polizeiwache von Erleboro. Es heulte, zog und pfiff, die Läden klapperten, im Kamin prasselte ein Feuer. Konstabler Paddock spähte hinaus in den Schneesturm, während er seinen Weihnachtstee schlürfte, der beruhigend nach Vanille, Zimt und Kardamom duftete. Zwei Handbreit Neuschnee mochten schon gefallen sein. Und das allein in der letzten Stunde. Niemand hatte dieses Unwetter kommen sehen.

»Was meinst du, Toddy, alter Knabe? Ob ich jetzt doch rausmuss, um den Weg frei zu schaufeln?«

Der *Jack Russel* hob den Kopf, als halle die Frage in seinem Terrierkopf nach. Dann grunzte er abschlägig und legte das Kinn wieder auf die ausgestreckten Vorderpfoten.

»Ganz meine Meinung«, pflichtete Paddock bei. »Wer um alles in der Welt sollte uns denn wohl heute noch besuchen …?«

An diesem Heiligen Abend lag das Dorf still und andächtig. In manchen Fenstern brannte Licht, das aber nach wenigen

Yards von den wütenden Wattewolken des Wintersturms verschluckt wurde.

Paddock nahm das letzte Ingwerplätzchen vom Teller und biss ein Stück ab. Er liebte dieses Gebäck, weil es sich gut mit seinem empfindlichen Magen und seinem trägen Darm vertrug. Und doch wollte er den letzten Keks nicht für sich allein. Er beugte er sich zu Toddy hinunter und bot seinem vierbeinigen Kameraden die andere Hälfte an.

Begeistert schnappte der Hund zu.

»Frohe Weihnachten, mein Freund.« Er tätschelte liebevoll Toddys Kopf. Dann suchte er Halt an der Tischkante, um seinen etwas zu gemütlichen Körper wieder in die Senkrechte zu bringen, und fingerte die Taschenuhr aus der Uniformjacke.

Es war jetzt kurz nach acht Uhr abends.

Noch zwei Stunden, dachte er in stiller Vorfreude, dann wäre es endlich Zeit, sich über dem Kaminfeuer seine besondere und ganz persönliche Weihnachtsbescherung zu bereiten, nämlich diesen köstlichen traditionellen Punsch. Fünf Teile Gin, drei Teile Brandy, ein guter Schuss Rum und dazu der Saft einer Zitrone. Das Ganze mit drei Löffeln Zucker im Kessel über der Kaminflamme erhitzt und mit einer Zimtstange umgerührt – fertig war Paddocks perfekter Weihnachtsdrink. Der Punsch machte friedlich, besinnlich und glücklich. Und vor allem machte er herrlich schläfrig, weswegen der brave Beamte sich nach dem Genuss auf der Dienstliege ein erholsames Nickerchen gönnen würde. So ließ es sich aushalten allein an Heiligabend auf der Polizeiwache in Erleboro. Auf diese Weise war der Feiertagsdienst keine Belastung, sondern hatte durchaus seine erquicklichen Seiten.

Nanu?

Plötzlich ging ein Zittern durch Toddys kleinen Hundekörper, und ein feindseliges Knurren stieg aus seiner Kehle auf. Sein Blick war starr auf die Tür gerichtet.

»Toddy? Was hast du denn?« Der Terrier stieß ein empörtes Bellen aus. Paddock drückte energisch den Rücken durch und zog seinen Uniformrock gerade. Durch das Fenster gewahrte er eben noch einen dunklen Schatten, der sich auf den Eingang der Wache zubewegte.

Toddys Knurren wurde immer vorwurfsvoller.

»Guter Hund, guter Toddy«, lobte der Konstabler, dem mit einem Mal etwas mulmig zumute war. Das Klopfen ließ ihn vor Schreck zusammenzucken.

»Wer da? Meldung!« Das war der Ruf, den er damals als Wachsoldat beim 72. Hochlandregiment im Krieg auf der Krim gelernt hatte.

Keine Antwort.

Stattdessen flog die Tür auf, und in einem Schwall von Kälte und Schneegriesel betrat ein junger Mann die polizeiliche Amtsstube. Er war für dieses Wetter völlig unpassend gekleidet. Er trug eine knallrote Jacke, großkarierte Schachbretthosen und einen runden Hut, aus dem eine Blume spross. Seine Schuhe waren viel zu groß. Unter seinem Arm klemmte ein wild zappelnder Pinguin. An einem Strick zog er ein rötlich braunes Zotteltier mit langem Hals hinter sich her. Er trampelte heftig auf, um den Schnee von den Schuhsohlen zu lösen.

»Guten Abend! Ihnen und allen Menschen überall ein fröhliches und gesegnetes Weihnachtsfest!«, wünschte er mit einigem Überschwang und zeigte ein gewinnendes Lächeln. »Nett haben Sie es hier. Und es riecht so gut.«

»Die Ziege bleibt draußen!«, verlangte Paddock schroff.

»Es ist ein Lama mit Namen Felicitas. Der Pinguin heißt Fred.«

»Dies ist eine Polizeistation und kein Tierheim.«

»Ich bitte um Verzeihung.« Der Besucher setzte den rebellischen Schwimmvogel auf dem Holzparkett ab. Das Tier schnatterte ärgerlich und begann sich mit seinem Schnabel zu putzen.

»Er ist ein seltener Höhlenpinguin und kommt aus Kappadokien«, erklärte der Fremdling.

»Ich wusste nicht, dass es dort Pinguine gibt.« Paddock war misstrauisch. Und ehrlich gesagt, wusste er gar nicht, wo Kappadokien überhaupt lag.

»Sie sind dort tatsächlich sehr selten. Man findet sie praktisch nur in Höhlen, wo es oft sehr staubig ist. Vielleicht hat er deshalb diesen ausgeprägten Putzfimmel.«

Toddy, der Terrier, beobachtete den schwarz-weißen Vogel mit einer Mischung aus Abscheu und Entsetzen. Das Lama Felicitas hatte einen Silberblick und kaute selbstvergessen auf einem Stück Wacholderwurzel. Sein Unterkiefer bewegte sich mechanisch von links nach rechts. Es blinzelte extrem gelangweilt und schien sich für etwas Besseres zu halten.

»Es soll draußen bleiben«, wiederholte Paddock und tastete nach seinem Knüppel. Er hatte zwar noch nie jemanden damit geschlagen, aber es fühlte sich einfach beruhigend an.

»Was wollen Sie eigentlich von mir?«, fragte er. »An Heiligabend. Mitten im tollsten Sturm? Und was tun Sie mit diesen Tieren?«

»Mein Name ist Tom Tipton. Ich bin vom Zirkus«, erklärte der junge Mann. «Und ich muss mich selbst anzeigen.«

Paddock stemmte die Arme in die Hüften und morste

mit den Augenbrauen unverkennbare Anzeichen der Ungeduld.

»Und …?«

»Ich fürchte, ich habe Lord Fauntleroy erschossen.«

»Was?« Das Herz des Polizisten setzte vor Schreck einen Schlag aus.

»Den Earl von Dorincourt, diesen Lord Cedric Fauntleroy … Ich habe ihn erschossen. Bitte, nehmen Sie mich fest.«

Konstabler Paddock spürte, wie seine Knie nachgeben wollten und sein empfindlicher Magen vor Aufregung rumorte. Der junge Earl von Dorincourt – *erschossen*? In seinen über dreißig Dienstjahren hier in Erleboro hatte er keinen Satz von so ungeheurer Tragweite vernommen. Gestohlene Kühe, gewilderte Böcke. Auch mal ein Überfall auf die Postkutsche. Einbruch, Meineid, Beleidigung und an Feiertagen eine Schlägerei im Gasthaus *Dorincourt Arms* und auch schon mal eine gebrochene Nase – all das gab es hier.

Aber Mord?

Und dann ausgerechnet am Hof des Grafen, des reichsten, mächtigsten und am meisten gehassten Mannes weit und breit!

»Aber warum denn …?«, protestierte Paddock, der Schlimmes auf sich zukommen sah. Politiker, Presse und Polizisten aus London. Mit einem einzigen Schlag waren sein schönes Weihnachtsfest und womöglich der Rest seiner Dienstzeit in größter Gefahr.

»Das ist eine lange Geschichte«, sagte Tom Tipton. In diesem Moment heulte draußen der Sturm schauerlich auf und drückte eine Wirbeltrommel aus Flocken gegen die Fensterscheiben, die ächzten, als wollten sie unter der Attacke zerbersten. Es war nicht daran zu denken, auch nur einen Fuß vor die Tür zu setzen.

»Dann erzählen Sie, in Gottes Namen!« Paddock ließ sich auf seinen Dienststuhl sinken, um benommen vor sich hin zu starren. Oje, oje …, dachte er immer wieder.

»Dürfte ich vielleicht um einen Schluck Tee bitten?«

Erst jetzt bemerkte der Polizist, dass der Mann in seinem albernen Clownskostüm zitterte und erbärmlich fror. Felicitas, das versnobte Lama, schlabberte ohne große Umstände Toddys Wassernapf leer und ließ sich vor dem Kamin nieder, um sein hellrotes Fell zu trocknen. Sie blinzelte eitel schielend in den Raum, als gehöre ihr die Welt. Fred, der seltene, kappadokische Höhlenpinguin, putzte sich unverdrossen weiter.

»Bedienen Sie sich«, sagte der Konstabler müde und deutete auf die Kanne, die seinen Weihnachtstee enthielt. »Und dann erzählen Sie endlich …«

Tipton schenkte sich eine Tasse ein und trank gierig.

»Sie hätten nicht zufällig etwas Gebäck dazu?«

»Nein.«

»Schade. Es riecht hier so lecker nach Ingwerplätzchen …«

»Die sind aufgegessen worden. Sie wollten mir berichten, was mit dem Earl von Dorincourt passiert ist!«, fuhr ihn Paddock an, der eigentlich ein sehr gutmütiger Mensch war.

»Die Sache ist nicht so ganz einfach. Es begann nämlich vor genau einundzwanzig Jahren.« Tipton richtete seinen Blick auf einen Punkt in weiter Ferne. »Kurz nach dem großen Weihnachtsessen in der festlich geschmückten Gesindeküche mit dem netten alten Earl von Dorincourt und all den anderen freundlichen Leuten, die zu meinen Ehren ins Schloss gekommen waren. Damals dachten nämlich noch alle, ich wäre der echte Cedric, sein Enkel, der kleine Lord. Und ein paar Tage danach nahm das Unglück seinen Lauf. Es war ein klirrender Wintertag …«

2. Kapitel

Eine unfassbare Tragödie ereignet sich kurz nach Weihnachten auf Schloss Dorincourt.

Es war wirklich ein besonders klirrender Wintertag. Die Luft war frostig und trocken, und diese Witterung milderte endlich die Gicht in den morschen Gelenken des alten Grafen, der zum ersten Mal seit langer Zeit aufstehen und sich fast schmerzfrei ohne seine Gehhilfe fortbewegen konnte.

»Großvater, lieber Großvater! Das ist ja wundervoll!«, jubelte Cedric. Seine glockenhelle Stimme fiel wie ein Lichtstrahl in die steingrauen Hallen des alten Gemäuers von Dorincourt. »Endlich kann ich dir mein amerikanisches Lieblingsspiel Baseball zeigen! Das wird ein Mordsspaß.«

In seinem schwarzen Flanellanzug mit dem weißen Van-Dyck-Kragen und der roten Samtschärpe hüpfte der schicke kleine Lord übermütig durch den weihnachtlich herausgeputzten Rittersaal. Sein hellblonder Haarschopf umwirbelte das vor Liebe und Aufregung gerötete Gesicht. Der Graf in seinem purpurnen Hausmantel stand beseelt lächelnd vor dem Kamin, denn er war nach wie vor ganz vernarrt in seinen lebensfrohen Alleinerben.

»Ist er nicht allerliebst, unser kleiner Lord?«, flüsterte der

Anwalt Mr. Havisham sanft ins Ohr der stolzen Mutter des Jungen. »Herrlich, nicht wahr? Diese unverstellte kindliche Freude!«

Der sonst sehr sachliche Sachwalter des Grafen zeigte eine Maske der Güte und Milde. In Wahrheit war er dem Halbwüchsigen aus New York, den er selbst aufgespürt und nach England geholt hatte, durchaus nicht mehr so liebevoll zugetan, wie er sich den Anschein gab.

Im Gegenteil.

Die republikanischen Unsitten des kindlichen Amerikaners brachten ihn zur Weißglut. Das Früchtchen hing einem fatalen Irrglauben an und befürwortete die Freiheit und Gleichheit aller Menschen. Der kleine Aufrührer setzte sich munter über Standesgrenzen hinweg. Er scherzte mit den Pächtern und speiste und spielte ungeniert mit den Bediensteten. Sogar das Küchenpersonal kannte er mit Namen. Das alles war schon schlimm genug. Aber je deutlicher der junge Lord seine politischen Ansichten formulierte, desto mehr bangte Mr. Havisham um die Zukunft des Hauses Dorincourt.

Der Jurist sah mit einigem Schrecken voraus, dass der freigebige Cedric Errol sie alle in kürzester Zeit an den Bettelstab bringen würde. Der sonnige Knabe, dem über seinen prätentiösen Goldlocken ein Heiligenschein zu wachsen schien, war überaus gefährlich. Er war anscheinend von dem blödsinnigen Wunsch durchdrungen, alle Menschen glücklich zu machen. Er dachte laut darüber nach, das gräfliche Privatvermögen unter den Bedürftigen zu verteilen. Er überlegte, im Schlosspark Sozialwohnungen und ein Krankenhaus für die Armen zu bauen. Er wollte baldmöglichst die Kinderarbeit in den Bergwerken verbieten! Und dafür Kinderhorte, Spielplätze und sogar Schulen errichten für die bildungsferne Brut der Bauern. Ausgerechnet! Derartige Torheiten würden schwere Einbußen verursachen und Millionen zusätzlicher Mittel verschlingen! Seit Tagen versuchte Mr. Havisham, der seit vierzig Jahren die alltäglichen juristischen Belange des Hauses Dorincourt verantwortete, ohne Erfolg den alten Earl zu einem Gespräch über die alarmierenden Absichten seines Enkels zu gewinnen.

»Ich bin sehr erleichtert«, bekannte die liebliche Mrs. Errol, Cedrics Mama, und riss den Juristen aus seinen düsteren Gedanken. »Ich dachte nämlich, die Abreise seiner Freunde würde mein *Herzenskind* allzu sehr betrüben. Aber nun bin ich beruhigt.«

Gestern hatten sie Abschied genommen. Dick, der Schuhputzer, sein Bruder Ben Tipton, dessen Sohn Tom Tipton und der Spezereienhändler Mr. Hobbs waren in aller Frühe nach Liverpool aufgebrochen. Von dort aus würde sie der große Ozeandampfer zurück in ihre Heimat nach New York bringen. Seither befand sich der junge Earl in einer melancholischen Stimmung. Aber jetzt und mit der Aussicht auf eines seiner geliebten Baseballspiele kehrte seine ansteckende Fröhlichkeit zurück.

»Herzlieb! Komm – du bist der Werfer. Großvater ist der Fänger, und ich schlage den Ball!«, rief er ungestüm. Der betagte Earl gluckste vor Vergnügen, als er breitbeinig vor dem Kamin in die Hocke ging. Dougal, die riesenhafte Dogge, beobachtete fasziniert, wie Mrs. Errol, die Ceddie stets bei ihrem Kosenamen *Herzlieb* nannte, am anderen Ende des Saales Aufstellung nahm.

»Großvater, es geht ganz einfach. Wenn Herzlieb den Ball wirft, musst du ihn fangen. Ich aber werde versuchen, das zu verhindern und ihn zuvor ganz weit wegzuschlagen. Dann laufe ich zu Mr. Havisham, dann weiter zu Dougal und zurück zu dir. Hast du das verstanden, liebster Großvater?«

Der Earl nickte, vom Sportsgeist gepackt.

»Mr. Havisham, Sie sind der *Umpire*«, bestimmte Ceddie.

»Selbstverständlich, Mylord.« Der Advokat deutete eine knappe Verbeugung an und hatte keine Ahnung, was von ihm erwartet wurde. Aber offenbar ging es um das Empire, und das war in Ordnung. Er war zu schlau, um sich anmerken zu lassen, wie unpassend er es fand, von diesem altklugen amerikanischen Dreikäsehoch Befehle entgegenzunehmen.

»Also los, gib dein Bestes, Herzlieb!«, krähte vergnügt Seine junge Herrlichkeit, Lord Cedric Fauntleroy, und schloss die Hände fest um den Schläger.

Mrs. Errol legte sich ordentlich ins Zeug. Mit der Wurfhand lupfte sie den Ball mehrmals spielerisch in die Höhe. Alle Augen waren auf sie gerichtet – auch die des Hundes Dougal, der wie hypnotisiert die Auf- und Abwärtsbewegungen des Lederballes verfolgte. Als Mrs. Errol nun ihren zierlichen Körper nach hinten dehnte, um maximalen Schwung für den Wurf zu sammeln, da rappelte sich der Koloss von einem Hund plötzlich hoch. Und als sie dann mit aller Macht den Ball durch den Raum schleuderte, stürzte sich die löwengroße Dogge mit einem gewaltigen Satz auf die Werferin und riss sie krachend zu Boden. Noch bevor das Wurfgeschoss den Saal durchquert hatte, schlug Mrs. Errol unglücklich mit dem Hinterkopf auf den Steinfußboden und rührte sich nicht mehr.

»*Herzlieb!*«, kreischte der kleine Lord und verriss in seinem Schrecken den Schläger derart, dass er dem Großvater, der hinter ihm lauerte, die charaktervolle Adlernase brach, bevor der heransausende Baseball den greisen Grafen mit der Wucht eines Schrapnells an der Stirn erwischte und ihn wie einen Baum fällte.

»*Hoppla*«, entfuhr es Mr. Havisham, der sofort zum gestürzten Earl eilte. Cedric stand wie vom Donner gerührt, den Baseballschläger immer noch fest umklammert, bewegungsunfähig. Unter Schock.

Mrs. Mellon, die ältliche Haushälterin, erschien in ihrem glatten schwarzen Seidenkleid in der Tür und unterdrückte einen Schrei des Entsetzens.

»Hilfe! Wir brauchen einen Arzt!«, rief Mr. Havisham, und die gute Frau stürzte wimmernd hinaus, um Hilfe zu holen. John Arthur Molyneux Errol Graf Dorincourt, der betagte Earl, Schlossherr und Großvater von Dorincourt, lag mit offenen Augen und einem eher nachdenklichen Gesichtsausdruck auf dem Rücken vor dem Kamin und rührte sich nicht. Mr. Havisham tätschelte vorsichtig die Wange des Lords.

»Mylord?«, fragte er forschend.

»Herzlieb!«, schluchzte Ceddie, der aus seiner Starre erwachte. »Großvater!«

Er rannte zu seiner Mutter, die leblos auf dem Parkett lag, dann zurück zum gefällten Grafen. Beobachtet von dem enormen Hund. Dougal stand schwanzwedelnd mitten im Raum und schien auf eine Belohnung für seine Tat zu warten. Oder wenigstens auf ein Wort der Anerkennung.

Schon huschte rabengleich der zerzauste Doktor Feeble, seit Menschengedenken des Grafen Leibarzt, in den Saal, um sich seinem wichtigsten Patienten zu widmen. Er fühlte den Puls, prüfte die Reflexe, blickte Seiner niedergeschlagenen Herrlichkeit tief in die erloschenen Augen und den halb geöffneten

Mund und sagte dann: »Ich möchte nicht die Pferde scheu machen, aber der Earl ist in keiner guten Verfassung.«

»Wie ernst ist es?«, fragte Mr. Havisham.

»Nun ja. Er ist tot.«

»Mein lieber, guter Großvater!«, wimmerte Cedric. »Bitte, guter Doktor, sehen Sie auch nach Herzlieb.«

»Tut mir leid, ich bin kein Kardiologe.«

»Aber meine Mama! Der Hund hat sie umgeworfen.«

Ein Riechfläschchen, das der Doktor immer dabeihatte, tat sein Wunder. Ein Zittern und Zucken ging durch Mrs. Errols schlanken Körper, als der beißende Salmiak in ihre Nase schlich. Sie zog die Stirn kraus, dann schlug sie die Augen auf.

»Wo bin ich?«, fragte sie mit einem ratlosen Lächeln.

»Auf Schloss Dorincort, Ma'am«, antwortete Mr. Havisham.

Sie wollte sich umgehend hochrappeln. »Wir müssen die Wäsche hereinholen. Es beginnt gleich zu regnen.«

»Uh-oh«, kommentierte der Arzt, der sie sanft zurückdrückte.

»Herzlieb! Geht es dir gut?« Ceddie ergriff ihre Hand, die sie jedoch sofort zurückzog, als habe ein Fremder sie berührt.

»Wer ist denn dieser Schornsteinfeger?«

»Aber ich bin es doch, Ceddie, dein liebender Sohn.«

»Ach? Ich habe tatsächlich einen Schornsteinfeger als Sohn?«

Dr. Feeble nahm den Advokaten zur Seite. »Ich fürchte, die Lady hat durch den unglücklichen Sturz ihren Verstand verloren. Oder das Gedächtnis. Womöglich beides.«

»Eine unbegreifliche und schreckliche Tragödie.«

In Mr. Havishams flinkem Advokatengehirn begann in Windeseile ein komplizierter Plan Gestalt anzunehmen, mit welchem aus dem Sportunfall doch noch einen Segen für die Grafschaft, die aristokratische Gesellschaft insgesamt und nicht zuletzt für ihn selbst werden konnte. Er blickte streng auf den kleinen Lord Cedric hinab, der krampfhaft schluchzte, und sagte in mahnendem Ton: »Mein Junge, wir beide müssen uns dringend unterhalten.«

»Moment, Moment« unterbrach Konstabler Paddock seinen wunderlichen Gast im Zirkuskostüm. »Wollen Sie etwa andeuten, der alte Lord Fauntleroy sei Opfer eines verirrten Baseballs geworden?«

»Es war ein Unfall«, sagte der Fremde. »Das müssen Sie mir glauben.«

»Ich war damals noch ein recht unerfahrener Hilfskonstabler. Mein älterer Kollege, Chefkonstabler Bribsy, wurde zum Schloss gerufen und nahm das Protokoll auf. Ich erinnere mich, dass es hieß, der alte Lord sei durch einen unglücklichen Sturz zu Tode gekommen.«

»Was ja in gewisser Weise auch stimmte.«

»Also hat dieser Anwalt Havisham die Wahrheit vertuscht und sich damit strafbar gemacht.«

Tom Tipton ließ traurig den Kopf sinken. »Er tat es gewiss mit den besten Absichten.«

»Und die waren?«

»Er sagte, er wolle mich und meine Mutter retten.«

❄

3. Kapitel

Um sich selbst und seine geliebte Mutter zu retten, muss Cedric eine schwere Entscheidung treffen.

Ich habe beschlossen, dich und deine Mutter zu retten und vor sehr unangenehmen Dingen in Schutz zu nehmen«, erklärte feierlich der Anwalt, selbst ein wenig gerührt von seinem Edelmut. Cedric folgte ihm quer durch den Raum und legte sogleich zutraulich seine Hand auf das Knie des Sachwalters, als dieser sich auf ebenjenem stattlichen Lehnstuhl niederließ, in dem der so tragisch verstorbene Earl oft und gerne gesessen hatte, um seine Gicht zu pflegen.

Mr. Havisham blickte äußerst finster drein.

»Sicherlich wird alles wieder gut«, sagte der Knabe, dessen unerschütterliches Sonnengemüt auch in dieser Situation keine Trübnis und kein Verzagen zuließ. »Alles wird doch immer wieder gut. Nicht wahr, Mr. Havisham?«.

»Gewiss, gewiss«, sagte der Sachwalter geistesabwesend. »Aber zuerst musst du dir über eines im Klaren sein: Deine Mutter wird für sehr lange Zeit ins Gefängnis kommen. Vielleicht droht ihr sogar Schlimmeres.«

Sofort schossen Cedric wieder die Tränen in die Augen.

»Was? Aber warum denn? Sie hat doch nichts Unrechtes getan.«

»Ich fürchte, der Richter und die Geschworenen werden das anders sehen und verlangen, dass sie für den feigen Mord am Lord … nun ja … an den Galgen kommt.«

»Wieso denn Mord?« Cedric riss fassungslos seine strahlend blauen Augen auf. »Sie hat doch nur Ball gespielt. Das war ein Unfall!«

»Das macht aber keinen Unterschied«, erklärte Mr. Havisham scheinheilig. »Unsere Justiz ist schon oft sehr hart mit Ausländern ins Gericht gegangen, die Vertreter der hiesigen Aristokratie vom Leben zum Tode beförderten. Insbesondere ihr Amerikaner habt da einen schweren Stand. Daher wirst möglicherweise auch du in große Schwierigkeiten geraten.«

»Aber ich wollte doch nur spielen!«

»Das sagen sie alle. Aber was passiert, wenn sich Zeugen finden, die gehört haben, was du deinem Großvater zugerufen hast?«

»Was habe ich denn gerufen?«

Havisham machte einen ganz schmalen Mund. »Nun, du hast gerufen: *Das wird ein Mordsspaß*. Daraus könnte ein geschickter Staatsanwalt einen Vorsatz herleiten. Und ein Motiv habt ihr auch: Der Graf musste sterben, damit ihr sein Vermögen bekommt. Ich fürchte, so leid es mir tut, dann landet ihr beide am Galgen.«

Cedric blickte in den schwärzesten Abgrund seines jungen, bisher so sorgenfreien Lebens.

»Herzlieb und ich am Galgen?« Er schluckte schwer, als spüre er bereits den Strick um seinen Hals.

»Das steht leider zu befürchten.« Der Advokat zuckte bedauernd die Schultern. »Es sei denn …«

»Was?«

»Ach, nichts. Das ist viel zu riskant und würde vermutlich auch nicht funktionieren.«

»Aber so reden Sie doch, Mr. Havisham! Ich würde alles tun, um meine geliebte Mutter zu retten. Alles. Egal, was mit mir passiert. Wenn nur sie in Sicherheit ist.«

Der ausgefuchste Anwalt wiegte nachdenklich sein Haupt, als wäge er im Geiste die Chancen und Risiken ab. Dabei wusste er längst, mit welch diabolischem Vorhaben er diesen Jungen um sein Glück und sich selbst in den Besitz unschätzbarer Reichtümer bringen konnte.

»Also, hier ist mein Plan. Du musst heute noch verschwinden, und du darfst niemals wieder nach Dorincourt zurückkommen. Niemals! Alles andere überlasse mir. Ich kann es so regeln, dass deiner Mama nichts Böses widerfährt. Sie muss allerdings hier auf dem Schloss und unter meiner Aufsicht und unter meinem Schutz bleiben. Dann wird ihr nichts geschehen. Du hast mein Wort.«

Das Herz des Jungen sank wie ein Stein in einen schwarzen Teich, und die Hoffnung, die eben noch seine Augen erstrahlen ließ, erlosch schlagartig.

»Ich soll allein fortgehen? Aber wohin denn?«

»Wie wäre es mit London?«, schlug Mr. Havisham listig vor.

»Aber Herzlieb …«, sagte Cedric niedergeschlagen. »Werde ich sie denn niemals wiedersehen?«

Der Advokat verdrehte ungeduldig die Augen. »Junge, sei doch vernünftig! Sie hält dich für einen Schornsteinfeger.«

Cedric schritt mit hängenden Schultern durch den Raum zurück zu seiner Mutter. Mrs. Errol hockte, leise vor sich hin summend, auf dem Parkett neben der Dogge Dougal, die sie skeptisch von der Seite musterte.

»Und Sie?«, fragte Mrs. Errol soeben den Hund. »Sind Sie denn verheiratet?«

»Herzlieb, mein Herzlieb«, wisperte Cedric. Tränen ertränkten seine himmelblauen Pupillen. »Alles ist meine Schuld. Aber ich will es wiedergutmachen. Ich verspreche es.«

Seine Mutter blickte ihn nicht an, sondern summte weiter verträumt vor sich hin.

»Wir dürfen nun keine Zeit verlieren. Doktor Feeble muss bald die Polizei verständigen«, drängte Mr. Havisham.

Er betätigte die Klingel, die seinem Kutscher Samuel das Zeichen zum Aufbruch gab, und ergriff Cedrics Hand. Er brachte ihn weg von der verwirrten Frau und ins Treppenhaus, um ihn so schnell wie möglich loszuwerden. Denn inzwischen nahm sein Plan immer kühnere Formen an. Jetzt kam es vor allem darauf an, dass er unverzüglich und ohne Rücksicht handelte.

»Du darfst niemandem jemals deinen richtigen Namen und deine Herkunft anvertrauen«, bläute er dem Jungen ein, der willenlos hinter ihm hertrottete. »Ab heute führst du den Namen Tom Tipton. Hast du das verstanden?«

Der kleine Lord machte große Augen. Diesen Namen kannte er!

»Aber hieß nicht so der andere Junge? Der Sohn von Dicks Bruder Ben? Der mit dieser unangenehmen lauten Mutter, der angeblich der wahre Erbe von Dorincourt war und der dann so plötzlich wieder abgereist ist?«

»Genau. Und von jetzt an wirst du ebenso heißen. Glaube mir, nur so kannst du deine Mama retten.«

»Aber ist das nicht Diebstahl, wenn ich einfach seinen Namen annehme?« Cedric, der eine tief sitzende Abneigung gegen alles Unrechte und Ungesetzliche hatte, war entsetzt. Noch nie in seinem Leben hatte er etwas gestohlen. Und wenn er sich nun diesen Namen aneignete – wie sollte sich der fremde Junge dann bloß nennen?

»Ach, papperlapapp«, wies ihn Mr Havisham zurecht, als sie die Empfangshalle des Schlosses erreicht hatten. Er ergriff die Schultern des kleinen Lords und drückte fest zu, während er ihm tief und beschwörend in die Augen blickte.

»Hier hast du dreißig Schilling. Das ist alles, was ich besitze«, log er. »Du besteigst den nächsten Zug nach London. Dort suchst du Jeremiah Wickham auf, der in Bethnal Green wohnt. Er ist ein ehrenwerter Mann und wird dir sicherlich helfen.« Er kritzelte ein paar Worte auf ein Blatt Papier, faltete es zusammen und steckte es in Ceddies Rocktasche. »Gib ihm diesen Brief. Aber rede mit niemandem sonst. Und vor allem rede nicht mit der Polizei.«

Cedric nickte tapfer.

»Ein unbedachtes Wort zu irgendwem – und du und deine Mutter landet am Galgen. Denk nur immer daran.«

Der Advokat öffnete die Haustür und schob den Jungen hinaus in die eisige Stille des Wintertages. Dann besann er sich und öffnete noch einmal, um ihm hinterherzurufen: »Und pass auf, dass du dich nicht erkältest.«

Nach einer Weile verkündeten das Hufklappern und Kieselknirschen vor dem Tor die Ankunft seines Landauers. Mr. Havisham legte den warmen Überrock an, nahm Stock und Hut und bestieg eilig das Vehikel.

»Samuel, bringen Sie mich zum Telegrafenamt«, rief er dem Kutscher zu. »Ich muss eine wichtige Depesche schicken.«

Das Gefährt setzte sich mit einem Ruck in Bewegung, um jedoch nach nur wenigen Yards die Fahrt plötzlich wieder zu verlangsamen.

»Was ist denn?«, rief der Advokat ungeduldig.

»Sir, da spaziert der junge Lord Fauntleroy mutterseelenallein die Allee hinunter. Er scheint zu frieren. Wollen wir ihn nicht ein Stückchen mitnehmen?«

»Keine Zeit!« Mr. Havisham hämmerte mit dem Knauf seines Stockes an die Kabinendecke. »Los, Mann. Es geht um jede Sekunde.«

Mit höchster Geschwindigkeit flog die Kutsche über die Allee, die durch den weitläufigen Schlosspark führte. Eine puderzarte Schneeschicht bedeckte die Rasenflächen, auf denen die Hasen und Rebhühner tollten, unempfindlich gegen den Frost. In einiger Entfernung stand das Hochwild, und aus den Nüstern atmete es kleine Wolken.

Es war ein langer Weg bis zum Tor, und der kleine Junge, der nun Tom Tipton hieß, setzte tapfer einen Fuß vor den anderen. Dr. Feeble, der etwas später abreiste und von dem hinterlistigen Plan des Advokaten keine Kenntnis hatte, nahm den schlotternden und für diesen abenteuerlichen Ausflug völlig falsch ausstaffierten Knaben in seinem Brougham bis ins Dorf mit, konnte aber nichts aus ihm herausbringen.

»Wie komme ich wohl von hier aus nach London?«, fragte der traurige falsche Tom.

»Was wollt Ihr denn dort, edler Herr?«

Jegliches Lügen war dem kleinen Lord bis zu diesem Tag fremd gewesen. Immer hatte er nur die Wahrheit gesagt, und niemals hatte er etwas verborgen oder geheim gehalten. An diesem neuen Wendepunkt in seinem jungen Leben würde er wohl lernen müssen, anders als bisher mit der Wahrheit umzugehen.

»Dringende Geschäfte …«, murmelte er. Was sich aus dem Munde eines Achtjährigen nicht gerade glaubhaft anhörte. Aber Dr. Feeble kannte die britischen Aristokraten gut genug, um zu wissen, dass sie sehr früh reiften und schnell alterten.

»Verstehe«, sagte er. »Wenn Eure Lordschaft es wünschen, kann mein Kutscher Euch gerne zum Bahnhof nach Swindon bringen. Von dort aus geht am Nachmittag der nächste Zug in die Hauptstadt.«

»Das wäre furchtbar nett«, sagte der falsche Tom Tipton und nickte erfreut. Dies war das letzte Mal für lange Zeit, dass jemand ein freundliches und ehrerbietiges Wort an ihn richtete.

Mr. Havisham telegrafierte unterdessen an einen zwielichtigen Privatdetektiv namens Mumford Barnaby den dringenden Auftrag, sofort nach Liverpool zu eilen und drei Amerikaner namens Mr. Hobbs und Dick, den Schuhputzer, sowie dessen Bruder Ben ausfindig zu machen. In Begleitung dieser Männer reiste der junge Tom Tipton. Er war der Sohn des Landarbeiters Ben Tipton und des Barmädchens Minna, die sich beinahe das Erbe von Dorincourt erschlichen hätte. Nachdem dieses Vorhaben misslungen war, war Minna abgehauen und hatte den Jungen kurzerhand bei seinem verdatterten Vater Ben zurückgelassen. Detektiv Barnaby aber sollte diesen Knaben nun entführen, bevor er auf den Dampfer nach New York gelangte, und ihn zurück nach Dorincourt schaffen.

Der Auftrag erwies sich als das reinste Kinderspiel, denn in dem heillosen Gedrängel beim Einschiffen fiel dem Vater das Verschwinden seines so unverhofft gewonnenen Sohnes gar nicht weiter auf. Er bemerkte den Verlust erst, als sie schon zehn Meilen auf See waren, und dann ließ er die ganze Sache lieber auf sich beruhen. Denn die Zeiten waren hart, und er hatte in seinem Landarbeiterleben gar keinen Platz für einen Sohn. Und dieser Bengel Tom war ihm sowieso nicht sonderlich sympathisch gewesen. Er erinnerte ihn viel zu sehr an seine Exfrau, die streitsüchtige Minna. Und die wollte er lieber vergessen.

Zurück im Schloss, wurde Tom von Mr. Havisham in Empfang genommen und neu eingekleidet. Schwarzer Rock, runder Hut, rote Samtkrawatte.

»Ich sehe ja aus wie ein blöder Lackaffe«, mokierte sich der undankbare kleine Rüpel. Seine Mutter, die sittenlose Bardame, hatte es offenbar versäumt, ihm auch nur die elementarsten Regeln der Höflichkeit beizubringen.

»Halt gefälligst deine Klappe«, wies ihn Mr. Havisham zurecht. »Ich stelle dir jetzt deine neue Mutter vor. Und wehe, du sagst auch nur ein falsches Wort!«

Dem Personal erklärte der Sachwalter des verstorbenen Grafen, dass die Erbschaft beinahe durch einen Irrtum an den falschen Jungen gefallen sei. Aber nun habe endlich alles seine amtlich bestätigte Richtigkeit.

»So ein Hin und Her …«, wunderte sich Thomas, der Dienstälteste und des verstorbenen Grafen treuer Leibdiener. Und obwohl alle den engelsgleichen Cedric in ihr Herz geschlossen hatten und seine plötzliche Abreise bedauerten, war das Schlosspersonal im Grunde doch erleichtert, dass der allseits geschätzte Mr. Havisham die Dinge nach dem plötzlichen Ableben des Grafen regelte und dafür sorgte, dass jeder seine Anstellung behalten durfte und sogar noch eine kleine Sonderzahlung bekam.

»Und du tust von nun an nur noch, was ich dir sage«, herrschte der Advokat den kleinen Tom an, als die beiden sich Mrs. Errol näherten. Sie saß mit leerem Blick und einer großen Beule am Hinterkopf vor dem Kamin.

»Na gut«, maulte der Knabe.

»Mylady«, flüsterte Mr. Havisham ölig. »Hier ist Ihr lieber und hochbegabter Sohn Cedric, Lord Fauntleroy, der neue Earl von Dorincourt. Sie erinnern sich gewiss. Er möchte Ihnen gerne einen guten Tag wünschen.«

Er versetzte dem Jungen einen kleinen Stoß, dass dieser nach vorn stolperte.

»'n Tach …«, nuschelte der Bursche. Als ihn der Advokat noch einmal knuffte, diesmal heftiger, riss er sich endlich zusammen. »Guten Tag, allerliebste Frau Mama.«

Mrs. Errol lächelte abwesend. »Guten Tag, Cedric, mein lieber Junge.« Dann schaute sie blinzelnd zu Mr. Havisham auf. »Wo ist denn nur dieser nette kleine Schornsteinfeger? Ich fand ihn recht süß …«

»Ein Schornsteinfeger, Mylady?« Mr. Havisham blickte ratlos drein. »Das haben Sie sicherlich nur geträumt. Dies hier ist Ihr einziger Sohn, der liebenswürdige Cedric. Erkennen Sie ihn nicht?«

»Doch, doch, gewiss …« Sie blinzelte irritiert. »Hallo, Ceddie.«

»Hallo, Mama. Ich habe dich lieb«, sagte der Bursche, und Mr. Havisham nickte begeistert. Der falsche Jungherr war tatsächlich um einiges gewitzter, als es den Anschein hatte. Mit ihm würde man sicherlich gut zusammenarbeiten können.

»Das ist ja eine recht wilde Geschichte«, unterbrach der Konstabler Paddock die Erzählung seines weihnachtlichen Besuchers. »Und wir hier im Dorf haben nichts von alledem gewusst. Ich erinnere mich, dass ich seinerzeit auf der Beerdigung des alten Earls von Dorincourt war. Es gab ganz ausgezeichneten Streuselkuchen und köstlichen Tee. Über einen falschen Erben oder eine verwirrte Mutter wurde überhaupt nicht gesprochen.«

»Sehen Sie – das gehörte alles zum Plan des klugen Mr. Havisham«, erklärte Tom Tipton, der sich zum Aufwärmen neben Felicitas vor dem Kamin niedergelassen hatte. Seinen lustigen Hut hatte er mit einem kunstvollen Wurf an die Garderobe verfrachtet. »So sorgte er dafür, dass niemand einen Verdacht gegen meine liebe Mutter schöpfte und auch ich ohne Mordanklage davonkam.«

Paddock stutzte und wechselte abrupt die Sitzposition, weil sein träger Darm ihn plötzlich zwickte.

»Aber dieser Mann hat Sie ausgebootet und einen fremden Jungen auf Ihren Platz gesetzt. Einen, der log wie gedruckt und den er leicht kontrollieren konnte. Ich sehe nicht, wo das besonders nett sein sollte.«

Der junge Mr. Tipton lächelte entwaffnend.

»Sehen Sie mich an. Ich bin gesund, habe viele Freunde und freue mich des Lebens. Anderen ist es viel schlimmer ergangen. Denken Sie nur mal an den armen Mister Froggat oder auch Inspector Higgins …«

Der Konstabler horchte kurz in sich hinein und schüttelte den Kopf.

»Nie von den beiden gehört. Was war denn mit ihnen?«

»Nun, ich hatte zwar strikte Order, nicht mit der Polizei zu sprechen. Aber als ich spät abends am Bahnhof in Paddington ankam, fragte ich doch einen Polizisten, wie ich am schnellsten nach Bethnal Green zu Mr. Jeremiah Wickham kommen könnte. Der Polizist hat sich sehr gewundert …«

4. Kapitel

Der vormalige kleine Lord erreicht London, wo er erste Erfahrungen sammelt und wichtige Bekanntschaften macht.

Der Polizist wunderte sich sehr und blickte hinunter auf den kleinen Jungen, der erbarmungswürdig mit den Zähnen klapperte.

»Sag' s noch mal! Wen suchst du, du kleine Wanze?«

Der ehemalige kleine Lord beschloss, diese Beleidigung zu überhören, weil sie gewiss nicht beleidigend gemeint war, und antwortete: »Ich suche Mr. Jeremiah Wickham in Bethnal Green. Er ist ein ehrenwerter Mann, der mir weiterhelfen wird.«

»So, so. Und? Hast du denn diesen ehrenwerten Mann schon einmal gesehen?«

»Nein, Sir. Aber ich habe einen Brief für ihn.«

»Her damit!«

Der Beamte streckte seine Hand aus, die so groß war wie eine Bratpfanne. Cedric, der immer noch davon ausging, dass jeder Mensch auf dieser Welt im Grunde wohlmeinend und sein Freund sei, holte den säuberlich zusammengefalteten Zettel, den Mr. Havisham für ihn geschrieben hatte, aus der Rocktasche und händigte ihn dem Beamten aus. Dieser las mit umwölkter Stirn:

„Zickenbacke Wickenwurz, Protzverzottel Bockfurz. Quackebacke, Schnutenpute, Heckenhacke. Angelrute.«

»Aha«, sagte er frustriert. »Reimsprache, Geheimsprache.«

Im von Bandenkriminalität und Gewaltverbrechen beherrschten Londoner Osten benutzten gewisse Elemente einen gereimten Code, den Außenstehende nicht verstehen konnten.

»Wie bitte?«, fragte Cedric.

»Nichts für dich, du halbe Portion. Los! Mitkommen! Wie heißt du überhaupt?«

Es kostete einige Überwindung. Aber als er daran dachte, was ihm und der armen Herzblieb blühen würde, wenn er versagte, brachte er die Lüge doch ganz flüssig heraus:

»Mein Name ist Tom Tipton, Sir.«

Der Bahnhofspolizist packte und zerrte ihn hinter sich her wie ein Gepäckstück. Keiner beachtete sie. Paddington Station war bevölkert von Reisenden, die ihre Feiertage in London verbracht hatten. Männer in schwarzen Anzügen mit Zylinderhüten und Frauen in wallenden Kleidern. Gepäckträger bahnten sich ihren Weg, Schaffner riefen und pfiffen, fliegende Händler boten Aalsuppe und Muffins an. Wen kümmerte in all der Betriebsamkeit schon ein Polizist, der einen weiteren kleinen Taschendieb zur Wache schleppte? Dort angekommen, schickte er sofort einen Laufburschen los. Cedric vermutete, dass dieser nach dem ehrenwerten Mr. Wickham suchen sollte, und saß eine Weile ganz still. Dann hielt er es nicht länger aus. Er konnte es noch nie ertragen, wenn zu viel Zeit verging, ohne dass jemand etwas Nettes sagte.

»Sie haben aber eine sehr gemütliche Amtsstube. Sicher haben es die Ganoven in dieser Stadt arg schwer mit Ihnen als Gesetzeshüter.«

»Halt den Rand!«, beschied ihn der Polizist.

Cedric, der solche rüden Umgangsformen nicht gewohnt war, plauderte munter weiter.

»In unserer Straße in New York hatten wir auch einen sehr dicken Polizisten, Mr. Kelly. Er kam aus Irland. Sind Sie auch von dort?«

»New York, so, so.« Ein Amerikaner also. Auch das noch. Die Angelegenheit wurde immer unübersichtlicher. Womöglich war er hier einem ganz großen internationalen Verbrechersyndikat auf der Spur.

»Dick und Mr. Hobbs konnten Mr. Kelly gut leiden.«

»Das kann ich mir lebhaft vorstellen«, schnaufte der Wachtmeister. Diese korrupten irischen Streifenpolizisten waren allen aufrechten Londoner Bobbys zutiefst verhasst. Dick und Mr. Hobbs, das waren sicherlich zwei ganz üble Figuren. Aber für solche Sachen war Detective Inspector Nathaniel Higgins zuständig, nach dem er geschickt hatte. Dieser gehörte dem Stab von Sonderermittlern der städtischen Polizei an, die viele ihrer Adresse wegen *Scotland Yard* nannten.

Wie aufs Stichwort betrat der hochgewachsene schneidige Gentleman die Wache. Seine Nase war sehr scharf und saß etwas verloren in einem breiten, strengen Gesicht, das von einem wallenden Backenbart eingerahmt wurde. Seine Augen waren dunkel und wachsam. Sein grauer Überrock war trotz der Kälte geöffnet, darunter trug er eine karierte dunkle Weste mit einer massiven Uhrkette.

»Constable Buckett?«

»Das bin ich!«

»Ich hoffe, Sie haben einen guten Grund, mich mitten in der Nacht auf den Bahnhof zu bestellen.«

Der Wachtmeister nickte bedeutungsvoll in Richtung des Jungen, der auf der Sünderbank hockte und mit seinen Füßen nicht einmal den Boden erreichte.

»Sag noch mal, wen du suchst!«, forderte er den Kleinen auf.

»Den ehrenwerten Mr. Jeremiah Wickham«.

Higgins horchte auf, seine wachsamen Augen begannen zu leuchten.

»Dieses Schreiben hier hatte der Knirps bei sich.«

Bahnhofspolizist Buckett händigte dem Zivilermittler den Brief aus, den dieser hoch konzentriert studierte. Als er damit fertig war, änderte sich sein Verhalten. War er eben noch unfreundlich, so schien er jetzt versöhnt. Buckett hätte zu gerne gewusst, was in dem gereimten Geheimschreiben stand, aber er wagte nicht zu fragen.

»Danke sehr, Constable. Ab hier übernehme ich. Und du, mein Junge …«

Cedric schaute erwartungsvoll zu ihm auf: »Ja, Sir?«.

»Du kommst jetzt mit mir. Ich war zufälligerweise gerade auf dem Weg nach Bethnal Green. Ich kann dich dorthin mitnehmen.«

»Danke vielmals, der Herr. Ich weiß Ihre Hilfsbereitschaft sehr zu schätzen.«

Es war Cedrics erster Ausflug nach London. Die Stadt war überwältigend. New York war dagegen ein verschlafenes Nest. Selbst zu so später Stunde waren die Straßen belebt und laut. Im gelben Licht der Gaslaternen herrschte ein Gewimmel wie in einem riesigen Ameisenhaufen. Der schlanke Brougham des backenbärtigen Mannes kam zwischen all den Kutschen,

Pferdegespannen und menschlichen Leibern manchmal kaum voran. Immer wieder stieß der Kutscher deftige Flüche in die Nacht hinaus. Vor allem dann, wenn zerlumpte Bettler, Betrunkene oder schwer beladene Straßenhändler ihm den Weg versperrten oder ohne Vorwarnung auf die Fahrbahn stolperten.

»Ich finde es kolossal anständig von Ihnen, Sir, dass Sie mich in ihrer schönen Kutsche mitnehmen«, sagte Ceddie etwas steif. »Ich fürchte, ich hätte mich in dieser Stadt glatt verlaufen.«

Higgins lächelte nachsichtig. »Keine Ursache. Nun sag doch mal, junger Mann – was genau willst du denn von dem ehrenwerten Mr. Wickham?«

Cedric erstarrte und fühlte, wie ihm abwechselnd heiß und kalt wurde. Auf keinen Fall durfte er die wahren Umstände dieser Reise preisgeben. Schon gar nicht gegenüber einem Polizisten. Aber drohte ihm denn nicht auch eine Gefängnisstrafe, wenn er vorsätzlich einen Beamten belog? Er räusperte sich.

»Ich bin Amerikaner und fremd in diesem Lande. Da hoffte ich, dass mir der gute Mann vielleicht eine Anstellung geben könnte«, erklärte er gewichtig. »Ich möchte nämlich hier ein neues Leben beginnen.«

»Verstehe«, sagte Mr. Higgins. »Und wer hat dir diesen Brief geschrieben?«

»Ach … der … Brief. Wer schrieb ihn nur?«, stotterte der Junge. Sein Kopf wurde puterrot, was dank des schneeweißen Kragens auch im Halbdunkel der Kutschenkabine nicht verborgen bleiben konnte. »Tut mir sehr leid. Ich habe seinen Namen vergessen. Es war jedenfalls ein sehr netter Herr.«

»Tatsächlich …?«

Higgins beschloss, den Jungen nicht weiter zu bedrängen, denn er hatte längst erkannt, dass auf diese Art nichts zu erreichen war. Er musste geduldig sein und ausdauernd. Nur dann konnte er sich Hoffnungen machen, das Geheimnis des kleinen Tom Tipton zu lüften. Der erfahrene Zivilermittler beobachtete seinen Gast genau. Dieser überaus angenehme kleine Knabe war kein Gassenflegel, wie man sie üblicherweise in dieser Gegend aufgriff. Er hatte saubere Fingernägel, gute Zähne, Hände ohne Schwielen und frisierte Haare. Seine Kleidung war vornehm, er hatte anständige Manieren und befleißigte sich einer zivilisierten Sprache. Vielleicht bot sich hier endlich die Chance, auf die Higgins lange vergebens gewartet hatte. Er suchte schon seit Jahren nach einem Zugang zur verschlossenen Welt des gefährlichsten Gangsterbosses von ganz London: des quecksilberhaften, listenreichen Jeremiah Wickham. Niemand kannte seine Adresse, niemand wusste, wie er aussah. Aber in allen schmutzigen Geschäften hatte er seine Finger. Soweit der Inspector den komplizierten Reimbrief verstanden hatte, empfahl der Absender diesen Ausreißer als neues Mitglied in einer von Wickhams Straßenbanden. Zudem ging es darin um ein ganz großes Ding, das geplant war. Darauf deutete der Begriff *Protzverzottel* hin. Was aber mit *Quackenbacke* und *Heckenhacke* gemeint war, vermochte nicht einmal Detective Inspector Higgins zu erraten. Aber er hoffte, dass er diesen Jungen benutzen konnte, um endlich dem kriminellen Schrecken im Osten der Stadt ein Ende zu setzen.

Immer holpriger wurden die Straßen, immer schummriger wurde das Licht. Verdächtige Gestalten, in Lumpen gewickelt, drückten sich in Hauseingängen herum. Lose Frauenzimmer lehnten rauchend an den Wänden. Als die Kutsche einmal halten musste, stolperte ein Trunkenbold aus einer Spelunke, ein zweiter setzte ihm fluchend nach. Direkt vor Ceddies Fenster lieferten sie sich einen Faustkampf. Mit weit aufgerissenen Augen sah der Junge zu, wie sich die beiden rauften, dann Abschied nahmen und in verschiedene Richtungen humpelten.

»Hier trennen sich unsere Wege«, sagte der Detektiv. »Geh noch hundert Yards die Straße entlang und bieg am Gemischtwarenladen rechts in die Gasse. Da musst du dann noch mal jemanden fragen. Irgendwo dort soll jedenfalls Gerüchten zufolge dieser Mr. Wickham zu Hause sein.«

»Danke, Sir. Es war mir ein großes Vergnügen, Ihre Bekanntschaft gemacht zu haben«, sagte der kleine Lord. Es war deutlich zu erkennen, dass es ihm ein noch viel größeres Vergnügen gewesen wäre, wenn er die sichere und warme Kutschenkabine nicht hätte verlassen müssen. Zumindest nicht in einer so finsteren, übel riechenden Gegend.

»Wie es der Zufall will, sitze ich jeden ersten Dienstag im Monat abends in diesem Pub dort, der *The Kings Arms* heißt. Da trinke ich mein Bierchen. Wenn du mich wiedersehen und ein bisschen plaudern möchtest, dann leiste mir doch einfach mal dort Gesellschaft.«

Klug, dachte Higgins, ich bin wirklich ziemlich klug.

»Das ist kolossal freundlich von Ihnen«, sagte Cedric, der ja nun offiziell Tom hieß. »Sicherlich komme ich gerne auf Ihre Einladung zurück, Sir.«

Er reichte dem Polizeibeamten förmlich seine kleine weiche Hand und stieg aus. Draußen empfing ihn die bittere Eiseskälte und der Gestank von Fischabfällen, Hafenschlamm und Infektionskrankheiten. Er hörte wilde Seemannsgesänge, irgendwo wurde ein Akkordeon misshandelt. Weiber kreischten, Männer grölten, Kinder wimmerten.

»Das ist aber nicht die feine englische Art«, sagte der Konstabler Paddock mit einiger Empörung. »Man kann doch nicht ein ortsfremdes Kind mitten in der Nacht in so einer wilden Gegend absetzen!«

»Warum denn nicht? Zu diesem Zeitpunkt kannte er mich doch gar nicht und wusste nicht, was alles noch geschehen würde«, erklärte der junge Mann.

»Sie haben ihn also wiedergesehen!«

»Selbstverständlich. Wir wurden fast so etwas wie Freunde. Aber zuvor lernte ich noch eine Menge anderer Menschen kennen. Sie waren zwar nicht alle sofort nett zu mir. Aber je näher wir uns kamen, desto liebenswürdiger wurde der Umgang.«

»Hatten Sie denn gar keine Angst? Ich wäre heute noch vorsichtig, wenn ich allein in so eine Gegend käme.«

Tom Tipton schüttelte den Kopf.

»Ich hatte ja für eine ganze Weile gedacht, ich sei ein echter Fauntleroy. Und diese Leute, das hatte der alte Earl immer gesagt, diese Leute kannten keine Angst …«

5. Kapitel

Der Junge findet ein neues Zuhause und Arbeit im Krämerladen des Charlie Froggat.

Nun bin ich zwar kein echter Fauntleroy, dachte er tapfer. Aber ich wäre unwürdig, auch nur ein falscher Fauntleroy gewesen zu sein, wenn ich nun Angst verspüren oder gar zeigen würde …

Er blickte sich um und schritt dann beherzt hundert Yards vorwärts ins tückische Halbdunkel, als marschiere er unbeschwert durch einen Ziergarten. Der Gedanke verschaffte ihm eine gewisse Erleichterung, dass es auch hier, in diesem Stadtteil, einen Gemischtwarenhandel gab. Daheim in New York war schließlich sein bester Freund der Händler Mr. Hobbs gewesen. Wie oft hatte er auf den Biskuitkisten oder Apfeltonnen in Hobbs' Spezereienhandel gehockt und tiefsinnige Gespräche und politische Diskussionen über Demokraten und Aristokraten geführt. Mit etwas Glück könnte vielleicht auch der hiesige Händler sein Freund und Lehrmeister werden.

Auf den ersten Blick jedoch hatte der Krämer nicht einmal eine entfernte Ähnlichkeit mit Mr. Hobbs. Eine menschliche Vogelscheuche stand vorgebeugt über einem offenen Kohleofen und rieb sich die Hände über der Glut. Der hagere Mann trug einen mottenzerfressenen schwarzen Mantel, darunter die unvermeidliche Krämerschürze und eine graue Melone auf dem Kopf.

»Guten Abend, braver Mann. Sind Sie zufällig Jeremiah Wickham?«

Der Händler, Träger einer enormen Hakennase, musterte den verdächtig gut gekleideten Fremdling wie einen Paradiesvogel, der plötzlich auf einen Misthaufen herniedergeflattert war. Jedes einzelne Haar seiner Augenbrauen schien in einer anderen Richtung abzustehen, was ihm ein liebenswert kauziges Aussehen hätte verleihen könnten. Aber da seine grauen Augen mitleidlos und leblos waren wie die eines Reptils, erinnerte er mehr an einen bösen Geist.

»Die Auskunft kostet fünf Schilling«, keifte er.

»Selbstverständlich.« Der Junge fischte in seiner Hosentasche nach den Münzen, die ihm Mr. Havisham zugesteckt hatte, und zählte dem schrägen Schrat den gewünschten Betrag in seine knochige Hand, die in fingerlosen Handschuhen steckte.

»Sagte ich fünf? Ich meinte natürlich zehn Schilling.« Fordernd und gierig wurde der Blick unter dem Gestrüpp seiner Brauen. Aber Cedric legte ohne Zögern noch einmal fünf Münzen drauf. Zufrieden ließ der Alte das Geld in seiner Schürze verschwinden und räusperte sich bedeutsam. Dann sagte er: »Nein. Bin ich nicht.«

»Danke sehr. Können Sie mir dann vielleicht freundlicherweise sagen, wo ich den ehrenwerten Mr. Jeremiah Wickham finde?«

Nun grinste der Krämer auf den ortsfremden Bengel hinunter wie ein Raubvogel auf seine Beute. »Die Auskunft kostet zehn Schilling.«

»Der alte Charlie Froggat wird Euch noch den letzten Penny abluchsen, wenn Ihr nicht aufpasst, feiner junger Herr«, sagte ein fröhliches Stimmchen. Es gehörte einem Mädchen mit langen strohigen Zöpfen. Die Kleine, die etwa in seinem Alter sein mochte, trug ein viel zu großes weißes Leibchen über ihrem kleidähnlichen Wollsack.

»Verschwinde, du Drecksluder!«, quakte Charlie Froggat zornig. Er schlug sogar nach ihr, aber sie wich ihm gekonnt aus, wobei sie kicherte.

»Wie heißt du denn?«, fragte Cedric.

»Ich bin Emma.«

»Sehr erfreut, Emma. Ich bin Lord … äh … Ced… nein, nein, Tom.«

»Komischer Name. Lodähsedneineitom. Ihr seid wohl nicht von hier, feiner junger Herr?«

»Nein. Ich sehe übrigens nur so aus. Ich bin gar kein feiner Herr. Nenn mich doch ruhig Tom.«

»Gerne.« Sie blinzelte ihn nett und etwas kokett an.

Der Krämer wurde zornig. »Haben wir' s bald, ihr verlausten Spickelplötzen?«

»Ich muss jetzt leider dringend zur Chorprobe«, sagte Emma mit Bedauern. »Es war nett, Sie kennengelernt zu haben. Leben Sie wohl, Meister Tom«. Sie schien ihn wirklich auf Anhieb gernzuhaben, denn sie umarmte ihn herzlich. Cedric wusste nicht, wie ihm geschah, aber er war froh um jede Geste der Freundlichkeit und dankbar für ein bisschen menschliche Wärme. Als das Mädchen in der Dunkelheit der Gasse verschwunden war, kicherte der böse Charlie Froggat schadenfroh. Dann spuckte er in hohem Bogen aus.

»Dummkopf!«, grunzte er.

Als Cedric in seine Hosentasche griff, wusste er, was Froggat meinte. Seine neue Freundin hatte ihm beim Abschied das restliche Geld stibitzt.

»Na so was! Aber wenigstens ist mein Brief noch da«, freute sich Cedric.

»Welcher Brief?« Sofort waren wieder die Neugier und die Gier des unfreundlichen Krämers geweckt.

»Ein Empfehlungsschreiben. Aber dummerweise in einer Fremdsprache verfasst.«

»Los, herzeigen!«, verlangte der Händler, und als Cedric ihm das Papier ausgehändigt hatte, holte dieser einen Zwicker aus den Tiefen seines schmuddeligen Mantels hervor, den er auf seine Hakennase pflanzte, um zu lesen.

»So, so … haha … hmhm …«, murmelte er. »Aha. Nun ja. Schlechte Nachricht, du kleiner Schnösel. Der ehrwürdige Jeremiah Wickham ist viel zu mächtig, um sich mit menschlichem Abschaum wie dir abzugeben.«

»Oh, das ist aber wirklich schade«, flüsterte der Junge, denn nun wusste er gar nicht mehr, wohin er gehen sollte.

Froggat ließ ihn eine Weile in seiner Verzweiflung schmoren. Dann trompetete er: »Aber weil ich nun mal ein gutes Herz habe und ein unverbesserlicher Menschenfreund bin, will ich dir helfen.«

»Danke, Sir. Das ist sehr freundlich von Ihnen.« Cedric war erfreut. Der Geschäftsmann roch zwar nicht sehr vertrauenswürdig, besonders nicht aus dem Mund, aber vielleicht hatte er ein Herz aus Gold. Und er war Krämer. So wie der gute Mr. Hobbs. Andererseits hatte Mr. Hobbs ihn nie geschlagen. Er sah die Hand gar nicht kommen, mit der Froggat ihm eine Maulschelle verpasste.

»Fall mir nicht ins Wort, du Laus! Das kann ich nicht leiden. Und jetzt – *zack, zack!* – rein in die gute Stube. Du pennst da drüben unter dem Spülstein. Und gib mir sofort deinen feinen Gehrock. Du kannst das hier anziehen.«

Er hatte den Jungen in seinen dunklen, mit Waren und Unrat vollgestopften Laden gedrängt und drückte ihm ein muffiges Hemd und eine viel zu große Hose aus Leinen in die Hand. Dazu ein Paar ausgetretene Schuhe, in denen sicherlich im Laufe vieler Jahre schon Dutzende Paar Füße gesteckt hatten. In Dunkelheit und Eiseskälte zog sich Cedric um. Und dachte noch so bei sich: Wie aufmerksam. Die gute Krämerseele will bestimmt nicht, dass meine feinen Kleider schmutzig werden. Vielleicht will er auch den Rock, der bei der langen Zugfahrt etwas gelitten hat, kurz aufbügeln, damit ich nicht schlampig aussehe.

Doch als Cedric am nächsten Morgen nach einer kurzen, ungemütlichen Nacht mit schmerzenden Gliedern unter dem Spülstein erwachte, erkannte er seinen Irrtum. Sein schicker schwarzer Samtrock mit dem fein gestickten weißen Van-Dyck-Kragen war tatsächlich abgebürstet und aufgebügelt worden. Aber er hing nun im Schaufenster. Zusammen mit seinem runden Hut, der roten Schärpe und den guten Stiefeln stand er für zehn Schilling und Sixpence zum Verkauf. Cedric dachte an seinen armen verstorbenen Großvater und an seine arme verwirrte Mama und all die schrecklichen Dinge, die ihr zustoßen könnten, wenn er sich verplapperte oder als flüchtiger Grafenmörder zu erkennen gab. Hoffentlich passte Mr. Havisham gut auf Herzlieb auf!

Seine Augen füllten sich mit Tränen, als er vor seinem geistigen Auge ihr Bild sah, wie sie ihn liebevoll und glücklich anlächelte.

»Los, aufstehen! Faulenzer!« Ein Fußtritt brachte ihn schnell auf die Beine.

Cedric rieb sich die Tränen und die Müdigkeit aus den Augen und blickte sich in dem Verkaufsraum um. Das hiesige Sortiment war ähnlich breit gefächert wie bei Mr. Hobbs. Besen, Körbe, Stricke, Wannen, Holzlöffel und Bilderrahmen. Wolle, Kleider, Seife, Lampenschirme. Trockenfleisch, Äpfel, Sardinen und Obstkonserven. All das und noch viel mehr war lieblos und ohne erkennbares System übereinandergestapelt, nebeneinander abgelegt, staubbedeckt oder von einem öligen Film überzogen. Genau das schien in diesem Moment auch dem Ladenbesitzer aufgefallen zu sein.

»Jetzt machst du erst mal ordentlich hier sauber«, kommandierte Charlie Froggat mürrisch und laut wie ein Feldwebel.

»Das wollte ich selbst gerade vorschlagen«, erklärte Cedric mit einem sonnigen Lächeln. »Mr. Hobbs sagte immer, dass ein aufgeräumter Laden der erste Schritt zum geschäftlichen Erfolg ist …«

»Jetzt quatsch nicht so geschwollen daher, du neunmalkluger Schlaumeier«, knurrte Froggat, der sich mit einer Tasse Tee auf seinem Stuhl niederließ. Misstrauisch beobachtete er mit seinen kalten Schlangenaugen unter den grotesk buschigen Augenbrauen, wie sich der fleißige Ceddie mit einem Wisch aus Entenfedern an die Arbeit machte. Im Nu war der Verkaufsraum von einer Staubwolke erfüllt, und der Krämer rettete sich hustend und fluchend ins Freie.

Wenig später vernahm Cedric Männerstimmen vom Eingang her. War etwa Jeremiah Wickham aufgetaucht? Er huschte geschwind zum Fenster und befreite die Scheibe von einer milchigen Schmutzschicht, um hinauszuspähen. Im Tageslicht betrachtet, boten die Gassen von Bethnal Green einen niederschmetternden Anblick. Drangvoll eng und unendlich verkommen. Schäbig, mit widerlichen Schlammpfützen und offenen Abwasserläufen, die einen unbeschreiblichen Gestank verströmten. Alles wurde eingerahmt von rußgeschwärzten Backsteinfassaden. Eingehüllt in eine ewige Qualmglocke, die giftig braun und gelb aus Schloten und Schornsteinen über die Dächer gespuckt wurde. Kaum je drang ein Sonnenstrahl bis in diesen Abgrund menschlichen Daseins hinab. Solche windschiefen elenden Behausungen mit nassen Wänden, zerbrochenen Fensterscheiben und löchrigen Dächern hatte der junge Nobelherr bisher nur im sogenannten *Grafenhof* von Dorincourt gesehen, den sein grundgütiger Großvater danach so schön hatte renovieren lassen. Hier, in Bethnal Green, aber würden die armen Menschen wohl für immer auf einen so großzügigen Wohltäter warten müssen. Scheinbar willenlos und insektengleich quollen sie zu dieser frühen Morgenstunde aus den höhlenartigen Hauseingängen. Nicht selten hausten zwanzig Personen in einem kleinen fensterlosen Zimmerchen.

»Was soll ich denn mit noch so einem Dreckspatz, Charlie? Ich habe schon vier oder fünf von der Sorte«, hörte Cedric eine fremde Stimme sagen. Sie gehörte einem jungen Mann, der einen etwas zu großen schwarzen Frack mit Zylinderhut trug. Er hatte einen dünnen schwarzen Schnurrbart, und eine lange Narbe verlief quer über die Stirn. Dies war Alfred Tripe, dem jeder im Viertel aus dem Wege ging, der nicht unbedingt auf Ärger aus war.

»Aber keinen wie diesen«, widersprach Froggat mit seinem schnarrenden Falsett. »Der Junge ist sein Gewicht in Gold wert.

Ich habe Großes mit ihm vor. Er ist nämlich der Schlüssel zu einer gut gefüllten Schatztruhe.«

Tripe machte kein besonders intelligentes Gesicht. Das machte er allerdings nie, was daran lag, dass er vor Jahren einen Huftritt auf die Stirn abbekommen hatte, von welchem die lange Narbe und eine andauernde Denkblockade zurückgeblieben waren.

»Häh?«

»Denk nicht darüber nach. Es reicht, wenn ich Bescheid weiß. Du musst nur so viel wissen: Wenn der Zeitpunkt gekommen ist, dann können wir mit diesem Tom einen Haufen Geld machen. Bis dahin reicht es, wenn wir ihn durchfüttern und für uns arbeiten lassen.«

»Und ein bisschen konkreter geht es nicht?«, bohrte der Jüngere, der ein gieriger Mensch war und sich daher leicht überzeugen ließ.

»Ich würde mal sagen: hundert Pfund für jeden von uns. Vielleicht mehr«, raunte Froggat verschwörerisch.

»Moment mal!«, unterbrach Konstabler Paddock seinen sympathischen aber recht merkwürdigen Weihnachtsgast. »Hundert Pfund für jeden der beiden Gauner? Das ist ja ein Vermögen! Und dabei sollten Sie den beiden behilflich sein? Wie denn nur?«

Der Dorfpolizist von Erleboro, der Schurkereien solcher Größenordnung zum Glück nur vom Hörensagen kannte, kam aus dem Staunen nicht mehr heraus.

»Gewiss«, sagte Tom Tipton. Das eitle Lama Felicitas schlug weihevoll mit den Wimpern und gab sich den Anschein, als denke es über viel wichtigere Dinge nach als die unsäglich öden Probleme eines Kindes, das allein im übelsten Teil Londons ausgesetzt worden war. Tom Tipton streichelte das Tier liebevoll und blickte traurig ins Feuer. Der kappadokische Pinguin hielt mit dem Putzen inne und blinzelte ihn tröstend an.

»Am Anfang habe ich allerdings eine ganze Weile nur Cricket gespielt«, sagte er.

„Wirklich?«

»Ja, Cricket. Ein interessantes und überaus anregendes Spiel, aber die Regeln sind sehr schwierig.«

»Das kann man wohl sagen.«

»Zuallererst aber lernte ich diesen rothaarigen, sommersprossigen Jungen namens Freckles Pinpicker kennen. Er freute sich sehr, meine Bekanntschaft zu machen …«

❄

6. Kapitel

Cedric wird in Tripes Bande aufgenommen,
findet neue Freunde und lernt das schwer zu verstehende
Cricketspiel kennen.

Sehr erfreut, Ihre Bekanntschaft zu machen.« Cedric verband die förmliche Begrüßung mit einer artigen Verbeugung, wie er es einst von seiner lieben Frau Mutter gelernt hatte.

»Ganz meinerseits!«, entgegnete der sommersprossige Halbstarke namens Freckles Pinpicker. Aber anstatt Cedrics ausgestreckte, rosige Knabenhand zu ergreifen und zu schütteln, schlug er dem Neuen die Faust mitten ins Gesicht und grölte, als der ehemalige kleine Edelmann mit rudernden Armbewegungen rücklings im winterlichen Dreck der Straße landete.

»Guckt euch bloß diesen Waschlappen an!«, quäkte der Rabauke im Triumph, und seine Kumpane stimmten ein gehässiges Gelächter an.

Zwischen den am Boden Liegenden und die niedrig hängenden Rußwolken eines typischen trostlosen Ostlondoner Nebelmorgens schoben sich die schrägen Visagen von Alfred Tripes Straßenbande: Freddy Poodle, Eddie Frothwopper, Elias Pooplock und Roddie Bricklewith.

Ceddie blinzelte hinauf und sah schiefe Rotznasen, verfilzte Haare und vom dichten Kohlenstaub und Straßendreck entzündete Augen. Aufgesprungene Lippen und braune Zahnstümpfe. Er blickte in ausdruckslose, von Misstrauen, Verrohung und Vitaminmangel gezeichnete Gesichter mit verbeulter Stirnhaut und schorfbedeckten Wangen.

»Das hat aber gesessen«, sagte, stolz auf sich und seine Leistung, der Junge Pinpicker. Sein wunderlicher Name war –wie die der anderen auch – einst vom Beamten eines Waisenhauses erdacht worden.

»Das Bürschchen soll mir bloß noch mal kommen und Bekanntschaft machen wollen …«

»Dem hast du's aber gezeigt, Freckles«, knurrte der rachitische Elias.

Freddy, Eddie und Roddie nickten grinsend.

Cedric lag im kalten Matsch zu ihren Füßen und wusste nicht, wie ihm geschehen war. Harmlose Raufereien kannte er aus New York. Einen Klaps hatte es manchmal sogar von Mary gesetzt, der treuen Haushälterin seiner Mama. Und dass seinem neuen Gönner, Charlie Froggat, die Hand manchmal locker saß, hatte er schnell verstanden und akzeptiert. Er nahm dem Krämer diese ungnädige Behandlung nicht übel, denn gewiss verfolgte Mr. Froggat ehrenhafte und gute Absichten und wollte auf längere Sicht einen besseren Menschen aus ihm machen.

Doch noch nie in seinem jungen Leben war Cedric Errol, später vorübergehend Lord Fauntleroy, nun auf der Flucht unter dem Decknamen Tom Tipton, Opfer von so roher und sinnloser Gewalt geworden. Nahezu alle Menschen, denen er bisher gegenübergetreten war, hatten sich ihm wohlgesinnt gezeigt und ihn zumindest anständig behandelt. Und nun befand er sich plötzlich unter Gleichaltrigen, denen noch niemals jemand auch nur ein freundliches Wort gesagt hatte und die nichts kannten als Prügel, Tritte und Erniedrigungen. Wie konnte man mit solchen Menschen friedlich zusammenleben?

Ganz einfach, dachte Cedric, indem er das tat, was er nun mal am besten konnte: lieb und freundlich sein. Er rappelte sich aus dem Morast hoch und klopfte sich, so gut es ging, den Schmutz von der ohnehin verdreckten Kleidung.

»Donnerwetter!«, sagte er mit einem strahlenden Lächeln unter der blutigen Nase und besann sich auf den kernigsten Spruch, den er je gehört hatte und mit dem sein Freund, der Spezereienhändler Mr. Hobbs, gern seiner Verwunderung Ausdruck verliehen hatte: »Da will ich mich doch gleich räuchern lassen! Sie haben ja einen ganz famosen rechten Haken, junger Mann. Kapitaler Schwinger, mitten auf die Nase. Ein mächtiger *Bums*! Großartig! Ich wäre wirklich froh und auch sehr dankbar, wenn Sie mir bei Gelegenheit mal zeigen könnten, wie Sie das machen.«

Freckles sah ihn an wie eine Geistererscheinung.

»Häh?«, brachte er nur heraus.

»Wartet mal, jetzt verpass ich ihm mal so einen *Bums*!«, krähte Eddie, der sich für die Nummer zwei in der Bande hielt, und holte mit der Rechten weit aus. Aber Freckles, die unangefochtene Nummer eins, stieß den Kameraden grob zur Seite und brachte sein Gesicht ganz nah an das seines wehrlosen Opfers.

»Was hast du da gerade gesagt, du blasses Frettchen?«

»Ich sagte, ich habe noch nie jemanden erlebt, der einen so fulminanten rechten Haken schlägt. Haben Sie schon mal über eine Profilaufbahn nachgedacht? Das ist mein Ernst. Mr. Hobbs und Dick, der Schuhputzer, die kennen sich sehr gut aus mit Boxen. Sagt Ihnen eventuell der Name John L. Sullivan etwas?

Der *Bullige Bursche aus Boston*? Nein? Der hat mit Boxen über eine Million Dollar verdient. Und ich glaube nicht mal, dass der so einen Hammerschlag hatte wie Sie.«

Der Schläger war fassungslos. »Wirklich? Eine Million?«

»Dollar!«

»Ist das viel? Wie viel ist das denn?«

»Mächtig viel. Und das Tollste: Sullivan hat seine Laufbahn auch mit Gelegenheitsprügeleien in einer Straßenbande begonnen. Genau wie Sie ...«

Die anderen wurden langsam unruhig.

»Bin ich jetzt dran? Darf ich dem gelackten Milchbubi jetzt eine in die Fresse hauen?«, meldete sich Roddie.

Aber Freckles funkelte ihn böse an und zischte: »Der Knabe gehört mir und mir allein, kapiert? Keiner rührt ihn an, keiner krümmt ihm ein Haar.«

Und an Cedric gewandt, fragte er: »Wer bist du?«

»Mein Name ist Tom Tipton. Sehr erfreut.« Wieder reichte Cedric dem Grobian die Hand, und diesmal erwiderte Freckles Pinpicker verdattert den Gruß. Damit war der Neuling in die berüchtigte Bande von Alfred Tripe aufgenommen.

Ihr Revier waren die gesetzlosen Gassen zwischen Spitalfields Market und der Boundary Street. In diesem Viertel kannten die Jungs jeden Winkel, jedes noch so kleine Schlupfloch und jedes noch so verborgene Versteck. Zwischen Pubs, Kleinhändlern, Gemüsetheken, Lumpensammlern und Fischverkäufern, zwischen Garküchen, Taschenspielern, Quacksalbern und jungen Frauen von zweifelhaftem Ruf glitten sie lautlos wie Schatten hin und her. Immer im Laufschritt, nie lange genug an einem Ort, um Verdacht zu erregen oder am Kragen gepackt zu werden; immer auf der Suche nach etwas, was sie stehlen, verhökern oder verspeisen konnten. Auf seidene Taschentücher aus den Hosentaschen der feineren Herren hatten sie es besonders abgesehen. Auf Regenschirme, Handschuhe oder auch loses Münzgeld. Und wer so unvorsichtig war, seinen smarten Gehstock auch nur für eine Minute abzustellen, während er am Kessel des Kaffeebrühers pausierte oder sich die Hände an einer Tasse Seeschneckensuppe wärmte, der hatte das Nachsehen. Besonders gefürchtet war die Tripe-Bande dafür, dass einer – meist das blasse Leichtgewicht Elias Pooplock – auf eine fahrende Lastkutsche aufsprang und so lange den nebenher rennenden Kumpanen die Ladung – Kohl, Kartoffeln oder Kerzen – in die Arme warf, bis er entdeckt wurde. Aber dann war es meist schon zu spät, und alle waren sie mitsamt ihrer Beute flink wie die Kakerlaken in einem der engen Kellerlöcher verschwunden, die unter den Häusern hindurch in das Labyrinth der Hinterhöfe führten. Und dort kannte sich niemand besser aus als diese Bande und ihr Anführer, der schnurrbärtige Alfred Tripe.

Nun war dieser Alfred alles andere als ein angenehmer Zeitgenosse. Er trank zu viel Schnaps und kaute Tabak, den er rücksichtslos überall hinspuckte. Er fluchte und prügelte sich oft grundlos, wobei er sogar vor dem Gebrauch eines Messers nicht zurückschreckte. Und wenn er auch den Jungs in seiner Bande ein schlimmer und furchtbarer Anführer war – im Großen und Ganzen war er doch nur ein kleines Licht in der weitläufigen Unterwelt Ostlondons. Gleiches galt übrigens für Charlie Froggat, den Krämer. Niemand war besser vernetzt in der Schattenwelt von Armut und Abschaum, keiner kannte mehr Kniffe und fiese Tricks. Keiner war ein geschickterer Hehler und gewiefterer Lügner. Und doch stand auch er nicht auf der obersten Stufe der Nahrungskette. Die ganz langen Fäden in diesem Viertel und weit darüber hinaus zog aus dem Schatten heraus ein anderer. Nichts Illegales geschah zwischen Whitechapel und Victoria Park, von dem er nicht wusste und an dem er nicht irgendwie – als Organisator, Auftraggeber oder stiller Nutznießer – beteiligt war.

Das war der gefürchtete Verbrecherkönig Jeremiah Wickham.

»Niemand weiß, wie er aussieht oder wo er wohnt«, flüsterte ehrfürchtig Freckles Pinpicker, der sich seit ihrer ersten Begegnung persönlich für Tom Tipton verantwortlich fühlte und ihn quasi adoptiert hatte. Der Sommersprossige mit dem strammen rechten Haken ließ das neue Bandenmitglied nicht aus den Augen, denn er wollte unbedingt noch mehr über diesen bulligen Boxer Sullivan und dessen Million Dollar erfahren.

Cedric seinerseits hätte gerne viel mehr über diesen mysteriösen Mr. Wickham herausgefunden. Denn aus irgendeinem Grunde hatte ihn der Anwalt Havisham ausgerechnet zu diesem Mann geschickt und ihn sogar als *»ehrenwert«* bezeichnet. Das gab dem in Fragen des Gangsterwesens völlig unbewanderten Jungen einiges zu denken. Denn entweder es handelte sich um eine Namensverwechslung und es gab noch einen zweiten Jeremiah Wickham in Bethnal Green, der nicht so bekannt und auch nicht so kriminell war. Oder alle hatten sich in dem einen Jeremiah Wickham getäuscht, und er war am Ende gar kein so übler Kerl. Aber das konnte Cedric nicht in Erfahrung bringen, solange Mr. Froggat sein Empfehlungsschreiben unter Verschluss hielt und ihn nicht an Wickham weitervermittelte.

Freckles Pinpicker riet ihm, als Cedric die Sprache darauf gebracht hatte, nachdrücklich davon ab, zu viele Fragen nach Wickham zu stellen.

»Das ist noch niemandem gut bekommen«, sagte er mit einem bedrohlichen Tremolo in der Stimme. »Manche, die ihn suchten, sind spurlos verschwunden und nie wieder aufgetaucht.«

Die Jungs hockten geduckt im Kriechkeller unter der Schusterwerkstatt, wo sie zwischen ihren Diebes- und Raubzügen ein wenig verschnauften und die Beute zwischenlagerten. Im Schummerlicht, das vom fernen Ende des Kellers hereindrang, waren die Umrisse von Kisten, zerborstenen Möbelstücken und leeren Flaschen auszumachen. Ratten trippelten unbekümmert an der Wand entlang, irgendwo tief in dem tunnelähnlichen Keller schnarchte ein Mensch. Jedenfalls hofften alle, dass es ein Mensch sein möge.

Für Cedric war alles so neu und aufregend, dass er seine geschwollene Nase bald vergessen hatte. Stundenlang hatte er den Jungs bei ihrem Treiben zugesehen und sich darüber gewundert, wie seine neuen Freunde mit großer Routine und ohne Hemmungen in fremde Taschen griffen und sich die Besitztümer anderer Leute aneigneten. Wie sie rannten, wieselflink zwischen den Marktständen, den Verkaufskörben und Garküchen verschwanden und unsichtbar wurden. Elegant wie Lachse bewegten sie sich im trägen Fluss der Passanten, um hier plötzlich stehen zu bleiben und zu beobachten, dort mit einer schnellen Handbewegung eine weitere Beute zu sichern und dann, falls jemand die Tat bemerkt hatte, wie um ihr Leben zu rennen. Es waren athletische Höchstleistungen, die sie vollbrachten, und Cedric, der mit den Gleichaltrigen in New York so manches Wettrennen veranstaltet und gewonnen hatte, ließ sich anstecken von ihrem Sportsgeist.

Nun hatten sie gerade eine Pause eingelegt, weil zu dieser Stunde üblicherweise die beiden Revierwachtmeister Watson und Jackson – Daumen in den Gürtel gehakt, Schlagstöcke locker sitzend – ihre Runden drehten. Und denen fiel man besser nicht in die Hände, wenn man nicht eine Tracht Prügel kassieren und in der Besserungsanstalt landen wollte. Aber das wusste der Neue noch nicht. Cedric nutzte den ruhigen Moment, um bei dem Boxtalent seine Erkundigungen über Jeremiah Wickham einzuholen.

»Dieser Mann ist wie ein Phantom. Ein Geist, der sich nach Belieben unsichtbar machen kann«, wisperte Freckles. »Die Polizei sucht ihn schon seit Jahren ohne Erfolg. Und obwohl sie eine Belohnung von vierzig Pfund auf seine Ergreifung ausgesetzt haben, hat ihn noch niemand verpfiffen. So groß ist die Angst. Denn Wickham weiß alles, was hier im Viertel vor sich geht. Und wer ihn verrät, der …"

»Der … was?«

Freckles sagte nichts, sondern führte vielsagend seinen Zeigefinger an seiner Kehle vorbei. Dann streckte er wie ein Sterbender die Zunge heraus und verdrehte schauerlich die Augen.

»Ich hatte einen persönlichen Brief an ihn dabei. Aber den hat Mister Froggat an sich genommen.«

»Froggat? Das ist ein hinterhältiger alter Küttelkacker, dem man nicht über den Weg trauen kann.«

Cedric, der es noch nie ertragen hatte, wenn über nicht anwesende Dritte schlecht gesprochen wurde, hielt dagegen:

»Er hat aber auch furchtbar viel um die Ohren. So ein Krämerladen macht jede Menge Arbeit. Das weiß ich von Mr. Hobbs.«

»Gleichviel. Dieser Froggat ist ein ganz krummer Hund.«

»Ich kann ihn jedenfalls gut leiden. Er hat mich in seinem Haus aufgenommen, obwohl er mich gar nicht kannte. Ich wüsste wirklich nicht, wo ich nachts schlafen sollte, wenn er mir nicht den Platz unter seiner Spüle freigeräumt hätte. Und meinen Brief wird er mir sicherlich wiedergeben oder ihn an Mr. Wickham weiterleiten, sobald er Zeit hat.«

»Träum weiter«.

»Und mein Geld ist übrigens auch weg«, sagte Cedric, als sei das etwas, worauf er stolz sein könne. »Das hat ein Mädchen namens Emma an sich genommen. Kennst du die junge Dame vielleicht? Sie scheint in einem Chor zu singen.«

»Emma? Meinst du etwa Emma aus dem Zirkus?«

»Kann schon sein. Ihren Beruf hat sie mir nicht verraten. Sie ist jedenfalls sehr geschickt mit ihren Händen. Und sie schien mich zu mögen. Sie hat mich zum Abschied umarmt.«

»Hey, Männer! Unser kleiner Tom Tipton hat sich tatsächlich von Zwergen-Emma beklauen lassen!« Sofort brach hämische Heiterkeit in dem feuchten Kellerraum aus.

»So ein Waschlappen!«

»Mädchenopfer!«

»Ausgerechnet von diesem Miststück! *Tommilein, mein Tommilein klein* – du bist wirklich zu bedauern.«

Cedric spürte, wie sein Kopf zu glühen begann. Zum Glück war es dunkel in dem Keller, sonst hätten alle gesehen, wie sehr er sich schämte.

»Schluss jetzt! Macht nicht so einen Lärm!«, gebot Freckles, und sofort wurde es wieder still.

Nach einer Weile sagte er zu Cedric:

»Hör gut zu, Milchgesicht: Wenn du mir alles über diesen bulligen Burschen aus Boston erzählst, dann bringe ich dich irgendwann zu Emma. Und du kannst dein geklautes Geld zurückfordern.«

»Das wäre aber arg freundlich«, sagte Cedric und wollte

gleich mit dem Erzählen über Sullivan beginnen, als plötzlich Alfred Tripe den niedrigen Keller betrat. Seinen Zylinder hatte er dazu abgenommen, und sein Oberkörper war im rechten Winkel nach vorn gebeugt. In der Mitte des Raumes hockte er sich hin.

»Was gibt es?«, fragte er dann, und aus allen Ecken rutschten die Jungs heran und leerten ihre Taschen. Fünf feine Schnupftücher, ein goldglänzender Stockknauf, ein Siegelring, zwei kostbare Kämme, eine Stielbrille mit schlankem Kuhhorngriff und eine silberne Uhrkette (ohne Uhr) sowie einige Geldstücke wechselten den Besitzer.

»Gut gemacht, Männer«, lobte der Schnurrbärtige, während er die Sachen in seiner Umhängetasche verschwinden ließ.

»Was geschieht denn jetzt mit all den schönen Sachen?«, fragte Cedric, dessen zutrauliches Stimmchen wie ein Hoffnungsschimmer in den dunklen Keller fiel.

Alle Jungs hielten in Erwartung eines Donnerwetters die Luft an, aber selbst Tripe blieb vor Erstaunen für einen Moment die Spucke weg. War dieser Junge, den Froggat ihm aufgequatscht hatte, ein Volltrottel? Oder wollte der blonde Strohkopf etwa unverschämt werden und Ansprüche stellen?

»Du willst wissen, was damit geschieht?«, vergewisserte er sich, und die Jungen, die diesen lauernden Unterton in seiner Stimme nur zu gut kannten, zogen vorsichtshalber die Köpfe ein.

»Ja, Sir. Das würde mich sehr interessieren«, gab Cedric völlig unbekümmert zurück.

»Nun ich … ich gebe es jetzt den rechtmäßigen Besitzern zurück.«

Cedric fand das anständig und angemessen.

»Das ist ein schönes Spiel«, bemerkte er. »Wie nennt ihr es?«

»Cricket«, sagte Mr. Tripe ohne Zögern, und irgendwo in der Dunkelheit gluckste etwas, was sich wie ein unterdrücktes Lachen anhörte. »Wir Engländer nennen es Cricket.«

»Ach, natürlich. Davon habe ich schon gehört. Mr. Hobbs hat gesagt, dass die Regeln sehr schwer zu verstehen sind.«

»Genau. Aber keine Angst. Die Jungs aus meiner Mannschaft werden dir alles beibringen. Bald spielst du mit, als hättest du es immer schon gekonnt.«

»Ich freue mich schon darauf, Sir. Ich habe bisher nur Baseball gespielt.« Plötzlich versagte Cedric die Stimme. »Bis zu dem Unfall …«

Ohne den Blick von dem wunderlichen Knaben zu wenden, zog sich Tripe in die Dunkelheit zurück, aus der er gekommen war.

Wenig später gab Freckles das Kommando zum Aufbruch.

Die Stunde der Wachtmeister war vorüber. Nun konnte die Bande ihren Beutezug fortsetzen. In der Dämmerung liefen die Geschäfte immer besonders gut. Und wieder hastete Cedric den Straßenjungen hinterher, um sie bei ihrem Cricketspiel zu beobachten und zu lernen. Seine liebe Mutter hatte ihm ja auch immer wieder erklärt, wie wichtig es im Leben sei, so viel wie möglich zu lernen. Er bewunderte die Schnelligkeit der Jungen, ihr Geschick und auch ihren Mut. Die besseren Herren, denen sie Geld und Wertgegenstände aus den Taschen zogen, ahnten ja vielleicht nicht, dass ihnen der nette Mr. Tripe am Ende des Tages alles wiedergeben würde. Sie konnten schon ganz schön fuchtig werden. Es war also durchaus angezeigt, sich schnell vom Tatort zu entfernen und sich bloß nicht erwischen zu lassen.

Als das Tageslicht fast gänzlich zwischen den grauen Gemäuern versickert war und die ersten Gaslaternen entzündet wurden, verlor er die Mannschaft aus den Augen und fand sich allein, frierend und mit knurrendem Magen an einer Straßenecke wieder. Und da wurde ihm plötzlich bewusst, wie hilflos und verlassen er in diesem fremden Land und dieser unübersichtlichen Stadt war. Ach, könnte er nur Jeremiah Wickham finden, dann würde sicherlich alles gut werden. Wieder sammelten sich Tränen der Verzweiflung in seinen Augen. Sein ramponiertes Näschen war plötzlich verstopft und tat schauerlich weh.

Herzlieb, mein Herzlieb, rief er in Gedanken der schmerzlich vermissten Mrs. Errol zu, und sein eignes Herz wurde ihm unsagbar schwer. Wie gerne würde ich dir das alles hier zeigen, und du könntest für meine neuen Cricket-Freunde einen leckeren Schokoladenkuchen backen …

Stattdessen packte ihn jemand grob am Hemdkragen und zerrte ihn von der Straße weg. Es war der Krämer Charlie Froggat, der ihn nur tagsüber an Tripes Bande ausgeliehen hatte. Abends und nachts gehörte Tom Tipton weiterhin ihm ganz allein.

»Was lungerst du so nutzlos hier herum, du blonder Mehlwurm? Los! Mitkommen! Es gibt Arbeit. Nichts als Ärger hat man mit euch verlaustem Lumpenpack. Nichts als Ärger … Au, au, au!«, jaulte er dann plötzlich auf, schwankte und verlor fast das Gleichgewicht.

Cedric war geistesgegenwärtig zur Stelle, um den greisen Mann zu stützen.

»Vorsicht, Mr. Froggat! Da sind Sie ja fast hingefallen«, rief er.

»So ein Mist, diese verdammte Gicht!«, grollte der Krämer.

»Das kenne ich. Gicht hatte mein Großvater auch. Wenn's recht wäre, Mr. Froggat, dann stützen Sie sich ruhig auf meine Schulter. Ich würde Sie gerne ins Haus bringen.«

Der Grobian ließ sich nicht lange bitten und packte sofort Cedrics Schulter, so dass der arme Junge unter dem Gewicht beinahe in die Knie ging.

»Los! Mach schon und bring mich gefälligst nach Hause«, zischte der Alte, während der Kleine unter großen Mühen und einigen Schmerzen einen Fuß vor den anderen setzte. Nach ein paar Schritten schon brach ihm der Schweiß aus. Er keuchte und stöhnte, aber er hielt tapfer durch.

»Keine Sorge, Mr. Froggat. Mein Großvater war viel schwerer als Sie!«, presste Cedric hervor, damit der Patient sich nicht schlecht fühlen musste. Aber diese Gefahr bestand Gott sei Dank nicht: Der gehbehinderte Krämer versetzte dem Jungen mit der freien Hand von hinten eine schallende Ohrfeige.

»Was soll das heißen, du freches Luder? Willst du Laus damit etwa sagen, dass ich ein verfluchtes Leichtgewicht bin?«

»Nein, Sir!«, antwortete Cedric entsetzt und vor Schmerz und Empörung den Tränen nahe. »Nein, ganz bestimmt nicht!«

Nach diesem traurigen Muster verging nun jeder Tag. Morgens in aller Frühe aufstehen und den Laden sauber machen. Dann holte ihn die Mannschaft von Alfred Tripe zum Cricketspiel ab, bei dem er bald selbst kleine Spielzüge ausführen durfte und dank seines zierlichen Körperbaus, seines angenehmen und unverdächtigen Aussehens und seiner Flinkheit einige Erfolge verbuchen konnte. Und wenn er dann abends hundemüde in den Laden zurückkehrte, hatte Mr. Froggat immer noch eine Aufgabe für ihn.

So schnell und angefüllt mit Arbeit und Cricket waren seine Tage, dass er bald den Überblick verlor. Nur abends, wenn er sich frierend und meist hungrig unter dem Spülstein ausstreckte und sich mit muffigen Kartoffelsäcken zudeckte, dann dachte er an seine unglückliche Mutter, Herzlieb, und fragte sich, wie es ihr wohl ergangen war, und vermisste sie sehr. Und dann fiel ihm wieder ein, dass er eigentlich einen Mann namens Jeremiah Wickham finden wollte und dass er auch gerne das nette Mädchen Emma wiedergesehen hätte. Und dann weinte er sich in den Schlaf, und am nächsten Morgen ging alles von vorn los.

Bis ihn eines Abends Mr. Froggat nicht wie sonst den Laden fegen und Kartoffeln schälen ließ, sondern den wehrlosen Jungen vor sich her durch den Hinterausgang des Ladens in den Hof und weiter in eine dunkle Ecke stieß, aus der ein klägliches Wimmern ertönte.

»Was ist das, Mr. Froggat?«, fragte Cedric, der sich die allerschlimmsten Dinge ausmalte.

»Das ist der süße Klang von drei Schilling Sixpence pro Stück«, antwortete der Krämer und holte eine Packung Streichhölzer aus seiner Westentasche. Als das Licht der Öllaterne endlich die Dunkelheit verdrängte, fand sich Cedric vor einem Zwinger, in dem auf einem Strohlager hechelnd eine Terrierhündin lag, die sie mit großen flehenden, fragenden Augen ansah. An ihren Leib gepresst, lagen schlummernd vier Welpen.

»Die sind aber süß«, freute sich der Junge. Eines der Tiere – es war ganz weiß, und nur sein rechtes Auge war von einer braunschwarzen Zeichnung umgeben – hob den Kopf und winselte ihn freundlich an. »Ich habe mir immer so sehr ein Hündchen gewünscht. Ach, bitte, Mr. Froggat, darf ich mit ihnen spielen?«

Der geschäftstüchtige Krämer war jedoch nicht geneigt, Cedric einen lange gehegten Wunsch zu erfüllen. Er dachte wie immer nur ans Geldverdienen und an seine diversen Geschäfte.

»Die sind nicht zum Spielen da, du Taugenichts«, kläffte er, und seine buschigen Augenbrauen zogen sich bedrohlich zusammen. »Die sollst du jetzt verkaufen. Das sind die besten Rattenkiller weit und breit und deshalb sehr gefragt in dieser Gegend. Wir stecken sie in einen Korb, und du gehst los und bringst sie für gutes Geld unter die Leute. Und wage dich ja nicht zurück, bis du alle losgeworden bist. Drei Schilling Sixpence pro Stück und keinen Penny weniger. Sie sind reinrassig und mit starkem Gebiss. Vergiss nicht, das zu erwähnen. Kapiert?«

»Ja, Sir.«

»Los, pack mit an!«

»Wie alt sind die Hündchen denn?«

»Vier Wochen. Und jetzt halt die Klappe, und gib mir die Decke da.«

»Erst vier Wochen waren die kleinen Hunde alt?«, entfuhr es Konstabler Paddock. »Das ist ja ungeheuerlich! Hast du das gehört, Teddy?« Der treue Terrier des Landpolizisten ließ ein missbilligendes Knurren vernehmen. »Genau! Man darf Welpen erst nach acht Wochen von der Mutter trennen.«

»Das wusste Mr. Froggat bestimmt nicht«, sagte der verwirrte junge Mann, und das Lama blinzelte ihn mit einiger Geringschätzung an. »Er war schließlich von Beruf Krämer und nicht Hundezüchter.«

»Dann soll er auch gefälligst seine schmutzigen Finger von diesen noblen Tieren lassen.« Paddock starrte eine Weile böse in den tobenden Wintersturm hinaus und fragte dann: »Und wo sollten Sie die armen Kreaturen verkaufen?«

»Er hat mich auf eine Runde durch die Pubs geschickt. Und da habe ich tatsächlich einen Hundeliebhaber gefunden, der mir ohne Zögern den gewünschten Preis gezahlt hat und der sich um die süßen Tierchen kümmern wollte.«

»Hundeliebhaber!«, schnaufte der Polizist. »Ich wette, der hat ein bisschen mit ihnen herumgespielt und sie noch in derselben Nacht in der Gosse ausgesetzt. So ein Liebhaber war das!«

»Nein, gewiss nicht, Mister Constable«, widersprach Tom Tipton energisch. »Es war nämlich zufällig der erste Dienstag im Monat, und ich hatte in der ganzen Aufregung doch glatt vergessen, dass dies der Tag war, an dem der nette Inspector Higgins abends in dem Pub namens *The Kings Arms* saß, um sein Bier zu trinken. Er freute sich sehr über unser Wiedersehen und kaufte mir sofort alle vier Hunde ab.«

»Der wird wohl daheim eine schlimme Rattenplage gehabt haben …«

»Genau das dachte ich auch. Wir frischten jedenfalls unsere Bekanntschaft wieder auf und plauderten, und ich erzählte ihm, was in der Zwischenzeit so alles geschehen war. Und von da ab versuchte ich, ihm jeden ersten Dienstag im Monat ein bisschen Gesellschaft zu leisten. Er war sehr interessiert an allem, was ich erlebt hatte und wen ich so alles kennenlernte. Auch war er sehr sportbegeistert.«

Paddock nickte. »Verstehe. Lassen Sie mich raten – am liebsten mochte er Cricket?«

»Stimmt genau. Er konnte gar nicht genug davon hören. Und

von meinen neuen Freunden und von Alfred Tripe und Mister Froggat.«

Paddock erinnerte sich daran, dass dieser komische Vogel ja auf seiner Wache erschienen war, um einen Mord zu gestehen. Die Dienstvorschrift für Landpolizisten besagte für solche Fälle eigentlich die sofortige Festnahme des Geständigen und die Überprüfung sämtlicher seiner Angaben. Aber bei diesem grässlichen Wetter konnte er da draußen nichts erreichen und wäre womöglich schon auf dem Weg zum Tatort erfroren. Und da dieser Tom Tipton mit seinem überheblichen Lama und seinem putzwütigen Pinguin nicht weiter gefährlich schien, beschloss der Polizist, den jungen Mann erst einmal weitererzählen zu lassen. Im Übrigen war er nicht gerade ein glühender Anhänger des mutmaßlich ermordeten Earl von Dorincourt. Ehrlich gesagt konnte er – wie fast alle in der Grafschaft – diesen fiesen Kerl auf den Tod nicht ausstehen.

»Noch einen Tee?«

»Sehr gerne. Das ist wirklich eine sehr schmackhafte Mischung.«

»Das ist ein ganz besonderer Weihnachtstee. Den macht meine Frau nach einem alten Familienrezept.«

»Ausgezeichnet. Habe nie einen besseren getrunken.«

»Haben Sie eigentlich jemals diesen geheimnisvollen Jeremiah Dingsda …«

»Wickham – Jeremiah Wickham«.

»Haben Sie den denn irgendwann tatsächlich mal ausfindig gemacht? Oder das Mädchen Emma, das Ihnen das Geld abgenommen hat?«

Tipton pustete in seine Tasse und lächelte, gefangen in süßer Erinnerung.

»Die kleine Emma traf ich im Sommer beim Volksfest in Meath Gardens wieder. Dabei half mir übrigens Freckles Pinpicker. Das war der sommersprossige Junge, dem ich alles über den bulligen Burschen aus Boston berichtet hatte. Jetzt trainierte er jeden Tag mehrere Stunden Boxen, damit er so schnell wie möglich eine Million Dollar verdienen konnte. Emma war, wie sich herausstellte, bei einem Zirkusunternehmen beschäftigt. Sie trat dort als wundersames Mädchen auf, das nicht wuchs. Sie schien sich nicht sofort an mich zu erinnern …«

7. Kapitel

Im Sommer trifft Cedric die Diebin Emma wieder und erweist sich im großen Elend als kleiner Gentleman.

Kennen wir uns?«, fragte das niedliche Mädchen mit dem zu großen weißen Leibchen über ihrem sackähnlichen Wollkleid und den beiden strohigen Zöpfen.

Sie blinzelte Cedric kokett und mit einem fragenden Gesichtsausdruck an. Ihre Augen standen etwas zu weit auseinander, ihre Lippen waren ein bisschen zu schmal und ziemlich blutleer, und ihre Nase war ein wenig schief. Sie war absolut keine Schönheit. Aber sie hatte ein nettes Lächeln und drückte sich ziemlich gewählt aus, was Cedric aufs Höchste für sie einnahm. Er hatte die junge Dame schon bei ihrer ersten Begegnung nachts im Winter auf dem Bürgersteig vor Froggats Krämerladen auf Anhieb gemocht.

»Sie müssen entschuldigen, aber ich mache in meinem Beruf in der Unterhaltungsbranche sehr viele flüchtige Bekanntschaften. Ich kann mich unmöglich an jede einzelne Begegnung erinnern.«

Cedric war erstaunt, dass sie ihn trotz ihrer Erinnerungslücken sehr herzlich umarmte, als wären sie alte Freunde. Mit einem leichten Befremden spürte er, wie Emma geschwind seine Taschen abtastete. Vermutlich ein ganz besonderer Gruß der Zirkusleute.

»Wer sind Sie, wenn ich fragen darf?«

»Wir haben uns kurz nach Weihnachten beim Händler Charlie Froggat kennengelernt«, erklärte Cedric. »Ich war damals ganz neu in der Stadt.«

»Ach, Weihnachten. Das ist schrecklich lange her«, bemerkte Emma im Ton einer viel beschäftigten Künstlerin. »Und in der Zwischenzeit ist so unendlich viel passiert. Ich bin ja eigentlich immer auf Reisen, müssen Sie wissen. Ich war zwischenzeitlich in Bristol und in Birmingham, und dann sind wir hinauf bis nach Aberdeen. Das ist übrigens in Schottland. Aber nun ist es wieder Zeit für die sommerlichen Straßenfeste in London, und da bin ich mit meinen Kollegen gerne wieder für Sie da!«

Sie stellte den rechten Fuß vor, warf den rechten Arm graziös hoch in die Luft, um dann den ganzen Oberkörper in einer kunstvollen Verbeugung nach vorn zu werfen und kurz in dieser Stellung zu verharren.

»Aha. Ich verstehe! Du bist also beim Theater angestellt«, sagte Cedric unschuldig. In Wirklichkeit wusste er längst, dass die kleine Emma die wundersame Attraktion beim Schaubühnenbetreiber James Fulton war. Das hatte ihm sein neuer Freund Freckles Pinpicker verraten. Freckles hatte ihn zum *Meath Gardens Carnival* gebracht, einem bunten Sommervergnügen mit Gauklern, Zuckerbäckern, Puppenspielern, Stelzenläufern, Leierkästen und dressierten Affen. Mitten im bunten Getümmel stand Fultons Zelt, und Cedric brauchte nicht lange zu spionieren, da hatte er Emma auch schon entdeckt. Sie bewohnte einen hölzernen Kasten, der seitlich zwischen den Rädern ihrer Kutsche aufgehängt war und in dem es schrecklich eng sein musste. Da sie aber bei Fulton als wundersames Mädchen angestellt war, welches nicht wuchs, kam ihm diese Dienstwohnung nicht gänzlich unangemessen vor. Die Kutsche, in der der Rest der Truppe wohnte, war von außen mit Töpfen und Pfannen, Bürsten und Besen behängt.

»Möchten Sie vielleicht eine hochwertige Nagelbürste kaufen, junger Herr?«, fragte Emma, doch Cedric schüttelte den Kopf.

»Nein danke. Ich bin auch kein junger Herr. Ich bin Lord … äh … Ced… nein, nein, Tom.«

»Aber natürlich! LodähsedneineiTom. An Ihren außergewöhnlichen Namen erinnere ich mich! Oh!«, plötzlich schien sie sich auch daran zu erinnern, dass ihr letztes Zusammentreffen damit zu Ende gegangen war, dass sie dem jungen Mann mit dem lustigen Namen die Taschen ausgeräumt hatte. Cedric selbst hatte diesen Vorfall natürlich längst vergessen, denn Geld bedeutete ihm nichts und Freundschaft alles.

»Du hast eine interessante Art, dich auszudrücken«, erklärte er bewundernd.

»Ich lese viel«, erwiderte sie. »Vor allem Romane über Schicksale von Prinzessinnen. Die sind oft sehr ergreifend. Wollen Sie mich ein Stück des Weges begleiten?«, bot sie an. »Ich bin gerade aufgebrochen, um meiner Familie einen Besuch abzustatten. Sie wohnt in den *Paradise Yards*.«

»Das ist aber ein schöner Name für einen Wohnort«.

»Stimmt. Aber lassen Sie sich mal nicht irreführen.«

»Wie dem auch sei – es wäre mir ein Vergnügen, Sie begleiten zu dürfen«, sagte Cedric mit einer entzückenden kleinen Verbeugung, die das Mädchen zum Erröten brachte. Heute wurde zum ersten Mal sein Wochen kein Cricket gespielt, und auch Mr. Froggat war mit unbekanntem Ziel ausgegangen und hatte keine Verwendung für ihn.

»Sie sind sehr galant«, kicherte Emma und kramte aus ihrem Kutschenverschlag zwei verbeulte Zinnkannen hervor. »Für den traditionellen Willkommenstrunk …«

Meath Gardens, obwohl nur ein winziger Park, war der einzige Ort weit und breit, wo einige hartnäckige Bäume und Büsche blühten. Einzelne Vögel sangen verzweifelt gegen die Drangsal des Viertels an, und eine streng bewachte Grünfläche erinnerte die Menschen daran, dass es in der Welt noch andere Farben gab als das leblose triste Braun ihrer Backsteinhäuser, das fade Grau des Straßenschmutzes und das Schwefelgelb des Himmels. Dies war die schönste Jahreszeit: Wenn der erwachende Sommer die feuchte Kälte aus den übervölkerten Gassen verjagte und bevor eine drückende Hitze Schwärme der bissigen Themsemücken wie eine biblische Plage über die Menschheit kommen ließ. Dies waren die beiden Jahreszeiten der Armen. Ihr Sommer begann, wenn Keuchhusten und Rachitis langsam abflauten und an ihrer Stelle Cholera und Typhus in ihren Quartieren Einzug hielten. Und der Winter brachte dann den Husten zurück.

Es war ein milder Junitag, und die Sonne hing wie eine käsefarbene Scheibe über der großen lauten Stadt. Emma war gut aufgelegt und gesprächig. Sie berichtete, dass sie zu ihren seltenen Besuchen bei den Eltern üblicherweise zwei Krüge Bier mitbrachte, um ihren Vater ruhigzustellen. Sie kaufte das Gebräu bei einem Händler in der Sarah Street und kratzte ihre letzten Pennys zusammen, um es zu bezahlen. Emma war bemüht, ihre Frage beiläufig und sogar ein wenig verspielt klingen zu lassen. Aber Cedric, der ein feines Gespür für Stimmungen besaß, bemerkte sofort ihre Anspannung, als sie ihn fragte: »Sagen Sie, Meister Tom, Sie könnten einer Dame in Not nicht vielleicht zufällig mit ein paar Schilling aushelfen?«

»Tut mir furchtbar leid«, gestand der Knabe, der einmal für kurze Zeit ein steinreicher Lord war und nun unter der Spüle eines Krämers hauste. »Ich bin selbst gerade nicht flüssig. Aber ich habe immer wieder beobachtet, wie Mr. Froggat Leuten Geld leiht. Er scheint in dieser Beziehung sehr großzügig zu sein. Sollen wir ihn mal fragen?«

»Bloß nicht!« Emma lachte ohne Heiterkeit, denn sie kannte den verschlagenen Krämer viel besser und länger als Cedric, der in niemandem etwas Böses vermutete. Die beiden Kinder marschierten noch einige Schritte, dann stellte Emma plötzlich die beiden schweren Krüge auf den Boden, ließ sich daneben sinken und verbarg das Gesicht hinter ihren Händen. Zu seinem Schrecken sah Ceddie, dass seine neue Freundin bitterlich weinte.

»Aber was ist denn?« Er ließ sich betroffen neben ihr nieder.

Sie schüttelte heftig den Kopf.

»Es ist wegen des Geldes, nicht wahr? Wie viel fehlt denn?«

»Dreißig Schilling«, schluchzte sie. »Ein Vermögen! Es tut mir so leid. Ich weiß ja, dass Sie auch nichts haben. Ich habe nämlich schon Ihre Taschen nach Geld durchsucht.«

»Wirklich?« Dabei ahnte Cedric es längst. Aber er wollte nicht, dass Emma sich ertappt vorkam.

»Gleich bei unserem Wiedersehen, als ich Sie so überschwänglich umarmte. Ich bin in diesen Sachen sehr geschickt, müssen Sie wissen. Und natürlich erinnerte ich mich genau an Sie, mein lieber LodähsedneineiTom. Ich habe Ihnen nämlich schon bei unserer ersten Begegnung alles Geld abgenommen. Es tut mir so unendlich leid, Sie bestohlen zu haben.«

»Ach, Unfug!«, wehrte Cedric ab. »Wenn du es nicht genommen hättest, wäre bestimmt ein anderer gekommen. Geld ist sehr gefragt in diesem Teil der Stadt, das habe ich schon bemerkt. Liegt bestimmt daran, dass hier niemand genug davon hat. Also bitte: keine Tränen mehr wegen diesem Unsinn! Und du kannst mich ruhig einfach nur Tom nennen.«

Emma schluckte schwer. »Sie sind sehr gütig. Aber leider stecke ich ziemlich tief in der Patsche. Ich komme nämlich nur zweimal im Jahr nach Hause. Jetzt im Sommer und dann noch einmal zur Weihnachtszeit. Und dann erwarten meine Eltern, dass ich Ihnen das Geld für die Miete mitbringe. Außer ihrer kleinen Streichholzmanufaktur und mir haben sie nämlich keine Einnahmequelle. Aber nun habe ich auch nichts für sie. Und jetzt traue ich mich gar nicht mehr heim …«

»Ganz ruhig. Und bitte, bitte nicht mehr weinen. Ich bin doch an deiner Seite und komme mit. Wir finden bestimmt eine Lösung. Man kann doch immer über alles reden. Wenn man miteinander redet und guten Willens ist, dann werden alle Probleme ganz klein«.

»Schön wär's«, sagte Emma.

Tatsächlich jedoch versiegten ihre Tränen, und sie raffte sich wieder auf. Cedric nahm ihr einen der schweren Bierkrüge ab, und sie lotste ihn durch eine dunkle Mauernische in eine enge Häuserschlucht. Die glaslosen Fenster waren mit grauen Wäschestücken beflaggt. Ihr Weg führte über Nagetierkadaver und allerlei Unrat hinein in eine Hintergasse der allertraurigsten Mietskaserne. Dies war wirklich eine ganz besonders abscheuliche Immobilie. Sie trug den trügerischen Namen *Paradise Yards* und war dennoch ohne jede Frage ein Vorhof der Hölle. Es gab in diesem dreistöckigen u-förmigen Bau keine Haustür und auch keine Wohnungstüren. Die waren entweder längst als Brennholz im Feuer gelandet oder schlicht gestohlen worden. Manche Zimmer hatten noch nicht einmal einen Stoffvorhang. In den Wohnhöhlen hing die Feuchtigkeit wie Nebel, und der Schimmel überzog statt einer Tapete die Wände. Da hockten gebeugte und zerlumpte Gestalten über Schuhen, die sie flickten, oder Lumpen, die sie sortierten, oder über primitiven Schnitzereien und allen Arten von Handarbeiten, mit denen ein paar Pennys zu verdienen waren. Auf offenen Feuerstellen wurden wässrige Süppchen gekocht. Kinder kreischten, Kranke stöhnten, Betrunkene randalierten. Hühner, Kaninchen und sogar ein kleines Schaf lebten Seite an Seite mit den Elenden in ihren überfüllten lichtlosen Löchern. Die Decken hingen niedrig, und der Fußboden bestand aus nichts als festgetretenem Dreck.

»Hier wurde ich geboren«, erklärte Emma, während die beiden, ihre vollen Bierkrüge balancierend, vorsichtig über einen schlafenden Hund hinweg nach oben stiegen.

»Nett hier. Keine Pfützen«, lobte Cedric, der immer bemüht war, dem Erfreulichen den Vorrang über das Bedrückende einzuräumen. »Es scheint immerhin nicht reinzuregnen. Aber ich verstehe schon, warum du von hier weg bist.«

»Das kannst du nicht verstehen«, sagte sie. »Meine Eltern haben mich nämlich an den Zirkusmann Mr. Fulton vermietet. Für vierunddreißig Schilling, eine ganze Jahresmiete.«

»Vermietet? Aber das geht doch nicht!«

»Wieso?«, entgegnete Emma etwas schnippisch. »Meinen Sie etwa, ich wäre nicht gut genug dafür?«

»Durchaus nicht, ich bitte um Verzeihung!«

Cedric konnte zwar ihr Gesicht nicht erkennen in der rußigen Dunkelheit des langen Hausflurs, aber er hörte, dass sie wieder mit den Tränen kämpfte.

»Ich bin nämlich eine wandelnde Sensation, eine Attraktion, die jeder gerne sehen will.«

»Warum will dich jeder gerne sehen?«

»Weil ich das wundersame Mädchen bin, das nicht wächst.« Ein wildes Schluchzen. »Das war ich jedenfalls mal. Wir sind angekommen … Mama, Papa – ich bin's, eure Tochter Emma …«

»Ich kannte auch mal eine Emma … sie hat mich aber verlassen«, erinnerte sich der Konstabler wehmütig und musste sich schon wieder erheben und ein paar Schritte gehen. Sein träger Darm war in keiner weihnachtlichen Stimmung und piesackte ihn.

»Das tut mir leid«, sagte der sehr freundliche Fremde.

»Nicht so schlimm. Ich habe dann ihre Cousine Wilma geheiratet«, erklärte der Konstabler. Wo er schon mal aufgestanden war, kochte er eine weitere Kanne Tee, was der junge Mann mit einem dankbaren Lächeln quittierte.

Das arrogante Lama folgte jeder seiner Bewegungen und schien eine Sonderbehandlung zu erwarten. Als diese nicht kam, rümpfte es angewidert die Nase und kaute besonders trotzig auf der Wacholderwurzel. Felicitas entstammte, was freilich niemand ahnen konnte, einer sehr einflussreichen alten Lama-Familie in Peru und war einer unglücklichen Liebe wegen zum Zirkus gegangen. Aber da wartete ein Leben voller Enttäuschungen in der Gesellschaft von langweiligen, nicht besonders gebildeten Menschen und einem äußerst phantasielosen Pinguin.

Am liebsten hätte sich der Dorfpolizist Paddock jetzt schon

seinen beliebten Weihnachtspunsch einverleibt. Aber es war erst kurz nach neun und damit noch viel zu früh für geistige Getränke. Außerdem wusste er ja nicht, ob es in dieser Nacht nicht doch noch zu einem ernsthaften dienstlichen Einsatz kommen würde. Er hatte das ungute Gefühl, dass die Geschichte kein harmonisches Ende nehmen würde, die Lebensgeschichte des Tom Tipton und auch seine eigene an diesem Heiligabend.

Mit einer großen Tasse Tee, die hoffentlich seinen rebellischen Darm versöhnlich stimmen würde, ließ er sich zurück auf seinen Stuhl sinken.

»Diese Emma stellte Sie also ihren Eltern vor.«

»Ja. Dazu führte sie mich in das schummrige Verlies, das sie bewohnten …«

8. Kapitel

In der traurigen Mietskaserne kommt es beinahe zum offenen Aufstand, und Charlie Froggat muss um sein Leben fürchten.

Emma ging voraus in ein schummriges Verlies und tauchte in eine Wolke aus Schwefelgeruch und weißem Phosphor, der wie beißender Knoblauch roch und gefürchtet war, weil seine aggressiven Dämpfe nach und nach den Kieferknochen zerfraßen. Aber Empfindlichkeiten konnten sich Menschen nicht leisten, die von der Streichholzherstellung lebten. Vier Kinder und zwei Erwachsene hockten im Licht einer dünnen Kerze und hantierten mit Holzsplittern und giftigen Chemikalien. Zwei weitere Kinder, Säuglinge noch, schliefen eng aneinandergekuschelt auf dem Boden an der Wand. Das Kämmerchen war nicht größer als die Kabine einer Kutsche, wie sie sein Großvater, der Earl von Dorincourt, für seine Ausfahrten benutzt hatte.

»Emma – das ist ja eine schöne Überraschung«, begrüßte sie eine männliche Stimme aus dem Halbdunkel. Ein Mann erhob sich schwerfällig und mit einem Husten. »Hast du deinem armen alten Vater denn auch ein Schlückchen Bier mitgebracht?«

»Natürlich, Papa. Und das hier ist mein Bekannter Lodähsedneinei Tom, den man aber einfach nur Tom nennen kann.«

»Guten Tag, Tom«, sagte eine Frauenstimme, die komischerweise aus einem Kinderkörper und auf Cedrics Augen- und Ohrenhöhe kam. »Ich bin Emmas Mutter Mizzy. Und nun komm her, mein kleines Mädchen, und lass dich drücken.«

Aber gleich nachdem sie ihre Tochter umarmt hatte, wich sie zurück wie vor einem Gespenst und flüsterte: »Oje. Ich habe es geahnt. Schrecklich, das ist ganz schrecklich …«

Cedric hörte, dass Emma wieder weinte. »Ja, Mama, ich weiß.«

»Das darf doch nicht wahr sein!«, polterte der Vater, der Bill hieß und der den ersten Krug Bier schon zur Hälfte geleert hatte, denn auch er schien zu ahnen, was geschehen war.

Nur Cedric verstand noch nichts und wunderte sich bloß.

»Ich kann doch nichts dafür«, verteidigte sich das unglückliche Mädchen. »Ich schlafe jede Nacht ganz brav in meiner Kiste, und ich esse bestimmt nicht zu viel. Aber trotzdem werde ich jeden Tag ein kleines Stückchen größer.«

»Das darfst du nicht, das ist verboten!«, schimpfte die zwergenwüchsige Mizzy. Lauter und lauter wurde ihre Stimme, bis sie aus vollem Halse schrie: »Hörst du? Du darfst nicht wachsen! Du bist meine Tochter, und du darfst nicht wachsen. Ich wachse schließlich auch nicht. Warum solltest du dann wachsen? Wir haben von Mr. Fulton Geld dafür bekommen, dass du die kleinste Frau der Welt bist, verstanden? Wie sehen wir denn jetzt aus? Du darfst nicht wachsen!«

»Das ist es, was wir besprechen müssen. Weil ich ja nun mal wachse, will Mr. Fulton mich nicht mehr bezahlen«, gestand Emma unter Tränen. Diese Nachricht ließ Papa Bill aufstöhnen, als hätte ihn ein Faustschlag in den Magen getroffen.

»Kein Geld mehr?«, fragte er fassungslos. »Kein Geld? Und heute kommt der Mieteintreiber! Wir haben nichts, was wir ihm geben können.«

»Es tut mir so leid«, sagte Emma kleinlaut. Und wie auf ein Kommando fingen zwei Kleinkinder an wie Sirenen zu heulen. Der sanftmütige Cedric konnte so viel Verzweiflung nicht ertragen, ohne ein Lichtlein der Hoffnung zu entzünden.

»Aber vielleicht ist das ja am Ende eine gute Sache, wenn Emma so kräftig wächst«, durchbohrte seine unverzagte Stimme die dumpfe Düsternis. »Wenn sie nicht die kleinste Frau der Welt bleiben kann, vielleicht wird sie dann die größte Frau der Welt«.

Der Vater ergriff den Bierkrug und schüttete das Gebräu in sich hinein, als müsse er ein Feuer löschen.

»Alles ist verloren. Mr. Froggat wird uns hinauswerfen, und dann sitzen wir allesamt auf der Straße.«

Die beiden Kreischkinder, eng aneinandergewickelt und vermutlich Zwillinge, krähten erbarmungswürdig. Aber Cedrics Gesicht hellte sich schlagartig auf, als sei ein Sonnenstrahl in das traurige Wohnloch gefallen.

»Ist das wahr? Der Mieteintreiber ist wirklich der gute Mr. Froggat? Aber dann ist ja alles in Ordnung! Ich kenne ihn. Er tut zwar oft sehr grob und abweisend, aber er hat in Wirklichkeit ein weiches, mitfühlendes Herz. Er will nur nicht, dass alle das erfahren, weil sie ihn sonst ausnutzen würden. Gewiss wird er Ihnen ohne Probleme einen Zahlungsaufschub gewähren.«

Nun lachte Emmas Vater genauso freudlos wie zuvor seine Tochter bei der Nennung dieses verhassten Namens. Aus der Nachbarwohnung, in der man jedes Wort und jeden Verzweiflungsseufzer hören konnte, keuchte eine fremde männliche Stimme unter erbärmlichem Husten:

»Jetzt ist alles aus, Bill. Jetzt könnt ihr nur noch unter der Brücke schlafen.«

Und aus der anderen Richtung sagte ein anderer Mann: »Ja, jetzt seid ihr an der Reihe, und dann kommen wir. Sie hören nicht auf, bis wir alle vor die Hunde gegangen sind.«

»Diese verfluchten Menschenschinder!«

Cedric verstand nicht. »Wer hört nicht auf? Und mit was denn?«

»Die Blutsauger, die uns diese menschenunwürdigen Verschläge für ein Heidengeld vermieten«, grollte Bill. »Ja, sieh dich ruhig mal um, junger Mann. Siehst du den Dreck und die Feuchtigkeit? Und dann denkst du vielleicht: Hier wohnt man bestimmt günstig. Aber falsch gedacht. Das hier …« Er breitete theatralisch beide Arme aus, um seinen Worten mehr Nachdruck zu verleihen. »Das hier sind die teuersten Wohnungen in ganz London. Teurer als die Prachtbauten drüben in Westminster. Mit unserem Elend macht irgendjemand ein Riesenvermögen.«

»Stimmt genau!« Eine kratzige Weiberstimme meldete sich aus der Dunkelheit des Korridors. »Irgendein stinkreicher Pinkel, der warm und bequem im Trocknen hockt.«

»Du kannst das nicht wissen, mein Junge. Aber diese Bruchbuden gehören allesamt reichen Lords, die im Oberhaus sitzen und noch nie einen Finger krumm machen mussten, um ihren Lebensunterhalt zu verdienen«, erklärte Papa Bill voll lange unterdrückter Wut. »Sie bleiben lieber anonym und unerkannt, diese Feiglinge. Wollen sich die Hände nicht schmutzig machen und ihren guten Ruf als Wohltäter der Menschheit nicht aufs Spiel setzen. Unser Geld wollen sie trotzdem.«

»Und sie schicken ihre verdammten Anwälte vor«, fluchte der unsichtbare Nachbar mit dem schrecklichen Husten.

»Und ihre Eintreiber!«, ergänzte die böse Frauenstimme.

Überall in der Dunkelheit murrte und grollte es. Cedric dachte ganz kurz daran, dass auch er selbst einmal einen reichen Lord kannte, der einen Anwalt beschäftigte, aber da stand plötzlich wie hergezaubert Mr. Froggat im Türrahmen. Der Junge machte schnell einen Schritt zurück in die schützende Dunkelheit.

»Wenn man vom Teufel spricht«, kicherte der Krämer, der im Zweit- oder auch Drittberuf im Auftrag eines ungenannten reichen Mannes die Mieten kassierte. »Guten Tag zusammen. Billy Boy, du weißt doch sicherlich, warum ich hier bin.«

Cedric wagte kaum zu atmen aus Angst, Froggat könnte ihn erkennen und bestrafen. Doch der ungehobelte Besucher schien den Jungen nicht bemerkt zu haben.

In diesem Moment hauchte ihm eine vertraute Stimme ins Ohr: »Was machst du denn hier, alter Knabe?« Das war Freckles Pinpicker.

»Ich besuche die Familie einer Freundin«, flüsterte Cedric zurück. »Und du?«

»Ich bin doch Boxer. Mr. Froggat nimmt mich manchmal auf seine Touren mit. Wenn jemand nicht zahlen will, dann darf ich ihn boxen. Genau wie der bullige Bursche aus Boston. So mache ich eine Million Dollar.«

Cedric fand, dass dies nicht der Zeitpunkt war, den Jungen über seinen Irrtum aufzuklären.

Der Eintreiber wurde noch nachdrücklicher.

»Jetzt reicht es, Billy Boy! Zweimal habe ich euch schon Aufschub gewährt. Und was habe ich von meiner Gutherzigkeit? Wir reden jetzt von dem stattlichen Betrag von achtundsechzig Schilling plus Verzugszinsen von zwölf Schilling Sixpence«, rechnete Mr. Froggat laut vor, wobei er hörbaren Genuss empfand.

Emmas Vater, der eben noch so wütend war, verhandelte nun ganz kleinlaut: »Nur noch einmal, Mr. Froggat, ich bitte Sie von Herzen. Die Kinder sind krank, und die Geschäfte mit den Streichhölzern laufen im Sommer nicht so gut. Bitte, geben Sie uns noch zwei Monate. Vielleicht kann ich wieder als Schauermann an den Docks arbeiten. So wie früher.«

Der Krämer ließ sich jedoch nicht erweichen. »Mit deinem kaputten Rücken? Wer soll dich denn dort anstellen? Nein, diesmal ist endgültig Schluss. Sucht euch einen anderen Trottel, bei dem ihr umsonst wohnen könnt. Die nächsten Mieter warten schon. Und die zahlen pünktlich. Sonst geht es ihnen genauso.«

»Aber was soll denn aus uns werden?«, protestierte die kleinwüchsige Mutter, und wie auf Kommando heulten die Zwillinge wieder los. »Wie sollen wir denn all die hungrigen Mäuler stopfen, wenn wir erst auf der Straße leben?«

»Mir egal«, versetzte Froggat. »Los, packt jetzt eure Sachen, sonst ziehe ich andere Saiten auf. Dann muss ich leider rabiat werden.«

»Da komme dann ich ins Spiel«, wisperte Freckles stolz in Cedrics Ohr.

Da geschah etwas Unerhörtes. Die Frauenstimme aus den Tiefen des Korridors ließ sich wieder vernehmen. Und sie klang wütend und entschlossen zugleich: »Lasst euch das nicht länger gefallen!«

Und sofort meldete sich der Mann von nebenan, der mit dem Husten: »Genau! Wehrt euch endlich! Sonst setzen sie euch vor die Tür, und ihr verliert alles.«

Froggat und sein kleiner Faustkämpfer blickten sich um und konnten doch nicht viel sehen. Nur Umrisse und Schatten. Plötzlich jedoch erklangen Protestrufe und Schmähungen aus allen

Ecken und von allen Etagen. Da es keine Geheimnisse in diesem Haus gab und jeder alles hören konnte und weil die Stimmung so vergiftet und die Enge so entwürdigend war, brach nun plötzlich hervor, was lange schon unter der Oberfläche brodelte.

»Mir reicht es!«, brüllte einer. »Ich zahle keine zwanzig Schilling mehr für dieses Rattenloch.«

Ein anderer ergänzte: »Und wenn es regnet, steht alles unter Wasser!«

»Nichts als Dreck und Schimmel. Und dafür verlangen sie so viel Geld!«

»Sie wollen uns alle umbringen!«

»Sie machen unsere Kinder krank!«

»Nieder mit den Spekulanten!«

»Jetzt ist es genug! Wir wollen Gerechtigkeit!«

»Jagt sie aus dem Haus!«

Von überall näherten sich schlurfende Schritte, zerlumpte Gestalten kamen heran, knochige Hände streckten sich aus. Die empörten Rufe wurden immer lauter und aggressiver. Aus Murmeln wurde Grollen, und nicht mehr lange, dann würde hier ein ordentlicher Sturm losbrechen. Der listige Krämer dachte schon längst nicht mehr daran, von seinen säumigen Mietern Geld einzutreiben. Vielmehr suchte er nur noch nach einem Weg, ungeschoren und mit intakten Gliedmaßen diese unselige Bruchbude wieder zu verlassen.

»Beruhigt euch doch, liebe Leute«, sagte er kraftlos. Aber niemand hörte auf ihn. »Das war doch alles nicht persönlich gemeint.«

Cedric beobachtete das Aufwallen des Volkszorns mit wachsender Besorgnis. Neben ihm bekam es Freckles Pinpicker mit der Angst. Die stramme Rechte, mit der er Cedric und so manch anderen Jüngeren und Schwächeren mühelos umgehauen hatte, würde gegen diese rebellischen Hausbewohner nicht viel ausrichten können. Unter den Männern, die sie immer mehr bedrängten, waren einige stattliche Figuren. Lastenträger, Hafenarbeiter. Wo die zuschlugen, wuchs außer Veilchen und blauen Flecken lange nichts mehr.

»Was ist denn hier los?«, fragte Freckles verunsichert. »Warum machen die so was?«

Da knuffte ihn einer von hinten in den Rücken, dass er fast vornüberfiel, und auch Mr. Froggat fing sich eine unverhoffte Kopfnuss ein, was ihn vorübergehend sehr erboste. Die Situation wurde immer unübersichtlicher, die Menge immer feindseliger. Ein Lynchmord lag plötzlich in der Luft.

»Man kann doch über alles reden«, stammelte der Krämer. Er drückte sich mit dem Rücken an die schimmelverseuchte Wand.

Das war der Punkt, an dem sich ein kleiner mutiger Junge zum Handeln entschloss, denn er konnte es einfach nicht mit ansehen, wenn Unfrieden herrschte und Gewalt angedroht oder gar ausgeübt wurde.

»Ihr Mieter und Bewohner von *Paradise Yards*«, rief Cedric mit einer Stimme, so frisch und glasklar, dass Froggat zusammenzuckte wie der Teufel vor dem Weihwasser. Erst jetzt bemerkte er den Knaben und konnte sich dessen Anwesenheit an diesem Ort nicht erklären. Aber schon bald sollte er sehr froh über Cedrics unerwartetes Erscheinen sein.

»Hört mir zu, ihr lieben Mieter! Mein alter Freund Mr. Froggat ist im Grunde ein überaus gütiger und hilfsbereiter Mensch. Er möchte gerne über alles reden. Das hat er soeben selbst gesagt.«

»Hört, Hört!«, höhnte jemand aus dem Halbdunkel.

»Zum Reden ist es aber jetzt zu spät!«, brüllte eine heisere Frau.

Unbeirrt fuhr Cedric fort: »Daher werdet ihr erfreut sein, zu hören, dass allen Bewohnern von *Paradise Yards* die Miete für ein Jahr erlassen wird. Ja, ihr habt richtig gehört: ein Jahr ohne Miete! Dann haben alle Zeit, gesund zu werden, eine ordentliche Anstellung zu finden und ehrliches Geld zu verdienen.«

Verblüfftes Schweigen. Aber Cedric hatte noch weiterführende Ideen: »Und noch dazu wird allen, die mit den Zahlungen im Rückstand sind und keine Arbeit haben, ihre Mietschulden komplett erlassen«.

Ein ungläubiges Raunen ging durch das Gemäuer. Jemand lachte, ein anderer schnaufte höhnisch.

»Und zu guter Letzt werden bald die Handwerker erscheinen und überall neue Fenster und Türen einbauen und dafür sorgen, dass die Keller leer gepumpt werden. Und gegen den Schimmel und die Rattenplage wollte Mr. Froggat schon die ganze Zeit gerne etwas unternehmen …«

Nun hatte der kleine Cedric alle auf seiner Seite. Applaus brandete auf. Aus dem Obergeschoss ertönten begeisterte *Hoch!*-Rufe. Die kleine Emma, unendlich erleichtert und von Dankbarkeit durchflutet, drückte ihm einen dicken Schmatz auf die Wange, bevor Mr. Froggat ihn am Arm zu fassen bekam. Der Krämer ergriff ihn und riss ihn unsanft zu sich heran.

»Du hirnamputiertes Frettchen! Halt endlich die Klappe! Oder willst du dem dreckigen Pöbel auch noch Kaffee, Muffins und Freibier versprechen?«

Cedric hielt das für eine hervorragende Idee. Seine Stimme überschlug sich fast vor Glück, und seine Augen leuchteten, als er rief:

»Und als Zeichen des guten Willens und der Freundschaft will der gütige Mr. Froggat nun dem dreckigen Pöbel Kaffee, Muffins und Freibier ausgeben. Danke euch allen und einen schönen Tag noch für alle Menschen von *Paradise Yards*!«

Konstabler Paddock hielt sich seinen runden Bauch vor Lachen.

»Was für eine ausgezeichnete Idee – mit dem Bier, den Muffins und dem Kaffee«, sagte er. Der weihnachtliche Besucher schien seinen Freudenausbruch jedoch gar nicht zu verstehen. »Das muss ihn doch ein Vermögen gekostet haben. Das geschieht ihm völlig recht.«

»Damit hat sich Mr. Froggat auf einen Schlag viele Freunde unter den Mietern gemacht«, erklärte Tom Tipton allen Ernstes, während Paddock sich die Tränen der Heiterkeit aus den Augen wischte.

»Allerdings schien er das Angebot an die Mieter doch nicht ganz so gemeint zu haben, wie ich es verstanden hatte.«

»Pah! Der soll sich mal nicht so anstellen. Er war ja kein armer Schlucker. Schließlich hatte er ja nun wirklich genug Einnahmequellen«, fand der Konstabler. »Den Laden, dann den ekelhaften Welpenhandel. Und als Geldverleiher und Mieteintreiber war er zudem noch unterwegs …«

»Und nicht zu vergessen das Geld, das ihm Alfred Tripe regelmäßig vorbeibrachte. Und dann waren da noch drei oder vier andere Trainer mit anderen Cricketmannschaften in der Gegend, die ebenfalls Geld an Mr. Froggat zahlten.«

»Wirklich?«

»Und dann gab es noch gewisse Leute, die ihm einfach so Geld vorbeibrachten und nichts weiter sagten als: Zwanzig *auf Fortnum Rose* oder zehn *auf Buster King im dritten Rennen.*«

»Donnerwetter! Der Kerl hatte ja wohl überall seine schmutzigen Finger im Spiel. Ein ziemlich dicker Fisch, was?«

»Genau das hat Inspector Higgins auch gesagt. Der hatte jedenfalls immer sehr viel Freude an meinen Erzählungen und machte sich dauernd Notizen.«

»Das kann ich mir vorstellen!« Paddock lachte. Mit dem kleinen Tom Tipton als Spion in Bethnal Green hatte der Mann von Scotland Yard sicherlich jede Menge wichtige Informationen und Insiderwissen über die Londoner Unterwelt abfischen können.

»Wie ging es denn dann weiter, nachdem Sie dem Kerl sein erbärmliches Leben gerettet hatten? Zeigte er sich wenigstens dankbar?«

Der scheue Fremdling zuckte die Achseln. »Nun ja, er war kein Mensch, der anderen gerne seine Gefühle offenbarte. Schon gar nicht freundliche Gefühle. Wenn er mir dafür dankbar war, dann hat er es nicht gezeigt. Mir jedenfalls nicht …«

9. Kapitel

Mr. Froggat und Alfred Tripe planen ein Verbrechen, während Cedric ein unerwartetes und erfreuliches Wiedersehen erlebt.

Warte nur, du vaterlose Kakerlake, bis wir wieder zu Hause sind. Dann drehe ich dir mit dem größten Vergnügen deinen ungewaschenen Hals um«, presste Mr. Froggat mit krebsrotem Kopf zwischen zusammengebissenen Zähnen hervor. »Hast du überhaupt eine Ahnung, was mich deine verdammte Geschwätzigkeit kostet? Keinen Penny Miete für ein ganzes Jahr? Schulden gestrichen? Die sinnlosen Reparaturen und dann auch noch das Freibier? Ein Vermögen kostet das!«

Cedric versuchte mit dem erbosten Händler Schritt zu halten. Trotz seiner chronischen Gelenkbeschwerden legte Froggat plötzlich ein mörderisches Tempo vor. Flankiert von Cedric und Freckles Pinpicker, stürmte der verhinderte Mietzinseintreiber zurück in seinen Laden, und wer ihn kommen sah, machte vorsichtshalber schnell die Bahn frei.

»Mir reicht's jetzt mit diesem vorlauten, altklugen Balg«, zischte er giftig. »Nichts als Ärger hat man mit dem Mistkerl. Aber warte nur, Bürschchen. Jetzt ist Schluss mit den Nettigkeiten. Jetzt wirst du einen anderen Charlie Froggat kennenlernen.«

Freckles schaute im Laufen zu Cedric hinüber, und sein Blick verriet, dass er keinen gesteigerten Wert auf diese Bekanntschaft legte. Wo doch schon der ihnen bisher bekannte Charlie Froggat nicht in dem Ruf stand, ein sanftmütiger Menschenfreund zu sein.

Im Laden angekommen, warf er seinen Gehstock in die Ecke und schrie aus vollem Halse in die Gasse hinaus wie in einen Kasernenhof: »Tripe! Sofort zu mir!«

Es dauerte gerade mal eine Minute, da stand der junge Mann mit dem modischen Schnurrbart und der Stirnnarbe im Raum und hielt den Zylinder in seinen Händen. Er blinzelte aufgeregt und intelligenzlos.

»Wir müssen jetzt sofort handeln«, fuhr Froggat den verdatterten Kleinkriminellen an.

Cedric saß mit verschränkten Beinen und gesenktem Kopf auf dem Boden wie ein armer Sünder und hoffte, dass er nicht den ganzen Zorn des Grobians abbekommen würde. Das war jedes Mal sehr demütigend und tat auch manchmal weh. Mit gutem Grund hatte sich sein Kumpel Freckles stillschweigend verdrückt und ließ sich für den Rest des Tages nicht mehr blicken.

Froggat humpelte in seinem Laden auf und ab, gestikulierte und schimpfte. »Ich werde jetzt nicht mehr länger warten. Dieser Unglücksrabe hat mich gerade mit einem Handstreich um fünfzig Pfund gebracht. Mindestens. Das muss ein Ende haben.«

»Okay«, sagte Tripe. »Du bist der Boss. Aber hieß es nicht immer, wir sollten nicht zu früh handeln?«

»Was scheren mich diese Kleinigkeiten?«, brüllte Charlie Froggat, der sich immer mehr in Rage redete. »Ich habe jetzt einen Haufen bares Geld verloren. Jetzt! Verstehst du? Und ich will auch jetzt meine Entschädigung. Noch heute werde ich ein Treffen verlangen. Und dann schlagen wir zu.«

»Von mir aus«, sagte Tripe und grinste schief. »Ich bin schließlich immer dabei, wenn man sich die Taschen vollmachen kann. Das weißt du doch.«

Nachdem der junge Ganove den Laden verlassen hatte, zerrte Mr. Froggat den ehemaligen kleinen Lord unter der Spüle hervor und packte ihn bei den Schultern.

»Schluss jetzt mit der Faulenzerei, du elender Tagedieb. Du rennst jetzt sofort nach Whitechapel, Plumbers Row Nummer 89. Da klopfst du bei dem Schiffstaumacher Elias Potter an und fragst nach einem Mann namens Mumford Barnaby. Oder besser Privatdetektiv Barnaby.«

»Sehr gerne, Sir.« Cedric war sehr erleichtert, dass der Krämer ihn nicht vor die Tür setzen wollte, denn er hätte nicht gewusst, wo er hingehen sollte. Außerdem war er immer froh, wenn er einen Ausflug in die Stadt unternehmen konnte. »Was soll ich dem gütigen Herrn Barnaby ausrichten?«

»Ich will ihn sehen. Heute Abend zur üblichen Zeit am gewohnten Treffpunkt. Los jetzt, beeil dich und trödle nicht!« Er wollte dem Jungen einen Fußtritt versetzen, aber seine morschen Gelenke gehorchten ihm nicht, und so lief Cedric hinaus in den Nachmittag von Bethnal Green und die engen, verwinkelten Straßen seiner neuen Heimat.

Er tauchte flink zwischen den Obst- und Gemüseständen und Garküchen hindurch, rannte unauffällig im Schatten der Kutschen und Leiterwagen, wich Lumpensammlern, Straßensängern und Streifenpolizisten aus, schüttelte eine Meute streunender Hunde ab und bemerkte nicht, dass hinter ihm, schattengleich und leichtfüßig, ein ebenso flinker Verfolger lief.

Der Botengänger erreichte nach einer knappen Stunde die Plumbers Row im gefürchteten Distrikt von Whitechapel und klopfte an die Werkstatttür des Schiffstaumachers Elias Potter. Vorsichtig trat er ein und sah zunächst nichts als wilde Haufen, sauber gewickelte Trommeln und unentwirrbare Knoten dicker Taue und Seile, die bis fast unter die Decke gestapelt waren und die Fenster verdunkelten. Umgeben von dicken Wülsten sandfarbener Stricke, tief gebeugt über zwei losen Seilenden, saß der Herr all dieser Schlaufen und Trossen. Er hatte einen kahlen Schädel, trug einen groben blauen Arbeitskittel und fluchte über die widerspenstigen Endstücke, die er verknoten wollte und die sich seinen Fingern nicht fügen wollten.

»Guten Tag«, rief der kleine Besucher. »Verzeihen Sie bitte die Störung. Ich habe eine Nachricht von Mr. Froggat für Mr. Barnaby.«

»Ist nicht da«, gab der Seilmacher kurz angebunden zurück und brummte dann, mehr zu sich selbst: »Verflixter Knoten, da kannst du ja gleich den Klabaster am Fockmast verdütteln … Das ist das Allerschwerste beim Seilemachen. Zwei Seile zusammenzubringen, so dass es wirklich hält. Da soll doch der bärtige Pantoffelpolyp in den Schotten verdummsacken! Da kann man schier die Wände hochgehen! Es ist wie ein Flämischer Achtknoten, aber zehn Stück davon auf kleinstem Raum. Allerkleinstem Raum.«

»Sie machen das aber wirklich sehr gut!«, lobte der Junge.

»Ach, was weißt du schon von Knibbelpötten und Gaffelsacken? Also – was willst du von diesem Barnaby?«, erklang es aus Richtung der glänzenden Glatze.

»Er möchte heute Abend zur üblichen Zeit am gewohnten Treffpunkt erscheinen«, erklärte Cedric.

Der Glatzkopf blickte nun zum ersten Mal auf, um seinen Gast genauer anzusehen, stutzte und rief erfreut:

»Na, Hullabaloobalay! Da fahr mir doch gleich der Klabautermann in die Planken. Das ist doch mein kleiner Freund Cedric aus New York, der nach England kam, um seinen Großvater kennenzulernen! Achtern quer über Backbord und kielholen und *tutta forza* noch einmal.«

»Jerry!«, entfuhr es dem Jungen, denn sofort erinnerte er sich an den netten Matrosen, mit welchem er auf der langen Überfahrt nach Liverpool innige Freundschaft geschlossen hatte. Jerry hatte ihn trefflich mit seinen abenteuerlichen Geschichten von seinen Weltreisen zu Stammeshäuptlingen, Menschenfressern und Schrumpfkopfsammlern unterhalten. Welch unerwartetes Wiedersehen!

Cedric stiegen sofort die Tränen in die Augen, denn dies war das erste Mal seit langer Zeit, dass er ein freundliches Gesicht aus seinem früheren, glücklicheren Leben erblickte. Der Junge war überwältigt, und plötzlich lösten sich alle Anspannungen und Entbehrungen der letzten Monate in einem krampfartigen Schluchzen, als er seinen wahren Namen hörte.

»He, he … Was ist denn los, kleiner Lord Fauntleroy? Mastbruch, Pest und Ruderstottern!« Der hünenhafte Seebär kämpfte sich von seinen Seilen frei wie aus der Umklammerung einer vielköpfigen Riesenschlange, und als er befreit war, fand er sich in der innigen Umklammerung des unglücklichen Cedric wieder.

»O weh, o weh«, brummte er. »Wenn da mal nicht die tranige Tiefseegurke am Kombüsenfenster gluckert. Da gibt es ja wohl einiges zu betacken, mein kleiner Hilfsmatrose …«

Jerrys eigene Geschichte war in ein paar Sätzen erzählt. Nach ihrer gemeinsamen Überfahrt mit dem Dampfer nach Liverpool war er nur noch einmal in die Südsee gereist, um sich von seinem alten Freund, dem König der Parromachaweenkins, zu verabschieden. Danach hatte er die Seefahrt an den Nagel gehängt, um lieber in London bei seinem Onkel Elias Potter, der sich aufs Altenteil zurückziehen wollte, das ehrliche, aber frustrierende Handwerk des Schiffstaubinders zu erlernen. Das Gewerbe war aber doch mühsamer, als er angenommen hatte, daher spielte er schon seit längerem mit dem Gedanken, lieber wieder die Meere zu befahren.

Das war im Prinzip schon alles.

Als er nun mit seiner Geschichte an der Reihe war, senkte der Junge, der nun Tom Tipton war, den Blick.

»Ich kann es nicht erzählen«, brachte er mit erstickter Stimme hervor. »Ich habe es schwören müssen, denn meine arme Mutter ist in schrecklicher Gefahr. Und wie sich dann herausstellte, bin ich auch gar nicht der echte Lord Fauntleroy, sondern nur ein ganz normaler Junge und habe den Namen Tom Tipton.«

»Hm«, grübelte Jerry. »Soweit ich mich mit meinem Salzwassergehirn erinnern kann, war dein Name aber Cedric. Und ich erinnere mich auch an eine wunderschöne Frau. Bei dem Anblick konnten selbst die Nixen aus Tahiti nur die Sippelpappeln abfaden.«

»Herzlieb!«, entfuhr es dem Knaben.

»Nein. Sie hieß Mrs. Errol, und alle mochten sie gern. Außerdem war da so ein komischer Vogel mit Stock und Zylinderhut, der euch beiden während der Reise nicht von der Seite wich. So ein Schottenpottel, der heimlich im Klüverhuck süffelt. Ein Notar oder so was in der Art. Der Name war … Moment … Mister Aftershave!«

»Havisham?«

»Oder so … Hat der Schnackpoppel etwa was mit der ganzen Sache zu tun?«

Cedric rutschte unruhig hin und her.

»Schon gut. Du musst nichts sagen«, flüsterte Jerry. »Doch jetzt sage ich dir mal was: Dieser Putzjabbel kam mir von Anfang an nicht geheuer vor. Aber dann geschah etwas wirklich Komisches. Weißt du was? Dann tauchte der Triefpotzel plötzlich auch noch hier auf!«

Cedric erschrak und sah sich um. »Hier? In dieser Werkstatt?«

»Beim haarigen Klabautermann – so ist es! Er stand genau da, wo du eben noch gestanden hast, dieser Mister Aftershave.«

»Havisham. Was wollte er denn von dir? Ein Seil kaufen?«

»Nein. Er wollte zu dem fitzbassigen Mr. Barnaby, genau wie du jetzt. Das ist übrigens noch so ein undurchsichtiger Patron. Er wohnt die Treppe hoch im Hinterhaus und lässt sich nur manchmal blicken.«

Plötzlich rollte Jerry warnend seine Augen und legte den Zeigefinger auf die Lippen, damit der Junge kein falsches Wort sagte. Dann redete er leutselig weiter wie zuvor: »Es heißt, er sei ein berühmter Detektiv und übernehme gewisse Aufgaben für gewisse Leute, die sich nicht selbst die Hände schmutzig machen wollen.« Ganz langsam und mit katzengleicher Geschmeidigkeit erhob sich Jerry, während er weitersprach. »Der einzige Weg in seine Wohnung führt durch unsere Werkstatt, und wir nehmen auch seine Post und Nachrichten für ihn entgegen. Deswegen bin ich ihm schon ein paarmal begegnet … Ha!« Plötzlich griff er blitzschnell und mit tödlicher Präzision wie ein Raubtier, das seine Beute packte, zwischen zwei Seiltürme und zog ein wild zappelndes Wesen hervor.

»Was machst du denn hier, du wossiges Wattwiesel?«

»Lassen Sie mich los, Sie Unhold! Ich bin eine ehrenhafte Dame!«

Zu seinem Entsetzen erkannte Cedric, dass der Seemann Jerry die kleine Emma am Schlafittchen hatte, die ihm offenbar die ganze Zeit unbemerkt gefolgt war und nun ihr höchst vertrauliches Gespräch belauscht hatte.

»So hilf mir doch, Lodähsedneineitom! Sag ihm, wer ich bin!«, bettelte sie.

Jerry war verwirrt.

»Du kennst diese neugierige Lolli-Lauschi-Lady?«

»Aber natürlich. Das ist meine Freundin Emma. Du kannst sie ruhig loslassen.«

Jerry setzte das Mädchen auf dem Boden ab.

»Danke, sehr freundlich«, sagte sie, rückte sich das weiße Leibchen und das grobe Wollkleid zurecht und strahlte ihren jungen Freund an wie einen Helden aus dem Märchen.

»Hast du alles mit angehört?«, fragte Cedric.

»Alles, verehrter Lord Fauntleroy.« Sie gluckste vor Anspannung und Glück. »Das ist ja wie in einem meiner schönen Prinzessinnenromane! Ein Edelmann unter den Elenden. Er muss Unrecht erleiden und Demütigungen ertragen. Bis dann endlich seine Stunde naht ...«

Cedric unterbrach sie. »Gar nichts wird nahen. Auf gar keinen Fall darfst du irgendjemandem etwas erzählen. Sonst stirbt der Mensch, der mir am allerliebsten auf dieser Welt ist. Ich bin Tom Tipton und werde es immer bleiben. Und niemand außerhalb dieses Raumes darf je etwas anderes erfahren! Schwörst du es?«

Emma ließ den Kopf sinken, und ihre Zöpfe hingen enttäuscht

herunter. »Na gut. Ich schwöre. Aber es ist schon eine sehr romantische Geschichte.«

»Runter, schnell!«, befahl Jerry plötzlich, denn er hatte auf der Gasse eine vertraute Gestalt näher kommen sehen. Schon wurde die Tür zur Werkstatt aufgestoßen, und der geheimnisvolle Privatdetektiv Barnaby betrat den Raum, gerade als die Köpfe von Cedric und Emma hinter einem großen, lockeren Stoß von Seilen verschwanden.

»Oh, guten Tag, Mr. Barnaby«, begrüßte ihn fröhlich der Seemann. »Wie geht es Ihnen?«

Der Mieter aus dem Hinterhaus sah Jerry nur ausdruckslos an und würdigte ihn keines Grußes. Er ging quer durch den Laden auf die Treppe zu, die zu seinem Quartier hinaufführte.

Jerry sprach mit seinem Rücken, als er sagte: »Ich habe eine Nachricht für Sie, äh, Sie möchten bitte heute Abend zur gewohnten Zeit am üblichen Ort sein und dort einen gewissen Mr. Froggat treffen.«

Barnaby blieb stehen, ohne sich umzudrehen, als Jerry fortfuhr: »Oder vielleicht war es auch zur üblichen Zeit am gewohnten Ort.«

Das war als Scherz gemeint, denn Jerry war ein notorischer Witzbold. Aber Mr. Barnaby war kein Freund von Scherzen, wie der Taubinderlehrling nun erkannte.

»Ich bitte um Verzeihung. Das war nur ein takelpotziges Witzchen …«

»Ha, ha«, knurrte Barnaby und setzte seinen Weg nach oben fort.

Jerry hielt sich für besonders klug, als er nun noch fragte: »Wird denn Mister Aftershave auch erwartet?«

Jetzt drehte sich Barnaby doch um und blickte Jerry fest in die Augen. Cedric konnte aus seinem Versteck hinter den Seilen geradewegs in sein Gesicht schauen. Ein schiefes Gesicht mit einer knotigen Nase, übersät mit kleinen Kratern. Der Blick seiner tief in den Höhlen liegenden Augen war stechend und konnte einem Gänsehaut verursachen.

»Wer?«, fragte er eisig.

»Ha-vi-sham ...«, flüsterte Cedric verzweifelt, aber zu leise, um gehört zu werden.

»Na, Mister. Aftershave«, wiederholte Jerry mit unschuldigem Gesichtsausdruck.

»War das wieder einer von Ihren Witzen?«

»Ja, sicher. Oder kennen Sie jemanden, der Mister Aftershave heißt? Ich nämlich nicht! Beim Klabautermann und seiner wasserwuchtigen Windsbraut. Also, da haben wir es! Wieder nur ein Witz. Nichts für ungut. Einen schönen Tag wünsche ich dem bramsalligen Herrn ...«

Die Treppe quietschte und knarzte unter den schweren Tritten des Detektivs. Als oben die Tür zufiel, gab Jerry einen hörbaren Seufzer von sich und beugte sich zu den beiden Kindern in ihrem Seilversteck hinab.

»Ihr müsst jetzt verschwinden, bevor der Dösbaddel euch noch sieht. Wenn ich irgendwas für dich tun kann, Cedric, dann sag mir Bescheid. Du weißt jetzt, wo du mich findest. Und nimm dich bloß vor diesen Männern in Acht. Froggat, Barnaby und Aftershave scheinen irgendeine Teufelei auszuhecken.«

Cedric dachte kurz darüber nach, ob er noch etwas zu dem Namen sagen sollte, entschied sich aber dagegen. Zumal ihm gerade siedend heiß einfiel, dass ja heute der erste Dienstag im Monat war und er sich mit seinem Freund, dem Inspector, in der Kneipe *The King's Arms* treffen würde. Da hatte er diesmal wirklich allerhand Hochinteressantes zu erzählen. Mr. Higgins liebte Geschichten dieser Art.

»Komm mich bald mal wieder besuchen, kleiner Lord«, sagte der ehemalige Matrose.

»Sobald ich kann«, antwortete der treue Junge, dem noch nie ein Abschied leichtgefallen war. Er bedankte sich artig und nahm Emma bei der Hand.

Draußen war es schon fast dunkel, und in den Gassen von Whitechapel, die genauso schmutzig und heruntergekommen waren wie die von Bethnal Green, herrschte das abendliche Getümmel. Der Rückweg zum Laden des Krämers war beschwerlich, weil die Straßen nun noch voller waren mit Händlern und Bettlern, mit Lastenträgern und Verkäufern, mit Taschendieben und Tagelöhnern. Im gelben ungesunden Licht der Gaslaternen begann das Nachtleben der Armen mit all seinen Schrecken und Abgründen. Frauen lehnten summend an den Wänden, Männer schwankten betrunken dicht an den Mauern entlang, Jugendliche drückten sich in Grüppchen an dunklen Orten herum und lauerten auf wehrlose Opfer.

Eine ganze Weile trottete Emma schweigend neben Cedric her, bis sie es nicht länger aushielt.

»Ehrlich gesagt – ich hatte von Anfang an das Gefühl, dass du kein einfacher Straßenjunge bist. Man merkt dir an, dass du aus gutem Hause kommst.«

Cedric mochte so etwas nicht hören. »Du darfst nie wieder darüber sprechen. Ich habe ein schreckliches Verbrechen begangen und muss mein Leben lang dafür büßen!«

»Ein Verbrechen?« Sie blieb entsetzt stehen.

Cedric nahm sie bei der Hand und zog sie weiter. Er wollte

nicht noch den Zorn des Krämers auf sich ziehen, indem er zu spät nach Hause kam.

»Ein Versehen …«, korrigierte er. »Aber das ist unwichtig, denn es darf so oder so niemals bekannt werden. Mr. Havisham meinte es nur gut mit mir und hat mich zu einem Mann namens Jeremiah Wickham geschickt. Wenn ich ihn endlich gefunden habe, dann wird sicher alles besser.«

Emma blieb schon wieder stehen.

»Aber ich kenne Jeremiah Wickham! Er arbeitet bei Mister Fulton im Zirkus. Er ist dort Schwertschlucker!«

Cedrics Herz machte einen Freudensprung.

»Wirklich?«

Ihr eben noch so begeisterter Blick glitt aber nun ins Unbestimmte. »Ach, nein, Entschuldigung, der Schwertschlucker heißt ja Jeremiah Brickkam. Tut mir leid.«

»Komm jetzt! Wir dürfen nicht trödeln. Ich muss noch den Laden sauber machen, und heute ist der erste Dienstag im Monat, da treffe ich mich immer mit einem alten Bekannten.«

»Heute ist aber schon Mittwoch«, sagte sie.

»Oh. Weißt du das genau?«

Zu dumm, dachte der Junge. Dann konnte er dem Inspector diese spannende Geschichte erst beim nächsten Treffen erzählen. »Was macht dich denn da so sicher?«

»Na, morgen ist Donnerstag, und da brechen wir auf. Nach Brighton. Und dann geht es weiter Richtung Cornwall. In der Sommersaison sind wir Zirkusleute vor allem in den Strandbädern gern gesehen.«

Sie überquerten eine belebte Straße und wichen den riesigen unbeleuchteten Pferdegespannen aus, die sich mit ihrer Ladung

Textilballen von den Manufakturen im Norden und Osten unterwegs zu den Verladestellen am Hafen befanden.

Cedric erinnert sich, während er seine Begleiterin an der Hand fasste und hinter sich herzog, an das Gespräch, das Emma am Morgen mit ihren unglücklichen Eltern geführt hatte.

»Aber ich dachte, du könntest dort nicht mehr arbeiten, weil du immer weiterwächst.«

»Das Problem ist zum Glück gelöst«, gab sie erleichtert zurück. »Eine Kräuterfrau hat mir ein ganz besonderes Mittel gebraut. Das werde ich nun regelmäßig einnehmen und danach nie wieder wachsen. Dafür aber einen sehr starken Haarwuchs entwickeln und Füße wie eine Ente bekommen. Wenn wir dann zu Weihnachten wieder hierherkommen, bin ich vermutlich bereits eine Weltsensation, und alle werden mich sehen wollen.«

»Das freut mich«, sagte Cedric, auch wenn er traurig war, Emma schon wieder für ein halbes Jahr aus den Augen zu verlieren.

Endlich hatten sie die vertraute Umgebung von Bethnal Green erreicht. Ihre Wege mussten sich trennen. Emma bog in Richtung *Meath Gardens* ab, wo die Wagen des Schaubühnenzirkus von James Fulton standen. Cedric musste geradeaus weiter in den Krämerladen.

»Du auch?«, fragte sie und sah plötzlich sehr unglücklich aus.

»Ich auch – was?«

»Na, wirst du mich denn wohl auch sehen wollen? Mit meinen unglaublich vielen Haaren und den Entenfüßen?«

»Na klar!«, sagte Cedric. »Ich würde dich wirklich sehr gerne so sehen.«

Emma sah sich kurz um und drückte ihm dann einen scheuen Kuss auf die Wange.

»Das freut mich sehr, lieber Lord Fauntleroy«, flüsterte sie. »Ich werde jede Nacht von dir träumen.«

Bevor Cedric etwas erwidern konnte, war sie schon in der Dunkelheit verschwunden, und ihm blieb nichts als der sanfte Tupfer auf seiner Wange, den er festhielt, als könnte er sonst wegfliegen.

Die heftigen Böen des Weihnachtssturms rüttelten mit einem Mal so heftig an den Fenstern der Wache, dass Konstabler Paddock unruhig wurde und sich zu einem kleinen Kontrollgang bemüßigt sah.

»Da hat Ihr Freund, der Seilbinder, ja wohl den richtigen Riecher gehabt, oder?«, fasste er zusammen, während er prüfend auf den Fensterrahmen klopfte und hinaus in die Schneestrudel blinzelte.

»Wie meinen Sie?« Tom Tipton konnte ihm nicht gleich folgen.

»Na ja … dass Froggat, Barnaby und dieser Advokat Havisham irgendwas zusammen ausheckten, das lag ja wohl irgendwie auf der Hand, oder?«

»Finden Sie?« Der junge Mann versuchte die Logik hinter dieser Aussage zu verstehen, aber sie erschloss sich ihm nicht. Auch jetzt, viele Jahre später, war er nicht in der Lage, die Arglist und die Bosheit zu durchschauen, mit der man ihn hereingelegt und hintergangen hatte. Er vermutete immer nur das Beste in seinen Mitmenschen. Ihm fehlte schlicht der Schlüssel zum Denken unaufrichtiger Leute ohne Anstand und Moral. »Ich glaube, alles, was kam, war vor allem mein Fehler. Wenn ich nicht die Wochentage verwechselt und das Treffen mit Inspector Higgins verpasst hätte, dann wäre vielleicht alles nicht so schlimm geworden.«

Paddock setzte sich wieder hin und zog seine Tabakspfeife aus der Schublade.

»Darf ich?«, fragte er höflich.

»Bitte sehr.«

Der Dorfpolizist stopfte gemütlich den kräftigen türkischen Tabak in den Pfeifenkopf, entzündete ihn und paffte genüsslich ein paar weiße Rauchwolken in die weihnachtliche Dienststube.

»Wie schlimm ist es denn geworden?«, fragte er nach einer Weile.

»Ehrlich gesagt – ziemlich schlimm. Nachdem sich an diesem Abend zur üblichen Zeit am gewohnten Ort die Herren Froggat und Barnaby getroffen hatten, kam eine lange geplante Überraschung in Gang, die zu einer Verkettung vieler unglücklicher Umstände und schließlich zu einem äußerst bedauerlichen Ergebnis führte. Allerdings ahnte ich das alles noch nicht und hielt es zunächst für eine gute Nachricht, als Alfred Tripe mir ein paar Tage später mitteilte, dass ich mich auf eine unerwartete Begegnung vorbereiten sollte. Dafür gab mir Mr. Froggat meinen schönen Anzug zurück, für den sich immer noch kein Käufer gefunden hatte. Und dann staunte ich nicht schlecht, wer da plötzlich in dem Kramladen auftauchte …«

❄

10. Kapitel

Cedric erhält unerwarteten Besuch, erfährt einige schlimme Dinge und bekommt eine Chance, auf die er nicht zu hoffen gewagt hätte.

Mr. Havisham – das ist ja eine tolle Überraschung!« Nach so langer Zeit war das zwar fast zu viel Wiedersehensfreude innerhalb weniger Tage. Erst traf er Jerry, den Seemann. Und nun auch noch den Anwalt des verstorbenen Earls von Dorincourt, der ohne Ankündigung plötzlich mitten in Froggats Krämerladen stand.

»Es freut mich, dich bei guter Gesundheit anzutreffen«, sagte der Sachwalter etwas steif. »Ich hoffe, Mr. Froggat ist immer gut und gerecht zu dir.«

»Einen besseren Freund könnte ich mir gar nicht wünschen«, sagte der Junge in seinem kindlichen Überschwang. Er wollte auf keinen Fall den Eindruck erwecken, er sei wählerisch oder gar undankbar. Alles war schließlich besser, als am Galgen zu baumeln. Und wenn es nur seiner lieben Mutter gutging, wollte er gerne alle Entbehrungen klaglos ertragen. »Ich habe ein trockenes Schlafplätzchen unter der Spüle und kann mich immer nützlich machen. Und mit meinen Freunden spiele ich den ganzen Tag Cricket. Was will man mehr?«

»Ausgezeichnet«, sagte Mr. Havisham.

Er schritt langsam durch den engen Kramladen und klopfte mit seinem Gehstock mal hier, mal dort wahllos auf irgendwelche herumliegenden Gegenstände. Cedric sah ihm eine Weile zu und versuchte sich zu zügeln. Aber dann brach es aus ihm heraus.

»Mr. Havisham, bitte sagen Sie doch – wie geht es Herzlieb? Lacht sie wieder? Ist sie gesund? Fragt sie nach mir?«

Der Anwalt machte eine bittere Miene.

»Es geht Mrs. Errol den Umständen entsprechend nicht schlecht«, sagte er ausweichend und mit spitzem Mund. »Sie kümmert sich liebevoll und aufopfernd um ihren Sohn Cedric, den jungen Earl von Dorincourt.«

Diese Auskunft versetzte dem Jungen einen schmerzhaften Stich ins Herz, und sofort wollten Tränen in seine Augen steigen. Ein anderer hatte seinen Platz eingenommen, und seine geliebte, aber umnachtete Mutter würde niemals wissen, welche ehrlose Komödie dort mit ihr gespielt wurde. Er konnte das Schluchzen gerade noch herunterschlucken, bevor Mr. Havisham seine Aufwallung bemerkte.

»Herzlieb erinnert sich also immer noch nicht an mich?«

»Niemand erinnert sich an dich«, beschied ihn der Advokat kühl. »Der rechtmäßige Erbe, der Tom Tipton hieß, bevor ihr die Identitäten getauscht habt, ist ein gelehriger und geschickter Junge. Er hilft mir dabei, die Reichtümer des Hauses Dorincourt zu hüten und die Güter des verstorbenen Grafen nach Kräften zu mehren, statt sie zu verschwenden. Und er hat auch bisher niemanden in seiner näheren Umgebung zu Tode gebracht.« Er sog vorwurfsvoll die Luft durch die Nase ein. »Anders als gewisse andere Gäste auf Schloss Dorincourt.«

»Die Sache tut mir wahrhaftig immer noch sehr leid.« Cedric senkte schuldbewusst das blonde Köpfchen. »Wirklich. Es war keine Absicht.«

»Ach, Schwamm drüber«, sagte der Anwalt. »Ich hoffe, du hast niemandem von dem kleinen Missgeschick erzählt?«

»Nein, natürlich nicht. Eher will ich tot umfallen.«

Havishams Ton wurde scharf. »Auch nicht dem freundlichen Herrn von der Polizei, mit dem du immer am ersten Dienstag im Monat im *Kings Arms* zusammenhockst?«

Cedric erschrak. Er hatte nicht geahnt, dass seine regelmäßigen Ausflüge in den Pub zu Inspector Higgins bemerkt worden waren. Dabei hätte er ahnen können, dass ein Mann wie Krämer Froggat überall in diesem Viertel seine Augen und Ohren hatte.

Mr. Havisham sah ihn mit einem bohrenden Blick an. Vor diesem Manne konnte der Junge keine Geheimnisse haben. Seine Stimme war nun wieder sanft und wohlig, als wolle sie ihn einlullen.

»Er hat dich sicherlich nach Jeremiah Wickham ausgehorcht. Habe ich nicht recht?«

»Ja, Sir.«

»Und? Mit welchen Auskünfte konntest du dich beliebt machen?«

»Ich habe nur die Wahrheit gesagt. Dass ich diesen Gentleman noch nicht gefunden habe. Dass er sehr wichtig ist und keine Zeit für Leute wie mich zu haben scheint. Und dass ich mich aber weiterhin um ein Treffen bemühe.«

»Und was hast du ihm sonst noch berichtet?«

»Der Inspector hat gefragt, wo ich lebe und wie mir das Cricketspiel gefällt und was Mr. Froggat so alles treibt und wo Alfred Tripe wohnt und wer meine Freunde sind … Alles ganz harmlose Dinge. Wirklich. Wir haben uns nur nett unterhalten.«

»Gewiss …« Havisham lächelte falsch wie ein Krokodil. Dann wurde er plötzlich sehr ernst. »Mein Junge, ich will ganz offen mit dir sein. Mr. Froggat hat mich benachrichtigt. Es ist dir anscheinend gelungen, das große Maß an gutem Willen und Freundlichkeit, mit welchem er dich in sein Haus aufgenommen hat, in kürzester Zeit zu zerstören.«

»Oh, das würde mir sehr leidtun, Sir.«

»Tja. Dazu ist es nun leider zu spät. Du weißt, wovon ich rede, nicht wahr? Du hast ihn vor den Mietern des Renditeobjektes *Paradise Yards* bloßgestellt und großen Schaden angerichtet, der uns viel Geld kosten wird.«

»Uns?«, fragte der Junge unschuldig.

»Nein. Natürlich nicht *uns*«, korrigierte sich der Sachwalter irritiert. »Ihn. Ihn wird es viel Geld kosten. Das sagte ich ja gerade. Es betrübt mich, zu sehen, dass du deine amerikanischen Unarten noch immer nicht abgelegt hast.«

»Es tut mir wirklich sehr leid, Sir. Ich werde mich bessern.«

»Davon bemerke ich nichts. Du hast den wackeren Mr. Froggat in eine unmögliche Lage gebracht.«

»Aber ich wollte ihm nur helfen. Die Mieter waren nicht gut auf ihn zu sprechen …«

»Siehst du? Schon wieder! Du bist immer noch vorlaut und frech. Typisch Amerikaner! Man bekommt das Unzivilisierte einfach nicht aus dir heraus.«

»Ich werde mich bestimmt am Riemen reißen«, sagte der Junge resigniert, dann fuhr er erschrocken zusammen, denn das Scheppern der Klingel ertönte, als plötzlich die Tür zum Kramladen aufflog, und zunächst Alfred Tripe, dann Mr. Froggat und hinter diesem der unsympathische Privatdetektiv Mumford Barnaby eintraten. Bedrohlich bauten sich die Männer in einem Halbkreis vor dem Jungen auf, der schuldbewusst zu ihnen aufblinzelte. Besonders dieser Mr. Barnaby mit der pockigen Kraternase jagte ihm einen ungeheuren Schrecken ein.

»Und?«, wollte Alfred Tripe wissen, »Was hat das kleine Vögelchen denn wohl dem bösen Wolf vorgezwitschert?«

»Nichts, was der nicht schon wusste. Du kannst ganz beruhigt sein«, sagte Mr. Havisham.

»Dieser lästige Inspector Higgins ist seit Jahren hinter mir her«, knirschte Charlie Froggat. »Ich dachte schon, er hätte inzwischen herausbekommen, dass ich in Wirklichkeit Jeremiah Wickham bin.«

Cedric erstarrte. Das war es also! Der scheinbar harmlose Krämer war der meistgesuchte Gangster der ganzen Stadt. Der Laden war nur Tarnung. Sein Krämerkittel nur Verkleidung. Und er hatte so viele Monate ahnungslos unter seiner Spüle gewohnt. Wer konnte sagen, wie oft sich der Ganovenkönig dort die Hände gewaschen hatte, nachdem er unaussprechliche Gräueltaten und Verbrechen begangen hatte? Dem Jungen wurde abwechselnd heiß und kalt, und ihm war alle Farbe aus dem Gesicht gewichen. Er sah aus, als sei ihm ein Gespenst begegnet. Charlie Froggat lachte ihn böse an.

»Tja, da staunst du, was? Du kleine Zecke! Das hätte Tom Tipton wohl nicht erwartet, dass der liebe, harmlose Mr. Froggat ein gefährlicher Mann ist und von der Polizei gesucht wird.«

»Und was hat er denen von mir erzählt?«, fragte Tripe.

»Keine Sorge. Was ihn betrifft, bist du nichts als ein verdammter Crickettrainer.« Mr. Havisham lachte. »Und Mr. Barnaby kennt er gar nicht.«

Kurz überlegte Cedric, ob er vielleicht ehrlicherweise zugeben sollte, dass er Mr. Barnaby sehr wohl kannte, weil er ihn bei Jerry in der Seilerwerkstatt gesehen hatte. Aber er entschied sich doch lieber dagegen. Denn es kamen nun noch ganz andere Enthüllungen.

»So. Jetzt mal zurück zu unserem Geschäft«, bestimmte der Anwalt. »Der kleine Tom hier hat sich schon seinerzeit in Dorincourt immer gerne als Freund und Förderer der Armen aufgespielt. Da hieß er noch Cedric und hat dafür gesorgt, dass der Earl einen Haufen Geld in die Bruchbuden der stinkfaulen Pächter investierte. Wie ich höre, macht er also hier genauso weiter.«

»Stimmt genau«, maulte Froggat. »Da kommen ganz schöne Rechnungen auf dich zu, Havisham. Und bei dem Wunderkind hier, da kannst du dich bedanken.«

Endlich begriff Cedric die Zusammenhänge. Nun erinnerte er sich an den Ausspruch von Emmas Vater Bill. Dass nämlich die erbärmlichen Behausungen im heruntergekommenen Londoner Osten in Wirklichkeit irgendwelchen reichen Lords und »feinen Pinkeln« gehörten. Die versteckten sich feige hinter ihren Anwälten und machten sich von den sauer verdienten, total überhöhten Mieten ein schönes Leben. Also hatte auch sein Großvater am Elend der andern mitverdient. Und nun verdienten Mr. Havisham und Tom Tipton, der neue kleine Lord, der in Wirklichkeit und vielleicht ohne es zu wissen, auch ein großer Slumlord war.

Mr. Havisham hatte allerdings keinerlei Schuldgefühle deswegen. Im Gegenteil. Er war gekommen, weil er Charlie Froggat besänftigen musste. Denn der Krämer, der in Wirklichkeit der Boss der Unterwelt war, wollte die Belohnung einfordern, die Havisham ihm in Aussicht gestellt hatte. So hatte es in dem Reimbrief gestanden: »*Quackenbacke Heckenhacke*« bedeutete im Klartext: *Nimm diesen ahnungslosen Bengel für ein paar Monate bei dir auf, dann werde ich dich reichlich entschädigen. Wir haben da nämlich eine ganz besondere Person im Auge, bei der eine Menge Geld zu holen ist.*

Havisham hatte einen ebenso heimtückischen wie genialen Plan ausgeheckt, der auch für ihn einen satten Gewinn abwerfen und für alle ein Happy End bringen würde.

Für alle außer Cedric, versteht sich.

»Nun, mein Junge, du kennst nun alle großen Geheimnisse dieser kleinen Truppe hier, und ich hoffe, du wirst sie nicht deinem Freund Higgins von Scotland Yard weitererzählen.« Der Blick des Sachwalters glitt hinüber zu dem grausamen Mr. Barnaby, in dessen durch und durch unfreundlichem Gesicht der Junge lesen konnte, was ihm in diesem Falle blühen würde.

»Selbstverständlich nicht, Sir«, flüsterte er.

»Das ist brav. Und nun hör mir gut zu ...« Jetzt senkte er seine Stimme. »Mein Junge, es gibt tatsächlich Hoffnung, dass du bald wieder der rechtmäßige kleine Lord sein könntest.«

Cedric spürte, wie sein kleines, reines Herz einen Freudensprung machen wollte.

»Ich muss gar kein Lord sein, Mr. Havisham, wirklich. Ich bin froh, wenn ich weiter hier mit meinen Freunden Cricket spielen kann. Wenn ich nur Herzlieb bei mir haben könnte. Ich vermisse sie so sehr ...«

Mr. Havisham empfand fast Abscheu vor so viel kindlicher Unschuld und unverbesserlicher Rechtschaffenheit, und den anderen Männern ging es nicht anders. Keiner von ihnen verstand, wie man nur so dämlich sein konnte wie dieser komische kleine Bengel. Es musste wohl daran liegen, dass er ein blöder Amerikaner war. Oder echtes blaues Blut in den Adern hatte, denn die Adligen waren ja auch oft total vertrottelt. Vermutlich war es eine fatale Mischung aus beidem – amerikanisch und blaublütig. Ein hoffnungsloser Fall. Mr. Havisham hätte ihn am liebsten bei den Schultern gepackt, um wenigstens ein bisschen Bosheit in den Jungen zu schütteln, aber er hielt sich zurück.

»Ja, natürlich. Auch die Sache mit Mrs. Errol wird sicherlich kein Problem sein. Wir brauchen jedoch ein bestimmtes Dokument.«

»Kann ich dieses Dokument vielleicht irgendwo holen?«, bot Cedric eifrig an.

»Nun, dies wäre in der Tat der beste Plan«, bestätigte der Anwalt.

»Wo ist es denn? Ich will sofort losgehen.«

»Nur nicht so schnell. Die Sache will gut vorbereitet sein. Das Dokument, von dem ich rede, liegt nämlich verborgen in einem Tresor.«

»Ach so …«

»Und dieser wiederum steht in einer Bibliothek in einem sehr vornehmen Haus einer gewissen Witwe in Belgravia.«

»Kenne ich die gewisse Witwe?«

»Gewiss. Es ist deine Großtante Constantia. Auch bekannt als Lady Lorridaile. Ihr verdatterter Gatte Harry hat unlängst das Zeitliche gesegnet, und nun ist die lädierte Lady ganz allein in ihrem großen Haus am Eaton Square. Und in ihrem Tresor liegt der Schlüssel zu deinem Glück.«

»Und diesen Schlüssel soll ich holen?«

»So ist es. Und zuvor den Schlüssel zum Tresor. Und dann wird alles wieder gut.«

Die vier Männer umstanden den kleinen Jungen wie dunkle, mächtige Türme, wie böse Geister, die ihn durch ihre konzentrierte Bosheit niederdrückten. Es gab keinen Platz auf der Welt, an den er hätte fliehen können. Er musste sich ihrem Plan fügen, auch wenn er ihre Absichten nicht durchschaute.

An Großtante Constantia erinnerte er sich mit den wärmsten Gefühlen. Eine über alle Maßen freundliche und liebenswerte Person. Eine entzückende hübsche Dame von ansteckender Fröhlichkeit mit weißen Locken und Grübchen in den runden Wangen und mit einem Herzen aus reinstem Gold. Sie hatte das schroffe Wesen ihres zynischen Bruders, des alten Earls, stets missbilligt und lange Jahre keinen Kontakt zu ihm gepflegt. Erst als Cedric in sein Leben getreten war und das versteinerte Herz des Alten erweichen konnte, da hatte sie die Neugierde nicht länger ertragen. Am Ende war sie dem Charme des Jungen ebenso erlegen wie ihr unausstehlicher Bruder John Arthur Molyneux Errol Graf Dorincourt. Dieser jedoch vermachte, nachdem sie sich versöhnt hatten, in einem Anfall seltenen Großmuts der entfremdeten Schwester in seinem Testament unschätzbare Anteile an der höchst profitablen *United Bank of Hongkong and Singapore* sowie an zwei Textilmühlen in Sheffield, einer Goldmine in Kolumbien und einer Schiffsagentur in Portsmouth, deren Wert sich nahezu wöchentlich verdoppelte. Havisham, der als Buchhalter und Advokat des Grafen dessen Testament und den Verbleib der Anteile kannte, wollte diese Schätze unbedingt für sich haben und setzte nun alles daran, sie aus dem Tresor der alten Dame zu entwenden. Seinen Spießgesellen Froggat, Tripe und Barnaby hatte er dafür einige hundert Pfund in Aussicht gestellt. Er selbst würde mit etlichen tausend entlohnt. Das Herzstück seines Planes jedoch war der kleine Cedric. Er sollte das ahnungslose Werkzeug für den gemeinen Wertpapierraub werden.

»Also, Junge? Was ist? Wirst du mir helfen, die Papiere zu bekommen?«

»Und danach werde ich Herzlieb wiedersehen?«

»Ganz bestimmt.«

»Dann bin ich dabei. Dafür würde ich mit dem Teufel persönlich paktieren.«

»So ist's recht.« Mr. Havisham lächelte schief.

Der Konstabler schlug empört mit der flachen Hand auf den Tisch, dass der Pinguin aus seinen Weihnachtsträumen aufschreckte. Sofern Pinguine überhaupt von Weihnachten träumten.

»Das ist doch ungeheuerlich! Dieser gewissenlose Winkeladvokat hat Sie tatsächlich dazu angestiftet, eine hilflose alte Witwe zu bestehlen? Ihre eigene Tante?«

»Großtante. Ja, in der Tat. Ich fürchte, darauf lief es am Ende hinaus«, gestand Tom Tipton. »Aber er versicherte mir, Tante Constantia habe im Grunde nichts dagegen und sei auch so schon reich genug.«

»So ein Unsinn! Niemand wird gerne beklaut. Verbrechen ist Verbrechen.« Der ehrenhafte Dorfpolizist war außer sich. »Das wird ja immer toller. Jetzt haben Sie mir schon von so vielen Schurkereien berichtet, dass ich Sie unmöglich wieder laufen lassen kann. Ich will ganz ehrlich sprechen. Sie scheinen mir ein ganz patenter Kerl zu sein, Mr. Tipton. Und es ist schließlich Heiligabend, und da ist man auch als Polizist milde eingestellt. Aber Straßenraub, Taschendiebstahl, Hehlerei, Herumstreunen, Annahme einer falschen Identität und jetzt auch noch Überfall, Hausfriedensbruch, Vorspiegelung falscher Tatsachen und unautorisierte Tresoröffnung! Ganz zu schweigen von dem angeblichen Mord am Lord, über den später noch zu sprechen sein wird. Ihnen ist schon klar, dass da so einiges zusammenkommt, nicht wahr, junger Mann?«

»Ich weiß«, sagte Tom Tipton. »Aber ich fürchte, es kommt noch schlimmer.«

»Ich kann es kaum erwarten. Wenn wir hier fertig sind, werde ich Ihnen einen guten Anwalt empfehlen.« Der Dorfpolizist hörte seine Worte im Raum verhallen und setzte vorsichtshalber hinzu: »Nicht so einen treulosen Windhund wie diesen Havisham, versteht sich. Sondern einen richtigen Anwalt.«

»Das wäre sehr freundlich. «

»Aber zurück zu Ihrer Geschichte, Mr. Tipton. Sie haben sich also in verbrecherischer Absicht tatsächlich zum Haus Ihrer Großtante begeben.«

»Ja. Und zwar schon am nächsten Nachmittag. Wobei ich natürlich keine solchen Absichten hatte. Und auch nicht jeder hätte für Großtante Constantias Domizil die Bezeichnung *Haus* gewählt …«

11. Kapitel

Cedric begegnet seiner Großtante Constantia wieder und ist wider Willen an einem abscheulichen Verbrechen beteiligt.

Das ist ja kein Haus. Das ist ein verdammter Palast!« Alfred Tripe staunte, als das Trio kurz nach siebzehn Uhr sein Ziel am anderen Ende der Stadt erreicht hatte. Charlie Froggat, der neben ihm schlenderte, grinste nur schief und zählte im Geiste schon die Wertsachen und das Bargeld, das sie sich hier aneignen würden. Zwischen den beiden Ganoven ging traurig Cedric, der wieder seinen schwarzen Flanellanzug mit der roten Schärpe und dem Van-Dyck-Kragen angelegt hatte, mit dem er vor gut einem halben Jahr in London eingetroffen war. Der inzwischen neunjährige Knabe war trotz der schlechten Ernährung und der bejammernswerten hygienischen Umstände im Elendsviertel ein beachtliches Stück gewachsen. Sein feiner Anzug zwickte ihn beim Laufen unter den Achseln und am Bauch. Er hätte viel lieber seine bequemen groben Wollsachen getragen, aber das lief ihrem Plan zuwider. Diesen kannte er zwar nicht und hatte auch nicht die leiseste Ahnung, was bevorstand. Aber er war bereit, nach Kräften daran mitzuwirken, denn Mr. Havisham hatte ihm hoch und heilig versprochen, dass er, wenn er brav mitspielte, bald seine geliebte Mutter wiedersehen würde.

»Mein lieber Schwan!« Der simpel gestrickte Tripe, der den wohlhabenden Stadtteil Londons noch niemals betreten hatte, blieb stehen, überwältigt von der Pracht und dem offen zur Schau gestellten Wohlstand. Er blickte an der Fassade empor und stieß einen bewundernden Pfiff aus. »In der Hütte wohnt also deine Tante?«

»Meine Großtante«, korrigierte Cedric.

»Großtante, Großtante«, äffte ihn Tripe nach. »Dass es keine Kleintante ist, das kann ich mir schon denken bei diesem fetten Haus!«

Selbst unter den herrschaftlichen Bauten im Millionärsviertel Belgravia stach das Anwesen der Familie Lorridaile als besonders mondän hervor. Zehn Fuß hohe Portalsäulen, ein in Messing eingefasstes grünes Kuppeldach über dem Eingang. Darauf ein goldener Engel, der Trompete blies. Eine makellose Marmortreppe führte hinauf zu der mit silbernen Beschlägen versehenen Tür. Diese wurde von zwei lebensgroßen Steinlöwen flankiert. Die nüchterne Bezeichnung »Stadthaus« wollte dem Betrachter angesichts von zwanzig Zimmern und ebenso vielen Schornsteinen, von zwei Salons, drei Küchen, einer Fünftausend-Bände-Bibliothek, von einem parkähnlichen Innengarten und einem riesigen Ballsaal als grobe Untertreibung erscheinen. Die Grundfläche dieser herrschaftlichen Immobilie hätten sich drüben im bettelarmen Bethnal Green mühelos vier- bis fünfhundert Mieter geteilt. Hier am Eaton Square hinter dem Buckingham Palast jedoch wohnte seit dem Tod ihres Gatten Harry die steinreiche Witwe Lady Constantia Lorridaile ganz allein. Wenn man einmal von den zwölf Bediensteten absah, die als Köche, Butler, Gärtner und Zimmermädchen umschwirrten, sie umsorgten und ihr das Leben in dem überdimensionalen Eigenheim so angenehm wie möglich machten.

Das Signal der Türglocke war kathedralenhaft und schicksalsschwer. Ein Butler mit weißem Haarkranz um das säuerliche Gesicht klappte ein kopfgroßes Fenster in Sichthöhe nach innen auf. Sein steifer Hemdkragen reichte bis an seinen Kiefer.

»Sie wünschen?«

»Wir wollen zur Großtante«, sagte Tripe frech und spuckte einen scharfen Strahl braunen Kautabak auf den makellosen Marmorboden, was dem Butler ein missbilligendes Zischen entlockte und Tripe einen vorwurfsvollen Blick von Charlie Froggat einbrachte. Der Krämer drängte den jungen Tunichtgut beiseite und übernahm selbst die Vorstellung.

»Guten Tag, mein Name ist Charlie Froggat. Ich bin ein äußerst gesetzestreuer Gemischtwarenhändler aus der Oststadt. Dies hier ist mein schwer erziehbarer Neffe, den Sie nicht weiter beachten müssen. Tja. Wir kommen also wegen diesem Dreikäsehoch hier. Der schwört nämlich Stein und Bein, dass er ein leibhaftiger Verwandter ist von der hier residierenden hochwohlgeborenen Lady … na …«

»Constantia!«, half Cedric von unten aus, und der Butler musste sich auf die Zehenspitzen stellen, um den adrett gekleideten Jungen zwischen den beiden wenig vertrauenswürdigen Gestalten auszumachen.

»… genau. Ein Verwandter also von der Lady Constantia Lorridaile«, beendete Froggat seine etwas ungelenke Begrüßung. »Könnten wir dann jetzt endlich zur ihr?«

»Wenn Sie bitte warten möchten, die Lady nimmt gerade ihren Tee«, näselte der Bedienstete, und das Sichtfenster wurde mit Schwung wieder zugeklappt.

»Und jetzt?« Tripe war enttäuscht, dass sie nicht gleich vorgelassen wurden.

»Wir warten. Hast du doch gehört! Und reiß dich, verdammt noch mal, zusammen! Das sind piekfeine Leute hier. Die trinken Tee. Da rotzt man nicht einfach so auf den Boden, kapiert?«

»Tschuldigung«.

»Vollidiot. Nirgends kann man sich mit diesem Dreckspack blicken lassen.«

Unvermittelt erklang aus dem Inneren des Hauses ein aufgeregter Sopran, der zunächst aus den Tiefen des Gemäuers etwas Unverständliches rief. Als die Frau jedoch auf der anderen Seite des Eingangstors angekommen war, hörten sie die Worte: »Clarke, öffnen Sie augenblicklich die Tür! Ich will umgehend diesen Jungen sehen!«

Es folgten das suchende Bohren eines Schlüssels im Schüsselloch, das metallische Schnappen eines schweren Eisenriegels und ein erlauchtes Knarzen. Dann erschien schon, ganz in Schwarz, die wuchtige Gestalt seiner Großtante Constantia, der einzigen Schwester des verstorbenen Earls von Dorincourt. Die würdevolle Dame trug ein wallendes Witwenkleid, das rauschte, als sie vor Cedric trat und ihn mit ihrer gütigen, aber leicht bekümmerten Miene hinter den Gläsern einer golden eingefassten Stielbrille anblinzelte wie einen seltenen Schmetterling. Sie war ein wenig schmaler geworden seit ihrem letzten Treffen. Vielleicht war ihr der Schmerz über den Verlust erst ihres Bruders und dann ihres Mannes auf den Appetit geschlagen.

»Kein Zweifel …«, murmelte sie, nachdem sie den Besucher einer eindringlichen Musterung unterzogen hatte. »Du bist tatsächlich dieser liebenswerte, etwas vorlaute Junge aus Amerika, der meinen Bruder Molyneux so mühelos um den Finger gewickelt hat.«

Cedric senkte scheu den Blick, denn er wusste nicht, ob das eine gute oder schlechte Sache war.

»Guten Tag, Mylady«, sagte er kleinlaut. »Ich bin sehr erfreut, dass Sie mich wiedererkennen.«

»Mein Bruder lebt ja nun nicht mehr«, bemerkte sie vorwurfsvoll, und Cedric zuckte sofort schuldbewusst zusammen. Ob sie die Wahrheit über die Umstände seines Ablebens kannte? Ob sie wusste, dass der arme Großvater von einem Wurfgeschoss getroffen worden war, das seine arme Mutter ihm so unglücklich an den Kopf geschleudert hatte?

»Ja«, sagte er leise, und sofort stiegen ihm Tränen in die Augen. »Das tut mir sehr leid. Ich habe den Earl sehr lieb gehabt.«

»Natürlich. Hm … hm. Aber dann hat sich ja leider herausgestellt, dass du doch nicht der rechtmäßige Erbe bist. Ehrlich gesagt, wir waren alle ein bisschen erschüttert, als Mr. Havisham uns die Nachricht überbrachte. Wir fanden dich nämlich wirklich nett.«

»Ich fand Sie auch alle sehr nett.«

»Und deinen armen Großvater hat diese Sache ja dann wohl buchstäblich umgehauen. Er hat die Sache nicht verwunden und ist vor Kummer die steile Treppe runtergefallen.«

»Oh!«, entfuhr es Cedric. Dies also war die Erklärung für den plötzlichen Tod des Grafen, die sein Sachwalter Havisham den Hinterbliebenen aufgetischt hatte. Tod durch Schock wegen Enkelverwechslung. Eine dreiste Lüge! Allerdings eine, die ihm und seiner geliebten Mutter ein Gerichtsverfahren wegen feigen Lordmordes erspart hatte.

»Das tut mir wirklich leid.« Auf keinen Fall durfte er auch

nur ein erklärendes Wort verlieren. Eine unbedachte Äußerung konnte ihn und Herzlieb in unmittelbare Nähe des Galgens bringen.

»Aber nun sage mir doch, kleiner Mann, was führt dich zu mir und wer sind diese … nun ja … Herrschaften?«

Alfred Tripe holte Luft, um wie immer etwas entsetzlich Hirnloses von sich zu geben, aber Charlie Froggat schob den Jüngeren unsanft zur Seite und ergriff selbst das Wort, denn diese List war Teil ihres Planes.

»Gestatten Sie mir ein Wort der Erklärung, gnä' Frau«, sagte er mit einer verdächtig tiefen und sehr linkischen Verbeugung. »Ich bin ein unbedeutender Gemischtwarenhändler aus Ostlondon …«

»Aha. Der Knabe scheint ja eine Schwäche für die Vertreter dieses Gewerbes zu haben. War nicht dein Freund in New York, dieser schreckliche Rohling mit der lauten Stimme, auch im Einzelhandel tätig?«

»Mr. Hobbs«, sagte Cedric und wurde sogleich traurig, als er an den netten und lebensklugen Händler dachte, den er wohl niemals wiedersehen würde.

»Und Sie sind sicherlich von Beruf Schuhputzer«, folgerte Lady Lorridaile mit einem geringschätzigen Blick auf den dümmlich grinsenden Alfred Tripe.

»Mit Verlaub, Ma'am«, erwiderte der Bandenführer. »Sie werden noch staunen, wer ich bin.«

Lady Constantia Lorridaile fächelte sich verunsichert etwas Frischluft zu und hatte plötzlich genug von dieser sonderbaren Begegnung.

»Schön und gut. Nun, es war nett, dich noch einmal gesehen zu haben, du niedlicher Junge. Aber der Erbe von Dorincourt bist du ja nun mal nicht. Trotzdem schön, dass du neue Freunde gefunden hast. Kommen Sie gut wieder heim. Es wird ja auch bald dunkel. Auf Wiedersehen.«

»Nicht so eilig …«, sagte Froggat. Jetzt begann nämlich der wichtigere Teil ihrer kleinen Komödie. Er spielte mit seinen Fingern und blickte auf seine Zehenspitzen, als sei ihm das Thema peinlich. »Wollen wir nicht lieber ins Haus gehen?«

Die rüstige Adelsdame sah auf ihn herab wie auf einen Soßenfleck, der das Feiertagstischtuch verunzierte. Was bildete sich dieser schmierige Vorstadtkrämer eigentlich ein? Wenn sie eine Begegnung für beendet erklärte, dann hatte man ihr nicht zu widersprechen.

»Ich wüsste wirklich nicht, warum wir das tun sollten«, sagte sie knapp und abweisend.

»Weil es sicherlich auch in Ihrem Interesse wäre, wenn wir die intimen Belange und pikanten Geheimnisse des verstorbenen Sir Harry Lorridaile mit einer gewissen Dame nicht hier auf der Schwelle besprechen müssten, wo jeder zuhören kann. Derlei geht die Nachbarn doch nun wirklich nichts an.«

»Intime Belange?« Die Lady wurde plötzlich blass und atmete schwer. »Was denn für eine Dame …?«

Die Dinge entwickelten sich genau wie von Mr. Havisham vorausgesagt. Lady Constantia, zutiefst verstört, öffnete den Besuchern ohne weitere Umstände ihr vornehmes, mit unermesslichen Kunstschätzen und Sammlerstücken angefülltes Haus und lotste sie an den Angestellten vorbei in den Salon. Das Personal durfte noch die Lichter im Haus entzünden, dann wurden alle in einen frühen Feierabend entlassen. Den neugierigen Chefbutler Clarke schickte sie Besorgungen machen. Im Salon bei einer Tasse Tee lauschte sie am Rande einer Ohnmacht dem durch und durch infamen und frei erfundenen Bericht des Charlie Froggat. Dieser beschrieb ihren verstorbenen Gatten als unverbesserlichen Schürzenjäger und den unentwegt betrübt nickenden Alfred Tripe als seinen außerehelichen und leicht hirngeschädigten Sohn. Alfreds Mutter sei eine inzwischen ebenfalls hingeschiedene Theaterschauspielerin namens Rosalinda Tripe, welcher der fidele Lord Lorridaile vor einigen Jahren sehr zugetan gewesen sei.

»Und mir hat er gesagt, er liebte Shakespeare so sehr«, erklärte Lady Constantia.

»Das war vielleicht nicht einmal gelogen. Rosalinda brachte eine hinreißende Julia auf die Bühne. Da hat sich der gute Harry wohl in sie verguckt.«

Der Anwalt Havisham hatte diese Anschuldigungen natürlich frei aus der Luft gegriffen, und er empfand nichts dabei, der armen Witwe die süßen Erinnerungen an ihren lieben Gatten auf diese Weise zu vergällen. Keinem anderen Ziel diente diese schäbige Scharade, als den Gaunern Zugang zu ihrem Stadtpalais zu verschaffen. Dies hatten sie nun erreicht.

Es folgte die zweite Stufe ihres gemeinen Plans.

»Bis zu seinem Tode zahlte der Kindsvater jede Woche unter der Hand zehn Pfund an den armen Alfred«, log Froggat. »Aber nun ist der denkfaule Bastard leider völlig mittellos und droht zu verhungern. Oder schlimmer noch: auf die schiefe Bahn zu geraten. Wäre das nicht schrecklich?«

»Das sind alles ungeheuerliche Dinge«, keuchte die Adelsdame und griff sich an die Brust.

»Und doch ist jedes Wort wahr«, log Froggat.

»Darf ich jetzt Mami zu dir sagen?«, fragte Alfred Tripe.

»Verzeihung, der Junge ist wirklich ein bisschen blöde«, erklärte der Krämer. »Und daher übernehme ich als sein väterlicher Freund die Verhandlungen.«

»Verhandlungen? Welche Verhandlungen denn?«

»Na, wir wollen doch zu einer einvernehmlichen Lösung kommen oder nicht? Es soll doch nicht die ganze Stadt von Lord Harrys lustigem Liebesleben und den unerfreulichen Folgen erfahren, nicht wahr?«

»Um Himmels willen!«

»Eben. Es wird ja doch immer viel zu viel getratscht. Und die Zeitungen nehmen sich dieser Geschichten auch nur zu gerne an.«

»Das würde ich nicht überleben!« Lady Constantia keuchte auf.

Froggats Lösung war ganz einfach, wenn auch nicht ganz billig. Ein Vertrag sollte aufgesetzt werden, mit welchem sich die Lady für die stattliche Summe von hundertfünzfig Pfund absolutes Stillschweigen über die peinlichen Vorgänge erkaufte. So konnte sie den guten Namen und den ansonsten tadellosen Ruf ihres untreuen Gatten retten. Auch alle Erbansprüche des illegitimen Sohnes Alfred (als sie dieses Wort hörte, wäre die gute Adelsdame beinahe tatsächlich ohnmächtig geworden) würden mit dieser Zahlung ein für alle Mal getilgt. Lady Constantia willigte ein und zog sich mit Froggat in die Bibliothek zurück, wo er ihr das Schreiben Wort für Wort in die Feder diktierte. Ihre Hand zitterte so sehr, dass sie immer wieder neu ansetzen musste.

Dies war die halbe Stunde, in der alles geschehen musste.

Kaum nämlich waren Froggat und die Witwe in dem benachbarten Raum verschwunden, sprang Tripe wie von der Tarantel gestochen auf und begann alles Gold, Silber und Porzellan von Anrichten, aus Kommoden und Vitrinen zusammenzuraffen und in einem großen Sack verschwinden zu lassen. Hier eine kostbare französische Spieluhr, eine chinesische Vase, eine russische Ikone. Dort ein massiv silberner Leuchter, da eine mit Saphiren und Rubinen besetzte Götterskulptur aus Indien. Ein Fabergé-Ei, ein goldener Bilderrahmen, ein Brillenetui aus Perlmutt – alles verschwand, wie von einem gierigen Mahlstrom erfasst, im Sack des fingerfertigen Diebes Alfred Tripe.

Der unglückliche Cedric hatte sich schon zu Beginn des Besuchs aus Scham, so tief es nur ging, in einem Ohrensessel verkrochen und hoffte, er müsse nie wieder in diese schlechte, schmutzige Welt hinaustreten, in der es gewissenlosen Schurken erlaubt war, unschuldige alte Großtanten zu berauben. Dass er selbst ein Teil dieser gemeinen Verschwörung war, zerfräste sein zartes Gewissen wie eine grauenhafte Säge. Er hatte ein Kissen ganz fest über seinen Kopf gezogen und schluchzte in die empfindlichen Polster.

Mit dem ersten, prall gefüllten Sack eilte Tripe zur Haustür und ließ seine wartende Bande herein. Emsig wie ausgehungerte Insekten stürmten Freckles Pinpicker, Freddy Poodle, Eddie Frothwopper und die anderen vom Cricketteam über die Treppe hinauf ins Obergeschoss und verschwanden seitlich im Nebenflügel, wo sie alles mitgehen ließen, was nicht niet- und nagelfest war.

Inzwischen war es Nacht geworden, und die Witwenräuber erregten kein Aufsehen bei den Nachbarn, als sie, mit immer neuen Schätzen beladen, die Marmortreppe hinabhuschten und ihre Beute dreist in einem wartenden Brougham abluden. Nach nur zwanzig Minuten war der Innenraum der Kutsche mit den geplünderten Schätzen des Hauses Lorridaile gefüllt, und Cedric hatte sich in seinem Zufluchtsort, dem Ohrensessel, noch immer nicht bewegt. Da spürte er plötzlich eine Hand auf seinem Rücken und fuhr erschrocken hoch.

»Hallo, mein Junge.« Es war Mr. Havisham. »Jetzt wird es Zeit für deinen Auftritt.«

»Heute ist zwar Heiligabend und da sollte man solche unchristlichen Gefühle nicht zulassen«, brummte der Konstabler. »Aber ich beginne diesen Mr. Havisham wirklich aus tiefstem Herzen zu hassen. Wie kann man nur so unmoralisch sein! Und noch dazu als Mann des Gesetzes.«

»Das tut mir leid«, versicherte sogleich Tom Tipton, der keineswegs die Absicht hatte, dem Dorfpolizisten das Weihnachtsfest zu verderben. »Er hatte sicherlich ganz ehrenhafte Motive für sein Verhalten.«

Paddock lachte ohne Humor.

»Unsinn. Dieser Mr. Havisham ist ein hundsgemeiner Kerl. Ich habe ihn selbst ein-, zweimal erlebt. Er regelt alle Geschäfte für den jungen Lord Fauntleroy. Er ist aalglatt, trickreich und gierig. Und jetzt verstehe ich langsam, dass er sogar ein Verbrecher ist, gegen den man etwas unternehmen muss.«

Wenn der Sturm da draußen endlich abflaute und der Weihnachtstag anbrach, dann würde er mal ein ernstes Wörtchen mit dem Sachwalter von Dorincourt reden müssen. Plötzlich fiel ihm siedend heiß ein, dass da ja noch ein ganz anderer Einsatz auf ihn wartete – eine Mordermittlung. Die erste in seiner Laufbahn. Und ausgerechnet sein ungebetener Weihnachtsgast sollte der Täter sein.

»Sagen Sie mal – sind Sie wirklich sicher, dass Sie den jungen Earl von Dorincourt erschossen haben?«

»O ja. Und es tut mir wirklich furchtbar leid.«

»Aber warum nur? Hat das am Ende doch etwas mit dem Raub im Stadthaus ihrer Tante zu tun?«

»Großtante. Ja, gewissermaßen führte eines zum anderen. Aber Sie müssen mir glauben – ich wollte wirklich keinen Anteil an diesem schändlichen Treiben haben. Und das habe ich auch ganz deutlich zum Ausdruck gebracht.«

12. Kapitel

Cedric wird gezwungen, seine ahnungslose Großtante zu bestehlen, und erlebt einen schlimmen Unfall.

»Bitte, bitte! Ich will wirklich nicht!«, flehte der arme Junge. »Ich will meine liebe Großtante nicht bestehlen. Kann ich nicht einfach wieder unter meine Spüle gehen? Ich will auch nie wieder etwas Dummes sagen oder mich in Belange einmischen, die mich nichts angehen!«

Der Anwalt hatte kein Verständnis für die Empfindlichkeiten des Kindes. Und Geduld hatte er auch nicht. Er wurde plötzlich richtig aggressiv und knurrte ihn an:

»Stell dich nicht so zimperlich an, sonst wirst du deine Mutter niemals wiedersehen. Nur du kommst der vertrockneten Vogelscheuche von einer Lady nahe genug, um den Schlüssel zu holen!«

»Ich will nicht, dass Sie so von meiner Tante reden!«

»Großtante!«

In diesem Moment öffnete sich die Tür, und Froggat betrat den Raum.

Er faltete lächelnd den albernen Vertrag zusammen und verschwand mit eiligen Schritten nach draußen.

»Los jetzt!«

Havisham drängte den kleinen Cedric zur Tür und schob ihn förmlich in das Studierzimmer, wo eine erschöpfte Lady Constantia in sprachloser Erschütterung ins Nichts starrte.

»Ach, da bist du ja, du kleiner Unglücksrabe«, begrüßte sie das verheulte Kind.

»Es tut mir so leid, liebe Großtante. Ich wünschte, ich könnte alles rückgängig machen oder dir wenigstens ein Trost sein.«

»Ach, schon gut. Du kannst ja nichts dafür, dass dein Großonkel so ein Schwerenöter war. Was für ein Schock!« Sie blickte voller trauriger Güte auf das elende Kind. »Und ich hätte dich armen Tropf eben beinahe wieder weggejagt. Jetzt bin ich aber froh, dass du noch da bist. Du bist ja doch ein lieber Junge.«

Cedric ging zu ihr und nahm ihre Hand. Aus treuen Augen, die immer noch in Tränen versanken, blinzelte er sie liebevoll an. Ihr Herz war nicht aus Stein, und sie konnte seinem Blick nicht widerstehen. »Ach, komm schon her … Vielleicht können wir uns gegenseitig ein wenig trösten.«

Sie nahm ihn mit einem herzschweren Seufzer in den Arm. Dann brach es plötzlich aus dem Jungen heraus. Das ganze Leid, die ganze Verzweiflung und dazu noch die Sehnsucht nach seiner Mutter. Er ließ alle Bedenken fahren und berichtete ihr die Wahrheit. Die ganze Last der Schuld, das dunkle Geheimnis, die schreckliche Angst vor dem Richter und dem Galgen – alles brach mit einem Mal aus ihm heraus. Der Unfall beim Baseball, die Flucht, die Entbehrungen, das Leben im Armenviertel.

Sie hörte sich alles ruhig an und sagte dann milde: »Da hast du ja wirklich einiges mitgemacht, mein Kleiner.«

Er nickte stumm, und sie schloss ihn tröstend wieder in ihre Arme und tupfte sogar einen Kuss auf seine Stirn.

»Na ja. Jetzt wird alles wieder gut. Ich werde mich nun doch um dich kümmern. Ich bin ja sonst ganz allein auf der Welt. Dir soll es ab heute an nichts fehlen«, versprach sie, während sich seine kleine Hand, wie von dunklen Mächten gesteuert, auf eine schlimme Reise begab. Geschickt und lautlos wie eine Giftschlange, geübt und geschult durch unzählige Cricketspiele, bei denen er ahnungslosen Passanten ihre Taschentücher und Geldbörsen entwunden hatte (die Alfred Tripe den Männern später freilich immer wieder brav zurückgab), fand diese Kinderhand ihren Weg zum Gürtel der feinen Lady, und dort ertastete sie tatsächlich den Tresorschlüssel. Dass sie diesen dort aufbewahrte, hatte Lady Lorridaile in einem schwachen Moment dem Anwalt Mr. Havisham anvertraut. Sie spürte nicht, wie der unglückliche Junge nun den Schlüssel an sich nahm.

»Ich bin erschöpft«, verkündete sie plötzlich, erhob sich und steuerte, von Cedric gestützt, eine Chaiselongue an, die vor dem Bücherregal stand. »Ich werde mich ein Weilchen zur Ruhe legen. Später können wir dann zusammen zu Abend essen. Du bist sicherlich sehr hungrig. Es gibt Fasan mit Minzsoße.«

»Schlaf gut, liebe Großtante«, sagte der brave Großneffe, der sich unendlich niedrig und widerwärtig fühlte. Aber wenn er jemals seine geliebte Mama wiedersehen wollte, dann musste er Mr. Havisham diesen Gefallen erweisen. Der Sachwalter hatte ihm hoch und heilig versprochen, dass er Herzlieb noch an diesem Abend in seine Arme schließen könnte – wenn er nur diesen Schlüssel an sich brächte.

Der kahlköpfige Advokat erwartete ihn im Salon.

»Und? Hast du ihn?«

Cedric hielt ihm den schweren goldenen Schlüssel hin. »Ja, Sir. Bitte – kann ich jetzt zu meiner geliebten Herzlieb?«

»Nicht so eilig. Zuerst musst du noch die Papiere aus dem Tresor holen.«

»Aber ich weiß doch nicht einmal, wo dieser Tresor steht. Und ich weiß auch nicht, was das für Papiere sind«, flehte der hilflose Junge.

»Diese Papiere sind die Dokumente, die wir brauchen, um deine Mutter vor dem Galgen zu retten. Und der Weg zum Tresor: Treppe rauf, erste Tür links, das Schlafzimmer. Hinter dem Spiegel an der linken Wand. Ich bleibe hier und achte darauf, dass die Lady nicht zur Unzeit herauskommt.«

Er öffnete ihm die Tür, und Cedric schlich gebeugt wie ein Schlafwandler in seinem schlimmsten Albtraum langsam nach oben.

Es war nun ganz still im Haus. Die Bande hatte längst alles, was sie ergreifen und einpacken konnte, nach draußen geschleppt und war damit wohl schon über alle Berge. Cedrics Herz setzte einen Schlag aus, als ihm klar wurde, dass seine nette Großtante ihn für diesen Raub verantwortlich machen würde. Ihn ganz allein. Er hatte unendliche Schande auf seinen Namen geladen, und hoffentlich hatte seine Mama eine gute Idee, wie man das alles wiedergutmachen konnte. Herzlieb hatte immer gute Ideen. Wie oft hatte sie in ihrer milden und gütigen Art seine kleinen Fehltritte und Missgeschicke ausgebügelt. Entschuldigung sagen, Reue zeigen und einen braven Diener machen. Das hatte bisher immer geholfen. Vielleicht wäre das auch hier die Lösung.

Er hatte nun das Schlafzimmer erreicht und ging auf Zehenspitzen hinein. Das Licht aus dem Korridor drang in den dunklen Raum und fiel genau dorthin, wo er es brauchte: an die linke Wand, wo hinter einem Spiegel tatsächlich ein schwerer Stahltresor in die Wand eingelassen war. Der Schlüssel passte, und Cedric öffnete den Panzerschrank. Er enthielt nur einen Umschlag, den er ergriff und Mr. Havisham aushändigen wollte.

Da überraschte ihn ein grelles Licht, und der Tresorknacker wider Willen fuhr in Panik herum. Dort standen mit eisigen Mienen Großtante Constantia und Mr. Havisham, der tadelnd und zungenschnalzend den Kopf schüttelte. Aber zu seinem großen Schreck stand da auch Inspector Higgins mit seinem mächtigen Backenbart, der vor unterdrückter Rechtschaffenheit vibrierte.

Lady Lorridaile, die doch viel klüger war als die meisten reichen Großtanten in diesem Lande, hatte die ganze Zeit mit einer solchen Wendung gerechnet. Ihren treuen Butler Clarke hatte sie deswegen nicht gehen lassen, um Besorgungen zu machen. Sie hatte ihn vielmehr nach der Polizei geschickt. Zugegeben, sie war nicht ganz allein darauf gekommen. Der treue Anwalt ihres Bruders, der altgediente Mr. Havisham, hatte ihr den Besuch der Herren Froggat und Tripe angekündigt und genau vorhergesagt, was die Ganoven anstellen würden. Der Raub ihrer Wertsachen und Kunstschätze war also vorab bekannt, und in diesem Moment wurde den Übeltätern in ihrer Beutekutsche von flinken Polizisten das räuberische Handwerk gelegt.

Zum Glück, dachte sie nun, zum Glück hatte Mr. Havisham sie auch vor diesem durchtriebenen Jungen Tom Tipton gewarnt. Der hatte sich schon erfolgreich in das Vertrauen ihres unerwartet altersmilden Bruders Molyneux geschlichen. Und nun sollte sie selbst das nächste Opfer seiner frei erfundenen Lügengeschichten werden. Der durch und durch kriminelle amerikanische Strolch, so hatte Mr. Havisham sie gewarnt, hatte nur ein einziges Ziel: Er wollte unbedingt in ihre Nähe und an ihren Tresorschlüssel gelangen.

»Ich habe es erst nicht glauben wollen!«, rief sie nun, von Abscheu ergriffen. »Cedric mit seinen treuen Augen und den freundlichen Manieren ist also in Wirklichkeit nichts weiter als ein hundsgemeiner amerikanischer Krimineller!«

»Der sogar eine falsche Identität annahm. Er heißt in Wirklichkeit Tom Tipton. Jawohl! Es tut mir leid, Mylady. Aber ich hatte sie ja gewarnt, dass er vor nichts zurückschrecken würde, um die ganze Familie an den Bettelstab zu bringen. Jetzt wollte er auch noch Ihre Aktien stehlen!«

Der Ertappte stand da mit offenem Mund, war sprachlos und unfähig, auch nur ein Wort zu sagen.

»Wie gut, dass Sie das auch gesehen haben!«, wandte sich die Witwe an Inspector Higgins. »Das Auge des Gesetzes höchstselbst ist unser Zeuge. Was Sie aber noch nicht gehört haben, ist die abenteuerliche Geschichte, die er mir auftischen wollte, während er sich den Schlüssel ertastete. Von einem Sportunfall meines Bruders und dem Gedächtnisverlust seiner Mutter und seiner Flucht in das Armenviertel der Oststadt, wo er angeblich immer Cricket spielte. Wer denkt sich denn so etwas Krankes aus?«

»Ein kleiner Verbrecher denkt sich so was aus, Mylady. Nur ein rücksichtsloser, gieriger Tunichtgut kommt auf solche Gedanken«, erklärte Mr. Havisham gallig.

Higgins sprach nun direkt zu dem Delinquenten: »Ich bin erschüttert, dass es so weit kommen musste, kleiner Tom. Ich hatte das nicht von dir erwartet. Mir bleibt nun nichts anderes, als dich hiermit zu verhaften. Wegen schweren Aktiendiebstahls, Irreführung der Polizei und Ausnutzen von wehrlosen Witwen. Das sind sehr, sehr schlimme Anschuldigungen, die viele Jahre Zuchthaus mit sich bringen.«

Cedric, in Furcht erstarrt und noch immer mit einer Hand im Tresor, rang nach Luft und nach Worten. Wie konnte das sein? Er wollte doch gar nicht stehlen, irreführen oder ausnutzen! Er tat doch nur, wozu Mr. Havisham ihn gezwungen hatte. Er wollte sich doch nicht bereichern und anderen etwas wegnehmen, sondern nur Papiere sicherstellen. Er wollte doch nur seine geliebte Mutter wiedersehen! Und war auf die grausamste Weise hereingelegt und ausgenutzt worden.

»Aber, aber …«, setzte er endlich zu seiner Verteidigung an, doch der Anwalt schnitt ihm brüsk das Wort ab.

»Sehen Sie, er gibt alles zu. Bringen wir ihn schnell hinunter, bevor er uns noch entwischt.«

Mit zwei Schritten hatte er den Raum durchquert und baute sich vor dem ertappten Dieb auf. Sein Rücken verdeckte den Blick für die Witwe und den Polizisten, als er mit einer flinken Bewegung den Umschlag mit den wertvollen Aktien ergriff und in seiner Tasche verschwinden ließ. Danach schob er die schwere Stahltür wieder ins Schloss und drehte den Schlüssel herum, als wäre nichts geschehen.

»Ich bin sehr enttäuscht von dir, Tom. Aber was soll man anderes von einem unzivilisierten amerikanischen Bengel erwarten? Los jetzt!«

Er fasste den goldgelockten Knaben und zog ihn die breite Treppe hinunter in den Empfangsraum. Lady Lorridaile rauschte in ihrem ausladenden schwarzen Kleid hinterdrein, gefolgt von Higgins, der aussah, als grübele er über einem unlösbaren mathematischen Problem.

»Keine Sorge«, wisperte der Anwalt in Cedrics Ohr. »Das geschieht alles nur zu deinem eigenen Besten!«

»Aber was ist mit den Papieren, die Sie genommen haben?« wisperte Cedric zurück.

»Ach das! Denk nicht darüber nach. Das ist ein völlig normaler und legaler Vorgang, den wir Juristen eine *Koinzidentielle Dokumentenkonfiszierung* nennen. Das ist in Ordnung. Vertrau mir. Alles wird gut.« Laut sagte er: »Ich hoffe, dass alles Diebesgut sichergestellt ist?«

»Die ganze Kutsche ist beschlagnahmt. Alles wird wieder an seinen angestammten Platz gebracht«, sagte der Inspector. »Es fehlt zum Glück kein einziges Stück.«

»Da bin ich wirklich erleichtert«, sagte Lady Lorridaile. »Ich möchte nicht durch diese unerfreuliche Inszenierung hier irgendwelche Verluste erleiden.«

»Das wird nicht geschehen, Ma'am«, versicherte Mr. Havisham, der der Londoner Polizei nun zu einem ganz besonderen Fang verholfen hatte. Der berüchtigte Jugendbandenanführer Alfred Tripe, der soeben fluchend, spuckend und in Handschellen in eine Polizeikutsche geladen wurde, war dabei nur ein kleiner Fisch. Die noch kleineren Fische, seine jugendlichen Helfer, waren dem Arm des Gesetzes zwar vorerst entwischt, aber die beiden Streifenpolizisten Watson und Jackson würden sie schon irgendwann in Bethnal Green wieder einsammeln. Viel wichtiger jedoch war, dass die Polizei endlich den leibhaftigen Jeremiah Wickham alias Charlie Froggat dingfest machen konnte. Seine Tarnung war aufgeflogen, der Anwalt Havisham hatte eindeutige Beweise vorgelegt. Hinter der Maske eines Krämers hatte also der Gangsterkönig unerkannt sein Unwesen getrieben. Auf frischer Tat ertappt, hockte er in der Kutsche zwischen all den gestohlenen Wertgegenständen, in den Händen hielt er einen durch übelsten Betrug zustande gekommenen sittenwidrigen und somit ungültigen Vertrag mit der Witwe Lorridaile. Das würde ihm einen langen und nicht sehr erholsamen Aufenthalt hinter Gittern einbringen. Vielleicht reichte es sogar für den Galgen. Inspector Higgins konnte an diesem Abend den größten Erfolg seiner Karriere feiern. Die Zeitungen würden seine Heldentaten ausgiebig loben. Nicht mehr lange, und man würde ihn als Chief Inspector Higgins ansprechen müssen.

Im Vestibül angekommen, schickte Higgins einen jungen Mitarbeiter los, um das Verhaftungskommando herbeizuholen. Sie sollten nun auch den Lügner, Schlüsseldieb und Tresorräuber Tom Tipton abführen, der erbarmungswürdig wimmerte und immer wieder nach seiner Mama rief. Higgins tat es ein bisschen leid, dass dieser Bursche, der doch eigentlich einen ganz netten Eindruck machte, auf die schiefe Bahn geraten war. Aber so war eben das gnadenlose Leben im Londoner Osten – es verschluckte anständige Leute, kaute eine Weile auf ihnen herum, und wenn es sie wieder ausspuckte, dann waren aus ihnen böse und gemeine Taugenichtse geworden.

»Und ich dachte, dass in diesem Jungen das Gute steckt. Wie wurde ich enttäuscht!«, sagte Higgins mit einem Kopfschütteln.

Auch Lady Lorridaile war sichtlich erschüttert, ihre freundlichen Grübchen wirkten eingefallen und ein wenig grau.

»Grämen Sie sich nicht, werter Herr Inspector. Mir geht es ja ganz genauso. Es ist schrecklich, sich so profund in einem jungen Menschen zu täuschen. Ich bin nur froh, dass mein armer Bruder Molyneux diese Wendung nicht mehr erleben musste.

Er hatte ja so einen Narren an dem Jungen gefressen. Und nun das … Ich bin erschüttert. «

Mr. Havisham drängte sich zu den beiden und riss das Gespräch an sich.

»Nicht Sie beide sind für den Irrtum verantwortlich zu machen, sondern allein dieser ehrlose Bengel. Ich kann nur hoffen, dass er im Gefängnis von Pentonville zur Besinnung kommt und die Wärter ihm seine Verdorbenheit doch noch austreiben können. Die kennen sich nämlich mit solchen Früchtchen aus.«

Als wolle er den strengen Blick des unerbittlichen Jugendrichters schon vorwegnehmen, der den kleinen Knaben womöglich bald zu zehn Schlägen mit der Birkengerte und zehn Jahren harter Arbeit verurteilen würde, stierte Mr. Havisham voller Verachtung auf Cedric hinab, dessen Körper von einem Weinkrampf geschüttelt wurde.

»Zu spät, mein Junge. Deine Reue kommt viel zu spät. Die Beamten müssen jeden Moment hier sein, um dich mitzunehmen.«

Zwar schwammen seine blauen Augen in Tränen, und er konnte kaum klar sehen, aber als hinter einem mannshohen Fenster, das hinaus in den parkähnlichen Garten wies, plötzlich das sommersprossige Gesicht von Freckles Pinpicker erschien, wurde Cedric sofort aufmerksam. Was trieb sein boxender Kumpel denn da draußen zwischen den Zierpflanzen? Warum winkte er ihm so aufgeregt? Cedric folgte seinem Blick und bemerkte die schmale Seitentür, die halb verborgen hinter einem Vorhang vom Empfangsraum nach draußen auf die Terrasse führte. Sie schien nicht verschlossen zu sein. Nein, sie war sogar nur angelehnt. Eben berichtete Mr. Havisham von gruseligen Fällen, in denen Kinder in ihren dunklen Zellen im Zuchthaus von Pentonville einfach vergessen und erst Wochen später wiedergefunden worden waren. Verdurstet und verhungert. Inspector Higgins nickte betroffen in sich hinein, und Großtante Constantia wandte sich ab, weil ihr feines Gemüt solche Gedanken nicht gut ertragen konnte. Zu seinem Erstaunen spürte Cedric, wie sich der Druck, mit dem die Hände des Mr. Havisham auf seinen Schulter lasteten, plötzlich verringerte. Der Anwalt gab ihn frei. War dies sein Fluchtplan? Hatte er deshalb gesagt, der Junge müsse sich keine Sorgen machen? Würde er vielleicht heute noch seine geliebte Mutter wieder in die Arme schließen können?

Wie zur Einladung öffnete sich neben dem Vorhang die schmale Fluchttür in die Freiheit noch ein Stückchen weiter.

Jetzt oder nie, dachte Cedric. Wenn ich jetzt nicht renne, dann verschwinde ich vielleicht auch auf Nimmerwiedersehen in einem dunklen Loch hinter dicken Backsteinmauern, und niemand wird jemals erfahren, dass ich unschuldig bin …

Und da rannte er los.

Von nichts als von dem brennenden Wunsch getrieben, aus diesem Haus des schwarzen Unheils und der Lügen zu entkommen und irgendwo zu verschnaufen, nachzudenken und dann zu beginnen, die Dinge wieder geradezurücken. Vielleicht mit einer Entschuldigung und einem tiefen reuevollen Diener.

»Mann, bist du schwer von Begriff! Los, hier entlang!«, empfing ihn Freckles und lotste ihn durch die vorbildlich gepflegten Zierhecken und adrett geschnittenen Rosensträucher des Lorridaile' schen Lustgartens zu einem mannshohen Tor. Dort bot er ihm seine Hände als Räuberleiter an und wuchtete seinen Kumpel mit einem ordentlichen Schwung über das Hindernis hinaus auf die Straße.

»Renn, Tommy! Renn!«, schrie er ihm hinterher.

Cedric hielt kurz inne. Da aber vernahm er schon das Poltern schwerer Schritte im Haus. Offenbar setzten Inspector Higgins und Mr. Havisham ihm nach. Jeden Moment mussten sie die Haustür erreichen, und dann würden sie ihn erblicken und wieder einfangen! Er rannte, so schnell er konnte, weg von dem vermaledeiten Stadtpalast seiner Großtante. In kopfloser Hast lief er in irgendeine Richtung, dabei berührten seine Füße kaum das Straßenpflaster. Aber er war nicht schnell genug. Über sein eigenes Keuchen hinweg und über den Lärm der belebten Fahrbahn mit ihren Kutschen und Fuhrwerken, über all dem Kreischen, Fluchen und Lachen hörte das flüchtende Kind die Tritte eines erwachsenen Mannes, der ihm ganz dicht auf den Fersen war. Er spürte den heißen, nach Schnaps und Tabakrauch stinkenden Atem des Verfolgers im Nacken, als sich der eiserne Griff einer gnadenlosen Klaue um seinen Oberarm schloss.

Cedric unterdrückte einen Schmerzensschrei, strauchelte und wäre fast zu Boden gestürzt, aber der Mann, der ihn erwischt hatte, hielt ihn fest und drückte den Wehrlosen grob gegen eine Hauswand.

»Hast gedacht, du könntest mir entkommen, Bürschchen«, sagte voller Bosheit eine tiefe Stimme. »Da hast du aber Pech gehabt.«

Zu seinem namenlosen Schrecken erkannte Cedric die üble Verbrechervisage mit der knotigen, von Kratern übersäten Nase, die er einige Tage zuvor in der Seilerwerkstatt seines Freundes Jerry zum ersten Mal gesehen hatte. Der Mann, in dessen Gewalt er sich befand, war niemand anders als der undurchsichtige Privatdetektiv Mumford Barnaby.

»Bitte, bringen Sie mich nicht zurück«, flehte der Junge. »Die wollen mich in eine Zelle stecken und dort vergessen!«

»Oooch«, sagte der Grobian mit schlecht gespieltem Bedauern. »Das wäre ja zu schade um so einen netten Jungen wie dich … Aber keine Angst. Mr. Havisham hat mir etwas ganz anderes aufgetragen. Er hat nämlich endgültig die Nase voll von dir und möchte dich niemals wiedersehen.«

Barnaby richtete sich zu seiner ganzen imposanten Größe auf und blickte nach links und nach rechts die belebte breite Straße hinunter. Als er sah, dass sich in hohem Tempo eine große herrschaftliche Kutsche näherte, stieß er ein zufriedenes Grunzen aus. Bevor Cedric wusste, wie ihm geschah, riss ihn der Handlanger des Advokaten unsanft am Arm und stieß ihn direkt vor die heransausenden Kutsche auf den Fahrdamm. Dann entfernte er sich mit raschen Schritten, als sei nichts gewesen.

»Um Himmels willen!«, rief Konstabler Paddock. »Wie kann denn ein Mensch so etwas abgrundtief Gemeines tun? Ein wehrloses Kind vor eine Kutsche zu werfen. Wo sind wir denn hier?«

»Ja, nicht wahr«, sagte Tom Tipton. »Ich war auch einigermaßen schockiert, wie Sie sich denken können.«

»Aber was ist Ihnen denn geschehen? Konnten Sie doch noch flüchten?«

Tom Tipton lächelte, gefangen in grausamer Erinnerung.

»Ich sah im Fallen diesen riesigen Vierspänner auf mich zu rasen und spürte, wie etwas Hartes, Spitzes mich am Kopf erwischte, und dann landete ich im Himmel.«

»Wie das denn?«, protestierte Konstabler Paddock. Ihm

wurde ein wenig mulmig. »Wenn Sie wirklich im Himmel gelandet wären, dann würden wir uns heute ja wohl nicht unterhalten, oder?«

Oje, dachte der brave Dorfpolizist. Er hatte schon so etwas befürchtet. Was wäre denn, wenn es sich bei dem sonderbaren Weihnachtsgast am Ende um einen Geist handelte?

»Doch, doch. Ich erwachte und fand mich im Himmel, gebettet in Wolken. Und dann der Geruch … dieser wundervolle Geruch …«

13. Kapitel

Cedric erwacht nach langer Bewusstlosigkeit im Himmel und findet sich in der Obhut eines Engels.

Es roch unglaublich angenehm im Himmel. Nach den vielen schlimmen Monaten im Gestank und Unrat von Bethnal Green kitzelten nun plötzlich köstliche Aromen von Honig, Lavendel und Maiglöckchen Cedrics Nase. Er ruhte warm, weich und wohlig auf Daunenkissen. Beinahe schwerelos, wie auf Wolken gebettet.

Er schlug langsam die Augen auf und sah verschwommen Licht, Umrisse und bunte Farben. Blumen und edle Stoffe. Gelb, Blau und Rot. Grün und Violett. Samt und sogar kostbarster Brokat. Nichts war beschmutzt oder filzig, nichts hatte Fettflecken, Risse, Fusseln oder Löcher, dachte er und war erleichtert. So hell und strahlend war seine neue Umgebung, dass er schnell die Augen wieder schloss, um nicht von all der Schönheit und dem vornehmen Glanz geblendet zu werden. Es war ein bisschen wie damals, als er in das Schloss seines geliebten Großvaters gekommen war.

Nur dorthin führte ja kein Weg zurück.

Folglich musste er im Himmel sein, kein Zweifel. Es entsprach zwar nicht ganz seinen Vorstellungen vom Paradies, dass jeder einzelne Knochen in seinem Körper bei der kleinsten Bewegung höllisch wehtat und manche ihm den Dienst ganz versagten. Aber wer derartig rabiat unter die Kutsche gekommen war, der musste vielleicht auch als frischgebackener Engel erst mal zur medizinischen Behandlung.

Ein bisschen fürchtete er sich, aber vor allem war er beruhigt. Alles Schlechte lag nun hinter ihm. Hier konnte ihm nichts Schlimmes mehr geschehen. Alfred Tripe und Charlie Froggat, Mr. Havisham und der brutale Privatdetektiv Barnaby – diese bösen Männer hatte er auf der Erde für immer hinter sich gelassen. Sie würden ihm nie wieder Schaden zufügen können.

Dann dachte er an seine Lieben, an Herzlieb, Großtante Constantia und an die freundliche Emma, die nun sicherlich schon ganz mit Haaren zugewachsen war und auf Entenfüßen lief. Ein Tränchen stahl sich aus seinem Auge und rann mit einem leisen Brennen über seine aufgeschürfte Wange. Auch an Jerry dachte er, den weit gereisten Seebären, der zum Taubinder geworden war. Und an Freckles Pinpicker, der ihn so selbstlos aus den Fängen der erbarmungslosen Justiz gerettet hatte.

Und da schlief er auch schon wieder ein.

Als er dann abermals die Augen aufschlug, blinzelte er in das schönste Gesicht, das er jemals in seinem Leben gesehen hatte – mit Ausnahme des lieblichen und geliebten Antlitzes seiner Mutter, versteht sich.

»Er kommt zu sich«, flüsterte eine sanfte Engelsstimme melodiös und zärtlich. »Herr Doktor, er wacht auf. Sehen Sie nur!«

»Das ist wirklich ein unerwartetes Wunder, Mylady«, antwortete in brummigem Bass ein bärtiger Mann.

Möglicherweise war das Petrus, der Wächter der Himmelspforte, dachte Cedric. Gewiss sprachen die Engel im Himmel ihn respektvoll als *Herr Doktor* an.

»Sie sind schunderwöhn«, brachte der Patient hervor, durchflutet von einem Gefühl der Dankbarkeit. »Schunderwöhn …«

»Er phantasiert«, erklärte Petrus. »In seinem Zustand kein Wunder.«

Es war hier viel die Rede von Wundern. Worin Cedric die Bestätigung seiner Annahme sah, dass er sich in himmlischen Gefilden befand. Eine warme, große Hand fühlte seinen Puls, und eine weiche, kleinere Hand streichelte liebevoll sein Haar. Er wagte es, die Augen zu öffnen. Ihre Gesichtszüge waren ebenmäßig und fein, ihre Augen wie zwei haselbraune Edelsteine, ihr entzückender roter Mund lächelte schön wie die Sonne.

»Kannst du mich hören, mein lieber Junge? Hallo? Hörst du mich?«

»Ja«, antwortete er. »Wo bin ich?«

»Du bist in Sicherheit. Du armes Kind hattest einen schrecklichen Unfall. Fast hätte dich meine Kutsche überrollt. Aber du hattest einen sehr aufmerksamen Schutzengel«, sagte die junge Frau. »Wie ist dein Name?«

»Ich heiße Tom«, sagte Cedric, dem diese Antwort in den Monaten von Bethnal Green zur zweiten Natur geworden war. So leicht ihm diese falsche Auskunft von den Lippen ging, so sehr taten allerdings seine Lippen weh. Es sollte noch viele Wochen dauern, bis er wieder ganz normal und schmerzfrei sagen konnte: »Mein Name ist Tom Tipton.«

Als er seiner Retterin nun so unmittelbar ins Gesicht blicken konnte, war er wie benommen von ihrem Liebreiz. Dieser schlanke Hals, auf dem ein feines, wie von einem großen Künstler aus Porzellan geformtes Köpfchen saß. Die seelenvollen braunen Augen. Das helle engelsgleiche Haar, züchtig zurückgebunden, so dass nur zwei fröhliche Lockenwirbel links und rechts neben ihren Ohren herabfielen. Er blinzelte sie verliebt an und erquickte sich an ihrem Anblick, bis ihm plötzlich klar wurde, dass er diese wunderschöne junge Frau schon einmal gesehen hatte. Gewiss in seinen Träumen. Wesen wie diese Elfe sah man nur in Träumen, dachte er.

»Tom Tipton«, wiederholte die Anmutige zärtlich. »Ich werde dich Tommy nennen.«

Petrus, der Doktor, war alarmiert: »Mylady, Sie scheinen bekümmert? Was ist denn?«

Sie schüttelte den Kopf, als verscheuche sie einen verstörenden Gedanken.

»Nicht bekümmert, nein. Erleichtert bin ich, dass er lebt. So ein süßer Junge! Wo sind denn nur deine armen Eltern, Tommy? Sie suchen dich sicherlich schon und machen sich große Sorgen.«

Cedric schüttelte sehr vorsichtig den Kopf.

»Keine Sorgen«, brachte er unter Mühen hervor. »Ich bin ganz allein auf der Welt.«

»Oh, wie furchtbar! Hast du vielleicht Verwandte in Belgravia, wo der Unfall geschah? Einen Onkel oder vielleicht eine Tante?«

Cedric erschrak. »Nein. Ganz bestimmt auch keine Großtante. Ich war nur zufällig dort, wirklich. Ich kenne niemanden in der Gegend. Ich bin auch gar nicht von hier. Ich bin nur auf Besuch aus Amerika.«

»Ach so … Das ist merkwürdig. Wirklich sehr merkwürdig«, sinnierte seine Retterin.

»Was meinen Sie, Mylady?«, fragte der Arzt, der sich in diesem Fall für zuständig hielt.

»Ach, Herr Doktor, mir ist die ganze Zeit schon, als hätte ich diesen entzückenden Knaben schon einmal irgendwo gesehen. Ich kann mich aber beim besten Willen nicht besinnen, wo das gewesen sein könnte.«

Nanu?, dachte Cedric. Sie hatte dieses Gefühl also auch? Welches unsichtbare Band war denn da zwischen ihnen gewoben?

»Ein Irrtum gewiss, Mylady. So verbeult, verschrammt und entstellt wie sein Gesicht ist, da kann man doch unmöglich sagen: Ich kenne den Jungen! Oder? Und überhaupt. Wo hätten sich wohl Ihre Wege kreuzen können? Zumal er ja ein Amerikaner ist. Waren Sie schon einmal in Amerika?«

»Nein«, gestand sie. »Aber dennoch kitzelt mich immerfort eine Feder der Erinnerung und will mich nicht in Ruhe lassen. Wo könnte ich ihm nur schon einmal begegnet sein? Ich erinnere mich an Gelächter, an Musik. Es wurde getanzt. Und er war dort. Wie ein kleiner Engel.«

»Zweifellos ein Traum, Mylady. Wenn Sie gestatten, werde ich mich nun zurückziehen. Ihr vermeintlicher Engel muss nun vor allem ruhen und eine ordentliche Mahlzeit zu sich nehmen.«

Wenn die Wesen, die er für Engel hielt, ihn ihrerseits für einen Engel hielten, dann konnte etwas nicht stimmen mit seiner Vermutung, im Himmel gelandet zu sein.

Nun wagte es Cedric, sich vorsichtig in dem Zimmer umzusehen. Als Erstes sah er seine eigenen Beine und erschrak. Sie waren unter dicken weißen Gipsschichten verschwunden. Auch die Arme steckten in Streckverbänden und baumelten an Aufhängungen rechts und links neben seinem mit mehreren Lagen verbundenen Kopf. Sein Körper war in Verbände eingewickelt, als gehöre er einer ägyptischen Mumie. So traurig sein eigener Zustand war, so erfreulicher wirkte alles um ihn herum. Der Raum war hell und riesig. Von einer Wand zur anderen mochten es zwanzig Schritt sein. Und von seinem Bett bis zu den mannshohen Fenstern, die zum Garten hinauswiesen, waren es gewiss noch einmal zwanzig Schritt. Alles war großzügig und gewaltig. Die Wände waren mit rotem Damast bespannt, überreich behängt mit Gobelins und Gemälden von Jagd- und Picknickszenen. Die Möbel, Fauteuils, Sessel, Stühle, mit Samt ausgelegt, in Leder gehalten. Sekretär, Tisch und Kommoden aus feinstem Edelholz. Mit Verzierungen überall. Ein prachtvoller Teppich füllte den ganzen Raum aus. Im Kamin brannte ein Feuer, auf dem man einen Ochsen hätte grillen können. Er selbst lag, eingehüllt in blütenweiße Bettwäsche, in einem Himmelbett, das so groß war wie Mister Froggats Krämerladen. Darin hätte problemlos ein ganzes Dutzend verletzter Cedrics Platz gefunden. Er fühlte sich so klein wie ein Insekt in all diesem Luxus und zog die Schultern zusammen, als wolle er rücklings in das weiche Kissen verschwinden. Das tat sofort scheußlich weh, und er beschloss, sich niemals wieder zu bewegen.

»Sei ganz still, mein Junge. Ich lasse dir ein Süppchen bringen, damit du schnell wieder zu Kräften kommst«, sagte sein Engel.

Als sich die junge Frau nun erhob und hinüber zum samtenen Klingelzug schwebte, um die Zofe zu verständigen, da rauschte ihr tiefblaues Atlaskleid, und der Junge erhaschte einen Blick auf die Perlenkette um ihren schlanken schwanenweißen Hals. Und wie ein greller Lichtblitz kam die Erinnerung zurück.

Nicht in seinen Träumen war er ihr schon einmal begegnet, sondern bei dem Empfang zu seinen Ehren im Schloss Dorincourt. Es war niemand anders als die unsagbar holde Lady Vivian Herbert, der Liebling der Londoner Saison. Die feinen Herren hatten sie an jenem Abend umlagert und ihr schöne Augen gemacht. Wie hatte auch der kleine Lord Fauntleroy sie angehimmelt und bewundert, als sie dort stand, umringt von all den smarten Bewerbern, die ihr huldigten! Und wie sie alle lachten, als der Junge, benommen von ihrer Grazie wie von einem süßen Gift, gestanden hatte, dass sie der schönste Mensch sei, den er jemals gesehen habe – mit Ausnahme freilich von Herzlieb. Und jetzt hatte sie ein unerklärliches Schicksal wieder zusammengeführt! Auch sie schien sich vage an ihre Begegnung zu erinnern.

Aber Vorsicht, dachte Cedric. Er durfte sich Lady Vivian auf keinen Fall zu erkennen geben. Sonst wäre seine Mutter in größter Gefahr. Besonders nach den schrecklichen Erfahrungen im Haus seiner Tante war es geboten, dass er sich niemals wieder einem Menschen anvertraute. Jetzt wurde er von der Polizei wegen Beraubung einer wehrlosen Witwe gesucht. Auch durfte er auf keinen Fall riskieren, dass Mr. Havisham ihn jemals wieder fand. Der Anwalt hatte schließlich seinem Privatdetektiv aufgetragen, ihn umzubringen. Und Cedric durfte ihm nicht noch einmal die Gelegenheit bieten, diesen Auftrag auszuführen!

Als sich die Schöne wieder neben ihn auf die Bettkante setzte und ihn anlächelte, nahm er allen Mut zusammen und fragte:

»Wenn ich eine Frage stellen dürfte, Mylady … Wo bin ich? Und was ist nur geschehen?«

Vivian streichelte liebevoll seine blasse Hand.

»Ach, mein Junge. Ich bin so froh, dass du aufgewacht bist. Du hast fast zwei Wochen lang bewusstlos in diesem Bett gelegen und dich in Fieberträumen und Angstzuständen gequält. Und alles war meine Schuld. Denn ich war spät dran und wollte meine Arbeitgeberin nicht warten lassen. Also trieb ich den Kutscher zu noch größerer Eile an. Und da bist du plötzlich auf die Straße gestürzt, und nur ein Wunder hat verhindert, dass die Pferde dich zertrampelten und die Räder dich überrollten.« Sie wischte sich Tränen der Erleichterung aus ihren großen rehbraunen Augen.

»Wir haben dich gleich mitgenommen, und Doktor Sinclair hat Tag und Nacht über dich gewacht. Ich bin ihm sehr dankbar. Er ist zweifellos einer der besten Ärzte im ganzen Land.«

Es klopfte an der Tür, und ein Mädchen schwebte herein. Sie trug ein Tablett mit einem Suppenteller. Sie zauberte ein Tischgestell herbei und klopfte behutsam das Kissen auf, welches sie so geschickt richtete, dass der junge Patient sich stärken konnte, ohne sein Krankenlager zu verlassen.

»Hm, Hühnersuppe«, sagte Cedric. »Was für eine Wohltat!«

Leider war er nicht in der Lage, einen Löffel zu ergreifen. Aber die liebe Lady Vivian fütterte ihn. Nicht für einen Moment erlosch dabei dieses hinreißende liebevolle Lächeln auf ihren Lippen.

Die Suppe war ohne Zweifel die köstlichste und schmackhafteste Hühnersuppe, die er jemals zu sich genommen hatte. Auch der Teller war schön. Wertvolles Porzellan. Und sogar ein kleines Bild war darin. Je mehr Suppe der Junge verspeiste, desto deutlicher konnte er das Motiv erkennen. Links stand ein gelber Löwe und rechts ein weißes Einhorn, die sich frech die Zungen zeigten. Sie klammerten sich dabei an ein blaues Band, das um ein vierblättriges Wappen geschlungen war, aus dem komischerweise wie ein Kopf aus einem Rumpf ein Gitterhelm mit einer Krone hervorragte. Die beiden Fabeltiere standen mit den Hinterläufen auf einem zweiten hellblauen Band mit der Aufschrift *DIEU ET MON DROIT*.

»Was bedeutet das?«, wollte Cedric wissen.

»Das ist Französisch«, erklärte Lady Vivian. »Und es bedeutet *Gott und mein Recht*. Das ist seit vielen Jahrhunderten der Wahlspruch der englischen Könige. Du bist übrigens in Windsor Castle gelandet, kleiner Tommy. Ich bin Gesellschafterin am Hofe Ihrer Majestät, Königin Victoria.«

»Die Königin, oje …«, sagte Cedric wie vom Donner gerührt. »Da will ich mich doch gleich räuchern lassen.«

»Ich weiß nicht, wie es Ihnen geht, junger Mann. Aber ich brauche jetzt dringend eine Stärkung«, erklärte Konstabler Paddock mit großem Nachdruck und murmelte, während er sich erhob: »Das wird ja immer toller. Jetzt kommt auch noch die Queen ins Spiel …«

Über der haarsträubenden Lebensgeschichte seines ungebetenen Gastes hatte er tatsächlich die Zeit vergessen. Es war schon weit nach zweiundzwanzig Uhr, und somit wurde es allerhöchste Zeit für den schönsten Moment seines Weihnachtsabends. Seine ganz private Bescherung. Diese besondere Freude wollte er sich auf keinen Fall versagen.

»Möchten Sie auch einen Schluck trinken?«, fragte er seinen Gast aus purer Höflichkeit. Im Grunde widerstrebte es ihm sehr, seinen geliebten Weihnachtspunsch mit einem Fremden zu teilen, der anscheinend einiges auf dem Kerbholz hatte und ihm immer unheimlicher wurde.

»Nein, danke«, gab Tom Tipton zur Erleichterung des Konstabler zurück. »Aber wenn Sie noch einen Tee hätten? Und vielleicht etwas Eis für Fred?«

»Tee setze ich gleich noch mal auf. Eis könnte schwierig werden. Aber vielleicht will sich Ihr reinlicher Laufvogel ja draußen ein wenig die Beine vertreten? Da gibt's mehr als genug Eis.«

Als hätte er jedes Wort verstanden, watschelte Fred zum Ausgang, bediente geschickt mit dem Schnabel den Türknopf und verschwand in einer Wolke aus Eiswind und Schnee ins Freie.

»Er ist sehr selbständig«, erklärte der junge Mann.

Paddock bewegte seinen massigen Körper schwerfällig durch den Raum, schloss die Tür, bevor der Sturm die Stube auskühlen konnte, und ging weiter zu seinem Aktenschrank, in welchem er auch die Spirituosen aufbewahrte. Was freilich keiner wissen durfte – es handelte sich hier schließlich um ein behördliches Dienstzimmer und streng vertrauliche Polizeiakten. Der Konstabler war sonst durchaus kein Mann, der vorschriftswidriges Verhalten auf die leichte Schulter nahm. Abgeschirmt gegen neugierige Blicke durch sein breites Kreuz, mischte er in einem kleinen metallenen Teekessel verstohlen die Zutaten zusammen – fünf Teile Gin, drei Teile Brandy, ein Schuss Rum, Zucker und den Saft einer Zitrone – und fingerte am Schluss die Zimtstange aus einem Becher. Als er sich eben zum Feuer umdrehen wollte, um den Kessel über der Kaminflamme zu erhitzen, fuhr ihm ein eiskalter Schauer in die Glieder.

Jemand stand hinter ihm.

Ganz nah.

So nah, dass er seinen Atem im Nacken spürte.

Ein heißer, feuchter und sehr streng nach Wacholderwurzeln riechender Atem.

Ruckartig fuhr der Polizist herum und fand sich Auge in Auge mit dem arroganten Lama, das ihn mit geringschätziger Miene musterte.

»O weh«, sagte Tom Tipton. »Enthält Ihr Getränk etwa Spuren von Alkohol?«

Wie aufs Stichwort leckte Felicitas gierig ihre wulstigen Lamalippen. Ihr schielender Blick aus dunklen, leicht hervorstehenden Augen war beängstigend starr und kalt. Ihre Zähne waren gelb und etwas schief.

»Und wenn …?«, fragte Paddock sehr vorsichtig. Den Kessel mit dem Punsch, der verlockende Düfte aussandte, hielt er krampfhaft mit beiden Händen vor seiner Brust.

»Nun, sagen wir mal so … Es gab eine Zeit in ihrem Leben, da sie und der Alkohol nicht immer gut miteinander auskamen.«

»Weiter …« Paddock wagte es nicht, sich zu bewegen. Was, wenn das Tier ihn biss oder trat oder gar anspuckte?

»Sie ist zwar längst davon abgekommen. Aber an hektischen Tagen so wie heute bekommt sie wieder Durst darauf.«

»Sollten wir ihr dann etwas geben? Nur um sicherzugehen, dass sie keinen Unsinn macht?« Der Gedanke, seine guten Spirituosen an ein narzisstisches Neuweltkamel zu verschwenden, widerstrebte ihm zwar gründlich. Aber das feindselige Tier kam ihm nun immer näher, und seine Augenlider und seine Nüstern begannen auf unheilvolle Art zu beben. Es roch den Schnaps. Und kein Zweifel – es wollte den Schnaps. Und es wollte ihn dringend.

»Um Himmels willen, auf gar keinen Fall! Felicitas ist dann nicht mehr Herrin über sich selbst. Sie rastet völlig aus und tut Dinge, die sie später bereut.«

»Was denn zum Beispiel?«

»Nun. Es gab da mal einen sehr hässlichen Zwischenfall in Yokohama. Wir verbrachten drei Tage im Gefängnis.«

Paddock beschloss, dass er doch lieber keine Details wissen wollte. Das Lama begann mit dem rechten Vorderhuf auf dem Parkettboden zu scharren. Anscheinend wurde es ungeduldig.

»Dann tun Sie doch was!«, forderte Paddock den jungen Mann auf. Er verspürte keine Lust, ausgerechnet an Heiligabend von einem wild gewordenen Lama niedergetrampelt zu werden. Was für eine peinliche Art, zu Tode zu kommen! Wie würde seine arme Witwe leiden, wenn alle Welt sich vor Lachen ausschüttete über den dicken Dorfpolizisten aus Erleboro. Denn in der an Nachrichten armen Zeit zwischen den Jahren würde dieser Vorfall sicherlich für einige überregionale Schlagzeilen sorgen, sein Ansehen ruinieren und sein Andenken besudeln. *»Dorfpolizist beim heimlichen Schnapsgenuss von durstigem Lama getötet«* – das waren keine schönen Aussichten.

»Hören Sie nicht? Sie sollen dafür sorgen, dass es mich in Ruhe lässt«, verlangte er. »Bitte!«

Tom Tipton hatte sich endlich erhoben und zog aus seinem Hosenbund eine Pistole heraus. Paddock wich zurück und war einmal mehr entsetzt über sich selbst. Wieso war ihm nicht sofort aufgefallen, dass der Kerl ein Schießeisen bei sich trug? Möglicherweise handelte es sich hier um die Tatwaffe, mit welcher er den jungen Earl von Dorincourt ermordet hatte!

»Was soll das denn? Sie wollen das dämliche Lama doch wohl nicht erschießen? Um Himmels willen! Ich will keine Blutflecke überall in meinem Büro. Haben Sie keinen Stock oder eine Peitsche wie alle anderen Lamabändiger auch?«

»Sorry, ich bin streng genommen gar kein Bändiger. Ich bin nur der Assistent. Aber zu Ihrer Information: Leider halten sich peruanische Lamas für besonders klug. Sie reagieren nicht auf Peitschen«, sagte Tipton in einem Ton, als müsste das jeder wissen. »Man kommt ihnen nur mit Schusswaffen bei.«

Mittlerweile hatte das Tier begriffen, dass der köstliche Schnapsgeruch aus dem Teekessel entwich, welchen der dicke

Mann in der Uniform vor seiner Brust umklammert hielt. Felicitas' Blicke zuckten immer schneller zwischen Paddocks angstgeweiteten Augen und dem verlockenden Kännchen hin und her.

Das Lama knurrte.

Das Grollen aus dem langen Hals weckte endlich auch den braven Toddy auf, der, eingerollt und zugedeckt, in seinem Körbchen wie ein Murmeltier geschlafen hatte. Als er nun sein Herrchen in Gefahr sah, sprang er wild bellend um das Andentier herum, das ihn aber keines Blickes würdigte.

Gleich wird sie es tun, dachte der Polizist. *Gleich wird sie mich umrennen und auf mir herumtrampeln, bis ich mich nicht mehr bewege, und dann wird sie meinen Weihnachtspunsch trinken. Merry Christmas, Constable! Hätte ich diesen komischen Kerl doch bloß nicht hereingelassen!*

In diesem Moment flog schon wieder die Tür auf, und der heulende Wintersturm wehte eine energische junge Frau herein. Sie trug einen silberglänzenden Paillettenfrack nebst Weste und Zylinderhut, als habe sie eben noch in der Zirkusmanege oder auf einer Galabühne gestanden.

»Fröhliche Weihnacht! Ganz schön frisch heute«, rief sie. »Komm schon, Fred.« Hinter ihr erschien der Pinguin und begann, kaum dass er im Zimmer war, umgehend wieder mit seiner Putzerei. »Na, da seid ihr ja endlich. Zum Glück hat Fred mich da draußen im Sturm aufgesammelt und hergeführt. Sonst hätte ich das Haus hier glatt übersehen.«

Sofort erfasste die Fremde Paddocks Situation und rettete ihn aus seiner Bedrängnis.

»Ach, du lieber Himmel. Lass das, Felicitas! Aus! Brav. Umdrehen. Los, hierher. Und jetzt Platz und bleib! Meine Güte,

LodähsedneineiTom, wie oft habe ich dir schon gesagt, dass sie nicht ans Schnapsregal darf.«

»Sorry, Emma. Ich habe sie einfach nicht so gut im Griff wie du. Sie nimmt mich überhaupt nicht ernst.«

»Du bist einfach zu nett und zu weich, mein kleiner Prinz.« Die junge Frau streichelte seine Wange und gab ihm einen Kuss auf den Mund. »Darum habe ich dich ja so lieb.«

Paddock, unendlich erleichtert, dass das unheimliche Lama von ihm abgelassen hatte, sah sich außerstande, seinen traditionellen Punsch wie üblich über dem Feuer zu erhitzen. Er schloss erst seine Augen und dann die Lippen um die Tülle der Metallkanne, nahm einen ordentlichen Schluck und biss dann kurzerhand ein Stück von der Zimtstange ab.

»Ich verlange eine Erklärung«, sagte er ziemlich kraftlos.

Tom Tipton stellte zunächst seine Freundin vor. Es handelte sich, wie der Konstabler bereits vermutet hatte, um Emma, die, anstatt wie geplant kleinwüchsig zu bleiben, mit den Jahren zu stattlicher Größe aufgeschossen war. Zudem war sie weder außergewöhnlich stark behaart noch auf Entenfüßen unterwegs, was eine ganze Menge über die sogenannten Wundermittel aussagte, die einem von Kräuterweibern in London auf der Straße angeboten wurden.

»Man muss nicht unbedingt ein Freak sein, um im Showbusiness Erfolg zu haben«, belehrte sie den Konstabler, als dieser sich vorsichtig, um nicht die Begehrlichkeiten des Lamas zu wecken, einen weiteren Kaltpunsch mixte. »Ich bin mittlerweile mit meiner lustigen Lama-Pinguin-Nummer fast das ganze Jahr ausgebucht. Wir waren schon überall. Sogar in Yokohama.«

»Ich bin nur ihr Assistent«, erklärte Tom Tipton freudig. »Sie ist der Star.«

»Ach, was! Wir sind ein sehr gutes Team.« Emma lachte.

Als er sah, wie liebevoll sich die beiden jungen Menschen umarmten, wurde es Konstabler Paddock für einen Moment ganz warm ums Herz. Auch der Pinguin Fred putzte gerührt das Gefieder seiner Achselhöhlen. Nur Felicitas hatte in vornehmer Verachtung die Brauen über ihren blasiert hervorstehenden Augen hochgezogen und schien sich zu fragen, mit welchen sentimentalen Idioten sie hier gezwungen war, ihre kostbare Zeit zu verplempern.

Paddock wollte, während der hochprozentige kalte Punsch seine trägen Eingeweide durchspülte, unbedingt wissen, wie Toms Geschichte weiterging.

»Sie erzählten gerade, dass Sie nach dem Unfall mit der Kutsche auf Schloss Windsor aufwachten …«

»Oh, die alte Geschichte«, sagte Emma und nahm ebenfalls vor dem Kaminfeuer Platz, um sich ein wenig zu wärmen. »Die höre ich auch immer wieder gerne. Bist du schon an der Stelle mit diesem Pickelhaubenheini aus Berlin, diesem Willy oder Billy oder wie der hieß?«

»Nein, das kommt noch«, sagte Tom, und Emma zwinkerte dem Polizisten verschwörerisch zu. Das war ihre Lieblingsstelle.

»Nachdem mich Dr. Sinclair und Lady Vivian wochenlang mit Medikamenten, Hühnersuppe und Himbeereis aufgepäppelt hatten, konnte ich fast schon wieder ohne fremde Hilfe aufstehen und sogar ein paar Schritte gehen ...«

14. Kapitel

Cedric kommt wieder zu Kräften
und macht die Bekanntschaft einer weiteren Witwe,
die aber nicht gut auf Kinder zu sprechen ist.

Vorsicht, Tom!«, schrie das Zimmermädchen, und Lady Vivian sprang auf und eilte ihm zur Hilfe, als er nach zwei Schritten doch wieder das Gleichgewicht verlor und der Länge nach auf das Parkett geschlagen wäre, wenn ihn seine Gönnerin nicht aufgefangen hätte.

»Die Muskulatur ist noch sehr geschwächt«, befand Dr. Sinclair, der den Jungen über den Rand seiner Sehhilfe hinweg kritisch beobachtete, bevor er ein paar Notizen auf einen Zettel kritzelte. »Das ist ganz normal nach so langer Zeit im Gips. Aber junge Leute erholen sich bekanntlich immer sehr schnell.«

Weiß wie Kalk und abgemagert bis auf die Knochen waren seine Beinchen. Und auch die Arme mussten erst langsam wieder an ihre gewohnten Aufgaben herangeführt werden. Schneller heilten die Hautabschürfungen und die Blessuren. Die Zähne festigten ihren gewohnten Halt in seinem Kiefer, und irgendwann kehrte sein strahlendes Lächeln zurück, als sei es ihm niemals abhanden gekommen. Tapfer ertrug der Junge alle Maßnahmen, Therapien und Übungen, denn er hatte kein anderes Ziel, als möglichst schnell wieder ganz gesund zu werden und sich irgendwie nützlich zu machen und dankbar zu erweisen. Viel Geduld war gefragt, zahlreiche Rückschläge musste er einstecken und einige Schmerzen ertragen. Monate gingen ins Land, bis er gänzlich wiederhergestellt war. Das Laub an den Bäumen im Schlosspark von Windsor hatte schon seine Farbe verändert, und die Herbststürme ließen die Flaggen auf den Turmzinnen ordentlich knattern, als Dr. Sinclairs fachliches Können, kombiniert mit Lady Vivians zärtlicher Fürsorge, sein Wunderwerk vollbracht hatte.

»Ich will mich ja nicht selbst loben«, sagte der Arzt, »aber der Bursche ist wieder wie neu.«

»Ich bin so froh, lieber Onkel Doktor.« Cedric umarmte seinen geduldigen Retter mit einer kindlichen Inbrunst, die Dr. Sinclair direkt peinlich war. Er packte schnell seine Sachen zusammen und verschwand, bevor ihm noch weitere enthemmte Dankesbezeugungen drohten. »Und auch Ihnen möchte ich danken, teuerste Lady Vivian!« Nun war seine Wohltäterin an der Reihe, die im Gegensatz zu dem steifen Mediziner Cedrics Umarmung durchaus genoss.

»Tut dir wirklich nichts mehr weh, mein Junge?«, fragte sie.

»Ich könnte Bäume ausreißen!«

Vivian streichelte ihm sanft über das blonde Lockenköpfchen. »Und wie sieht es da drinnen aus?«

»Auch wieder alles gut, hoffe ich. Sie meinen, weil ich wieder in die Schule muss? Ich würde gerne zur Schule gehen. Ich war lange nicht dort, weil …«

»Weil …?«

»Ich ständig Cricket gespielt habe.«

Sie führte ihn zum Kanapee, und beide nahmen Platz. Er strahlte sie an, und sie lächelte milde und ein wenig besorgt.

»Ach so ist das? Nun, ich hatte noch eine andere Sorge, während ich an deinem Bettchen gewacht habe. Du hast ein paarmal in deinen Träumen wirres Zeug geredet. Und sogar geweint.«

»Oh.«

»Du hast Namen genannt. Einer war, wenn ich recht erinnere, Charlie Froggat?«

»Wirklich?«

»Alfred Tripe, ein Crickettrainer? Von einem Privatdetektiv namens Mumford Barnaby und auch von einem gewissen Jeremiah Wickham hast du in den Fieberträumen phantasiert.«

Der Junge strahlte sie längst nicht mehr an. Er starrte wie benommen vor sich hin.

»Wer sind all diese Leute? Woher kennst du sie?«

»Das weiß ich nicht«, sagte er ganz leise. Er konnte immer noch nicht laut und deutlich lügen. Denn wenn er es tun musste, um seine Mutter zu beschützen, dann wollte er es wenigstens nicht vernehmbar tun.

»Willst du es mir nicht sagen, Tommy?«

Sie zuckte vor Schreck zurück, als er plötzlich seine Arme um ihren Oberkörper schlang und herzzerreißend zu schluchzen begann.

»Ich kann es nicht«, weinte er. »Bitte, bitte. Zwingen Sie mich nicht. Ich kann es nicht.«

Die wunderschöne Lady nickte betroffen und entwand sich behutsam seiner Umklammerung.

»Wir sollten keine Geheimnisse voreinander haben – findest du nicht?«

Er nickte, den Kopf tief auf die Brust gesenkt, und vermied es, sie anzusehen. Dicke Tränen kullerten über seine Wangen und tropften auf den Anzug.

»Und du hast mir wirklich nichts zu sagen, kleiner Tommy?«

Cedric schüttelte heftig den Kopf, während sich seine kleine Hand hilfesuchend um ihre Finger schloss.

Vivian Herbert war eine kluge und gebildete junge Frau aus gutem Hause. Nicht umsonst war sie eine der beliebtesten Hofdamen und Gesellschafterinnen der mächtigen *Witwe von Windsor*, wie Königin Victoria halb ehrfürchtig, halb mitleidig genannt wurde. Vivian war musikalisch, sie konnte malen und sticken, sie war belesen, eine begnadete Bridge-Spielerin, beherrschte mehrere Fremdsprachen, und sie hatte eine sehr angenehme Vorlesestimme, welcher die von Einsamkeit und Trauer um ihren verstorbenen Gatten geplagte Queen in ihren vielen dunklen Stunden sehr gerne lauschte. Auch besaß sie eine gute Menschenkenntnis und wusste in diesem Moment, dass ihr Pflegegast ein schreckliches Geheimnis mit sich herumtrug. Zu ihren Aufgaben bei Hofe gehörte nämlich auch die gepflegte Konversation mit der Queen über die Geschehnisse in der Stadt, im Königreich und in der Welt. Sie las daher regelmäßig alle wichtigen Zeitungen. Und der Name Jeremiah Wickham war ihr bei der Lektüre immer wieder untergekommen. Und das in keinem guten Zusammenhang.

Während der kleine Tommy mit hängenden Schultern neben ihr saß und lautlos in sich hineinschluchzte, beschloss sie, dass es ihre Pflicht war, diese verdächtige Sache nicht auf sich beruhen zu lassen. Sie musste einen Beamten von Scotland Yard ins Vertrauen ziehen. Erkundigungen hatte sie bereits eingeholt. Der Name, der ihr immer wieder genannt wurde, lautete Chief Inspector Higgins.

Mit ihm würde sie reden.

Doch zunächst hatte sie Erfreulicheres vor. Die Königin hatte von dem Jungen gehört, der da im Seitenflügel des Schlosses von einem ihrer besten Ärzte behandelt wurde, und sie wünschte ihn zu sehen. Sie hatte, wie man das hier sagte, *Verwendung* für ihn.

»Na, junger Mann? Genug geweint?«, erkundigte sich Vivian, nun wieder fröhlich.

Cedric nickte und wischte sich die Tränen aus dem Gesicht.

»Hast du Lust auf einen kleinen Ausflug? Ich würde dir gerne das Schloss zeigen.«

»Das wäre eine ganz formidable Idee!« Glücklich über den hochwillkommenen Themenwechsel, ergriff er Lady Vivians Hand. »Ich liebe Schlösser.«

Sie blieb noch einen Moment sitzen und ließ diese merkwürdige Aussage in ihren Gedanken nachklingen. Dann erhob sie sich und nahm den Jungen bei der Hand.

»Wie viele Schlösser kennst du denn?«

»Keines wie dieses jedenfalls«, rettete er sich geschickt aus der Affäre. Und das war nicht einmal gelogen. Das Schloss von Dorincourt war schon eine Wucht gewesen, aber gegen dieses gigantische Anwesen wirkte das Zuhause seines Großvaters wie ein Pförtnerhaus. Der Rundgang in Windsor Castle war für Cedric das aufregendste Erlebnis seit Langem.

»Donnerwetter!«

Das war für die nächste Stunde sein häufigstes Wort. An ihrer Rechten führte die elegante Hofdame den staunenden Knaben durch Hallen, Gemächer und schier endlose Korridore. Es gab einen blauen Salon und einen roten, und einen grünen Salon gab es auch. Gold und Silber – wohin man auch schaute. Selbst an den Türrahmen und an der Decke. Ornamente, Zierrat und Schmuck überall. Teppiche auf den Fußböden und an den Wänden. In allen Winkeln Gemälde. In allen Treppenaufgängen Wappen, Waffen und Ritterrüstungen. Letztere hoffentlich leer, dachte Cedric. Seine engelsgleiche Freundin, die ihm alles erklärte und seine Fragen geduldig beantwortete, blieb schließlich unvermittelt vor einer Tür aus dunklem, abweisendem Holz stehen, die bis weit oben an die Decke reichte.

»So. Jetzt möchte ich dir jemanden vorstellen.« Ihr lieblicher Zeigefingerknöchel konnte dem massiven Holz kaum ein Geräusch abgewinnen, als sie zaghaft anklopfte, nach angemessener Wartezeit die gewaltige Klinke nach unten drückte und die Tür ins Audienzzimmer der Witwe von Windsor mit der Schulter aufdrückte. Nicht lange und von innen wurde nachgeholfen, denn zwei stramme Diener in schmucker Livree gingen mit großer Gewissenhaftigkeit ihrer Lebensaufgabe nach, die Tür zu öffnen und nach Eintritt des Besuchers wieder lautlos zu schließen. Ansonsten hielten sie sich für unsichtbar und benahmen sich auch so, außer wenn sie husten mussten.

Der royale Baldachin wölbte sich in seinem feierlichen Blau über einer verwaisten Gruppe königlichen Gestühls, die Kronleuchter hingen schwer wie Gewitterwolken aus Kristall im stillen Raum. Die Wände waren mit üppigen Schlachtenszenen dekoriert, in welchen Männer in Ritterrüstungen einander freundschaftlich die Hände reichten oder nach dem Leben trachteten.

Der Thron der Queen Victoria war leer.

Die weitaus mächtigste Frau der Welt, die verehrte und von manchen gefürchtete Herrscherin über ein Drittel der Menschheit und ein weltumspannendes Reich, die Befehlshaberin über die stolzeste Handels- und Kriegsflotte, welche jemals die Weltmeere befahren hatte, die Namenspatin von Bergen, Wasserfällen, Seen und weit abgelegenen Landstrichen kroch auf allen vieren vor ihrem Kamin herum und tastete mit zunehmender Nervosität den ungeheuer flauschigen Teppich ab.

»Eure Majestät?«, fragte Vivian forschend. »Ma'am, ist alles in Ordnung?«

An ihrer Hand führte die junge Hofdame immer noch den kleinen Cedric, der vor Ehrfurcht kaum zu atmen wagte. Die Queen, die einem ganzen Zeitalter den Stempel ihres Namens aufdrückte, führte wirre Selbstgespräche.

»Ich weiß doch ganz genau, dass ich sie gestern noch getragen habe«, hörte Cedric sie flüstern. »Oh, Albert, mein Liebling. Niemals würde ich mir verzeihen, wenn … nein, nein … Ich darf noch nicht einmal so etwas denken. Albert, mein lieber Albert.«

»Ma'am?«, versuchte Lady Vivian noch einmal die Aufmerksamkeit der murmelnden Majestät auf sich und den Jungen zu lenken. »Ich würde Ihnen gerne den jungen Amerikaner vorstellen, von dem ich berichtet habe.«

»Gewiss, gewiss …«, sagte die Königin. »Der kleine Amerikaner. Ich mag übrigens keine Amerikaner. Auch keine kleinen. Ach, ich würde mir nie verzeihen, wenn ich dieses unersetzliche Stück verloren hätte …«

»Welches denn, Majestät? Wenn ich fragen darf – was ist denn verloren gegangen?« Auch Vivian ließ sich solidarisch auf die Knie sinken und begann den Teppich abzutasten.

»Es ist mein unersetzlicher Perlenohrring. Birnenförmig, Größe und Form wie ein Wassertropfen, mit zwei Brillanten. Natürlich ein Geschenk von meinem geliebten Albert … Ich würde es mir nie verzeihen, wenn ich …«

»Aber da liegt doch etwas«, unterbrach sie Cedric, und bevor Vivian dem Knaben einen ermahnenden Blick zuwerfen und ihm mitteilen konnte, dass es bei Strafe verboten war, die strenge Herrscherin des britischen Empires so rüde zu unterbrechen, steuerte er einen Punkt rechts von der kauernden Königin an und klaubte mit spitzen Fingern das vermisste Schmuckstück aus der Teppichwolle.

»Ist es das, was Sie suchen, Eure Hochwohlgeboren?«

Es war, als hätte jemand plötzlich die Luft aus der mürrischen Monarchin gelassen, so erleichtert sank sie in sich zusammen, als sie mit glückseligem Lächeln den vermissten Ohrring in die Hand nahm.

»Danke. Man sagt aber: Eure Majestät!«, korrigierte sie und sah den Jungen zum ersten Mal an. Ihr rundes Gesicht, milde interessiert und schnell gelangweilt, hatte etwas Eulenhaftes. Sie trug ein weißes Spitzenhäubchen, das ihr streng gescheiteltes und nach hinten gebundenes Haar bedeckte und wie ein Schleier über ihre Schultern fiel. Auch sie war – ähnlich seinerzeit wie Lady Constantia – in ein schwarzes Witwenkleid gehüllt und hatte auch sonst ungefähr die gleiche imposante Statur seiner Großtante. Nur nicht deren freundliche Grübchen. Ihre Mundwinkel zeigten gewohnheitsmäßig nach unten. Gelächelt wurde in ihrem Beisein jedenfalls nicht sonderlich viel.

»Huch – du bist ja tatsächlich noch ein Kind«, stellte die Königin nicht ohne Widerwillen fest.

»Das tut mir schrecklich leid«, bekannte Cedric, dem es noch niemals leichtgefallen war, die in ihn gesetzten Erwartungen nicht zu erfüllen. »Sie mögen ja keine Kinder …«

»Die meisten sind Quälgeister oder Dummköpfe«, verkündete Victoria.

»Genau das pflegte mein verstorbener Großvater auch zu sagen«.

»Scheint ein kluger Mann gewesen zu sein.« Die Queen blickte sich nach einer helfenden Hand um, die sie ergreifen konnte, um sich hochzurappeln.

Da hatte der Junge ihre Not schon erraten und stützte die schwere Frau mit der ganzen Kraft seiner soeben genesenen Glieder in die Höhe. Wieder aufgerichtet, räusperte sich die Majestät.

»Ahem, ja. Danke sehr. Nun … Was fangen wir nun an mit dem Knaben?« Diese Frage galt ihrer Hofdame, Lady Vivian, die umgehend einen förmlichen Knicks machte.

»Ja, Ma'am … Tommy ist ungefähr im gleichen Alter wie Ihr Enkel. Und da dachte ich, wenn William demnächst wieder zu Besuch kommt, dann könnten die beiden vielleicht zusammen spielen.«

Die Königin drehte und wendete den Gedanken ein wenig in ihrem schweren, nachtvogelhaften Haupte.

»Will uns diese kleine Nervensäge etwa schon wieder heimsuchen?«

»Nun, Ma'am, es ist ja bald wieder Weihnachten.«

»Oh, stimmt ja! Wie grauenvoll! Das letzte Mal hat er die halbe Dienerschaft im Hof zum Exerzieren antreten lassen. Das gab viel böses Blut.«

»Das wird nicht mehr passieren, Ma'am. Wie ich den deutschen Zeitungen entnehme, interessiert er sich nunmehr vor allem für Kriegsschiffe«.

»Der kleine Schwachkopf, der preußische. Er kann einem einerseits ja wirklich leidtun mit seinem kaputten Ärmchen. Aber trotzdem fürchte ich, dass wir mit diesem Unglücksraben noch eine ganze Menge Ärger bekommen werden«, prophezeite die besorgte Großmutter.

»Daher dachte ich, dass der kleine Tommy sich vielleicht diesmal mit ihm beschäftigen kann.« Vivian streichelte liebevoll über Cedrics Lockenkopf. »Er ist sehr wohlerzogen für einen Amerikaner und knüpft schnell soziale Kontakte. Vielleicht kann er sogar einen mäßigenden Einfluss auf Ihren Enkelsohn ausüben.«

Die Königin nickte ernst und würdevoll. »Gut, wie Sie meinen – soll er sich in den Ferien mit dem verwöhnten Königsknilch herumschlagen. Danke sehr.« Mit diesen Worten wollte sich die große Dame wieder dem Regieren zuwenden, als ihr noch etwas einfiel. »Ach, apropos Sozial…«

»Ja, Ma'am?«

»Mein dussliger Premierminister hat mir da ein paar Gesetzentwürfe vorgelegt, aus denen ich nicht so recht schlau werde.«

Die rüstige Regentin verfiel in einen leichten Watschelgang, als sie sich mit einem Rauschen des wallenden Kleides umdrehte und den Nebenraum des Audienzzimmers ansteuerte, wo ihr mit Dokumenten überladener gewaltiger Schreibtisch stand. Ein Diener erschien aus dem Nichts und bot ihr eine langstielige Sehhilfe an, die ihrem Gesicht auf wenig schmeichelhafte Art noch mehr Eulenhaftes verlieh.

»Hier ist es. Oje. Ein ganzes Bündel von neuen Gesetzen und Verordnungen. Die meisten betreffen wieder diese Menschen, die wenig oder gar kein Geld haben. Also diese sogenannten Armen.«

Vivian nickte. Von diesen Leuten hatte sie auch schon einmal gehört.

Die Königin fuhr fort: »Anscheinend sind die feinen Herren Politiker der konservativen Regierungspartei der Ansicht, dass es den Armen in diesem Lande viel zu gutgeht. Sie arbeiten nicht viel und zahlen kaum Steuern. Sie wohnen wie die Maden im Speck in luxuriösen Wohnanlagen mit klangvollen Namen wie *Heaven's Garden* oder *Paradise Yards*.«

»Wirklich?« Lady Vivian konnte es kaum glauben. »Da möchte ich auch wohnen.«

»Ja, nicht wahr? Außerdem scheinen diese sogenannten Armen ständig krank zu werden. Und auch ihre Kinder drücken sich gewohnheitsmäßig vor der Arbeit, sagt mein Premierminister. Und das, obwohl wir die Wochenarbeitszeit für Frauen und Kinder unter achtzehn Jahren schon längst auf achtundfünfzig Stunden begrenzt haben.«

»Was soll man denn noch alles machen?«, empörte sich die Hofdame. »Sie scheinen wirklich zu erwarten, dass wir sie noch von unserem Geld durchfüttern.«

»Eben. Und deshalb will meine Regierung das Armengesetz nun wieder verschärfen«, erklärte die Königin. »Keine Almosen mehr, keine Unterstützung für Simulanten, härtere Strafen und längere Arbeitszeiten. Der freie Markt wird's schon richten, sagt mein Premierminister.«

»Und der kennt sich ja nun wirklich aus …«

»… eben! Also meinen Sie auch, dass ich dieses Maßnahmenpaket billigen und unterzeichnen soll?«

»Unbedingt.«

»Aber, aber …«, protestierte Cedric. Die Last seiner schlimmen Erinnerungen wollte ihn schier zerreißen.

»Ganz ruhig, kleiner Tommy.« Lady Vivian zog mahnend die Stirn kraus und ihre sorgsam gezupften Augenbrauen zusammen. Denn hier, im wichtigsten Regierungsgemach der zivilisierten Welt, wurde Widerspruch nicht gerne gehört. Und schon gar nicht, wenn vorlaute Minderjährige ihn erhoben. »Gleich setzen wir unseren Rundgang durch das Schloss fort.«

»Aber, aber …« Er erstickte fast, so sehr brannte er darauf, von seinen bitteren Erfahrungen in Bethnal Green zu berichten. Vom traurigen Los der Armen, die durchaus nicht auf der faulen Haut lagen. Jedenfalls nicht alle. Und auch nicht die ganze Zeit. Von ihrem elenden Leben mit juckenden Hautausschlägen, mit Schimmelpilzen und Nagetieren wollte er berichten. Von den Kindern, die immer geschlagen oder sogar an den Zirkus vermietet wurden. Von den menschenunwürdigen Wohnungen mit den unsinnigen klangvollen Namen, für die verbrecherische Mieten fällig waren, mit denen irgendwelche reichen Männer noch viel reicher wurden. Aber er kam leider nicht zu Wort, denn Königin Victoria hatte bereits mit einem schweren royalen Seufzer ihren Füllfederhalter zur Hand genommen und diese grausame und himmelschreiend ungerechte Gesetzesvorlage mit leichter Hand unterzeichnet und mit ihrem Siegel versehen.

Konstabler Paddock wurde wieder unruhig, obwohl die doppelte Portion seines Weihnachtspunschs, die ihm wohltuende innere Wärme spendete und seinen trägen Darm begünstigte, ihn doch eigentlich auch ein wenig schläfrig machen sollte.

»Das ist ja ein starkes Stück«, schnaufte er erbost. »Ich dachte immer, Queen Victoria habe ein Herz für die Armen!«

Tom Tipton nahm treu seine Königin in Schutz: »Aber das hat sie doch auch. In diesem Fall war sie einfach nur von ihrem Premierminister falsch beraten worden. Dafür kann sie doch nichts.«

Emma zuckte nachsichtig die Schultern. Aus ihren gemeinsamen Jahren wusste sie, dass dieser sonnige junge Mann grundsätzlich nie ein schlechtes Wort über andere Menschen verlor.

»Du musst dem Herrn Konstabler aber schon noch berichten, warum dieses menschenverachtende Gesetz niemals in Kraft trat«, forderte sie ihn auf. »Komm, erzähl es ihm doch!«

»Ja, das stimmt«, gab er zu. »Aus dem Gesetz wurde nichts.«

»Und wieso nicht?«, fragte Paddock.

Nun waren alle Augen auf Tom gerichtet. Auch Fred hielt mit dem Putzen inne, und sogar das arrogante Lama, dessen Unterkiefer nach wie vor von links nach rechts schwenkte, blinzelte ihn gelangweilt an, als erwarte es irgendeine banale Geschichte, von der es jetzt schon wusste, dass es davon gleich furchtbar angeödet sein würde.

»Nun, wenn ich ehrlich sein soll … Als Lady Vivian beim Hinausgehen kurz abgelenkt war, bin ich schnell zurück zum Schreibtisch, habe die Mappe mit der Regierungsvorlage geschnappt und in den Kamin geworfen.«

»Nein!«, entfuhr es Paddock.

»Doch!« Emma glühte vor Stolz, und der junge Mann senkte beschämt den Blick. Felicitas rollte gelangweilt die Augen wie über einen alten Witz.

»Sie haben also tatsächlich höchst brisante Regierungspapiere entwendet und verschwinden lassen? Auch das noch!« Das Sündenregister des Tom Tipton wurde immer länger. Jetzt kam auch noch Hochverrat hinzu!

»Oh, nein, nein. Das war gar nichts Schlimmes. Der Jurist nennt das eine *Koinzidentielle Konfiszierung*, die völlig legal ist.

Das habe ich von Mr. Havisham gelernt, und der kennt sich in diesen Dingen sehr gut aus.«

»Verstehe«, knurrte Paddock. »Aber wurde denn die Gesetzesvorlage nicht vermisst?«

Emma kicherte, und Tom erklärte:

»Na ja, da die Ausfertigung für die Königin anscheinend die einzige war, mussten die Politiker eben wieder von vorne anfangen, was einige Zeit in Anspruch nahm. Und kurz bevor sie die Vorlage dann wieder genau so hinbekamen, gab es Neuwahlen, und sie wurden abgewählt. Plötzlich waren die Liberalen an der Macht. Und die hatten ganz andere Sachen im Sinn, als den armen Armen das Leben noch schwerer zu machen.«

»Ist er nicht toll? Mein Held!«, schwärmte die junge Frau.

»Darüber wird sicherlich noch zu reden sein«, drohte der Dorfpolizist. Aber er war ganz froh, dass derartige Staatsangelegenheiten nicht in seine Zuständigkeit fielen. Und auch er wusste ja nur zu gut, wie schwer es die Armen auch hier auf dem Lande hatten.

Nicht zuletzt der gierige Lord Fauntleroy, der Erbe des Earls von Dorincourt, presste seinen Pächtern den letzten Blutstropfen ab. In seinen Bergwerken mussten schon die Kinder wie Sklaven arbeiten, und kleine liebenswerte Ponys, die niemals das Licht des Tages erblickten, zogen die schweren Kohlenwagen durch die dunklen Tunnel. Die Burschen aus seinen Dörfern mussten als unbezahlte Lehrlinge mit den Schornsteinfegern durch die Dörfer und Städte ziehen und unter Lebensgefahr in die Kamine steigen. In den Schulen wurden die Kinder regelmäßig geprügelt, damit sie nicht auf die Idee kamen zu widersprechen. Der junge Graf und sein Sachwalter, der diabolische Mr. Havisham, unterhielten Fabriken, in denen Hunderte

Frauen und Mädchen achtzehn Stunden am Tag in giftigen Dämpfen schufteten. Der Lord kannte kein Mitleid mit Schuldnern und ließ ganze Familien ins Gefängnis werfen, wenn sie mit ihren Raten säumig wurden. Es sei denn, sie hatten schöne junge Töchter. Dann konnten sie ein paar Tage gnädigen Aufschub erwirken. Aber darüber wollte niemand offen sprechen.

Dieser miese Blutsauger von einem Lord war ohne Zweifel die Geißel des ganzen Landstrichs. Aber das bedeutete wiederum nicht, dass man ihn einfach erschießen durfte, fand Paddock. Zur Lösung dieses Falles musste er unbedingt wissen, wie sich die Dinge damals im Schloss Windsor weiterentwickelt hatten. Ohne dass er darauf drängen musste, setzte sein Besucher die Erzählung fort.

»Es war eine wundervolle Zeit, die ich dort mit Lady Vivian Herbert verbrachte. Wir wurden die besten Freunde. Sie sorgte dafür, dass ich Lehrer bekam, so dass ich meine Schulkenntnisse auffrischen konnte. Ich erkundete das riesige Anwesen, in dem ich mich bald gut auskannte, und schloss viele Freundschaften mit den dortigen Angestellten. Ich machte mich nützlich, wo immer es ging. Ich half in der Küche Töpfe spülen, ich half dem Gärtner, die Hecken und Büsche winterfest zu machen, und ging auch gerne den Dienern beim Putzen der vielen Kandelaber zur Hand. Und dann half ich auch dabei, im *Windsor Great Park* die Weihnachtsbäume auszusuchen und zu fällen, von denen einer in der großen *St Georg's Hall* aufgerichtet wurde. Ein kleinerer Baum fand seinen Platz im Purpursalon, wohin auch das Spinett gebracht wurde, auf dem Lady Vivian so hinreißend spielen konnte. Bald dachte ich nur noch schöne Gedanken, vor allem solche, die meine ersehnte Herzlieb betrafen, und so konnte ich die vielen bedrückenden Erinnerungen an Bethnal Green hinter mir lassen. Bis auf einmal, als ich draußen im Hof eine Gruppe weiß gekleideter Herrschaften sah, Bedienstete des Hofes in ihrer Freizeit, die sich auf eine sehr merkwürdige Art verhielten, die mir vage vertraut vorkam. Und als ich Lady Vivian fragte, was sie dort trieben, da war ich über ihre Antwort sehr verblüfft …«

15. Kapitel

Als Weihnachten näher rückt, bricht für Cedric eine Welt zusammen, und er muss das Schloss verlassen.

Sie spielen Cricket«, sagte die Hofdame leicht befremdet. »Nanu? Kennst du das Spiel denn nicht? Du hast mir doch berichtet, auch du hättest diese Sportart ausgiebig trainiert, mein Tommylein?«

»Das habe ich doch auch!«, gab er entrüstet zurück. »Aber das war ganz anders.«

»Nun, die Regeln sind schwer zu verstehen, besonders für Ausländer.«

»Aber nein, die Regeln sind ganz einfach. Ich habe sie sofort verstanden. Der erste Spieler schleicht sich unbemerkt von hinten an den anderen Spieler, normalerweise einen ahnungslosen Erwachsenen, heran …«

Cedric gab der Lady mit großem Eifer eine detaillierte Beschreibung des Cricket-Spieles, das er und die anderen Jungs in Bethnal Green so oft gespielt hatten. Wenn er schon alt und erfahren genug gewesen wäre, in ihrem lieblichen Gesicht zu lesen, dann hätte er dort denselben Ausdruck wiedererkannt, den sie schon einmal aufgesetzt hatte. Nämlich damals, als sie ihn nach seinen Träumen von diesem Jeremiah Wickham erzählt hatte. Und es hätte ihn vielleicht auch gewundert, dass sie nach dieser Unterhaltung sehr schnell aufbrechen und mit der Kutsche in die Stadt fahren wollte, um noch einige Besorgungen zu machen.

Und zwar allein.

Aber der grundgute Junge, der keine Falschheit kannte und keine Hinterlist, dachte sich nichts dabei, und er trollte sich in die große, etwas zugige St George's Hall, wo die Dienerschaft gerade damit beschäftigt war, den zehn Fuß hohen Weihnachtsbaum aufzustellen und zu schmücken. Der verstorbene Gatte der Königin, der immer noch von allen verehrte Albert, hatte diese Sitte aus seiner deutschen Heimat mit an den britischen Hof gebracht. Und nicht nur auf Schloss Windsor – im ganzen Land hatte sich diese nette Tradition sofort durchgesetzt. Jede Familie wollte ihren eigenen Tannenbaum haben.

Daher knoteten die Mädchen kichernd rote Schleifen in die Nadelpracht, befestigten lustige Lebkuchenmänner, Engelsfiguren, bunte Kugeln und die begehrten weiß-rot gestreiften Zuckerstangen, die nach dem Fest beim Abschmücken genascht werden durften. Mittendrin machte sich der kleine, allseits beliebte Hausgast von Lady Vivian nützlich. Half hier, eine lange goldene Glitzerkette zu befestigen, gab dort ein paar freundliche Tipps für das Anbringen der Kerzen. Da hörte er plötzlich hinter sich eine tiefe, ernste Stimme: »Tom, wir müssen uns unterhalten«.

Er fuhr herum und sah seinen Lieblingsdiener Zacharias, dessen ansonsten immer fröhliches Gesicht einen ungewohnt feierlichen Anstrich hatte.

»Ja, gerne, mein lieber Zacharias.« Sofort ergriff der Junge die Hand des gütigen älteren Herrn, der schon in einem schwarzen

Anzug zur Welt gekommen sein musste, und ließ sich von ihm in eine ruhige Ecke des Raumes führen.

»Nun ist es also so weit. Bald wird der Enkelsohn der Königin aus Berlin hier eintreffen«, eröffnete ihm Zacharias. »Ihre Majestät hat mir mitgeteilt, dass du sein Spielgefährte sein sollst. Das tut mir sehr leid.«

»Das muss es nicht! Es ist mir eine große Ehre. Ich freue mich schon darauf, einen neuen Freund zu finden. Es gibt ja leider nur wenige Kinder in meinem Alter hier im Schloss.«

»Ja, gewiss«, sagte der Diener und ließ nicht erkennen, ob auch er das für einen beklagenswerten Umstand hielt. » Du solltest aber ein paar Dinge über diesen kuriosen König wissen, damit ihr beiden gut miteinander auskommt.«

»Aber natürlich. Ich bin sicher, dass es keine Probleme geben wird.«

Zacharias lächelte nachsichtig und fuhr fort:

»Der Junge heißt mit vollem Namen Friedrich Wilhelm Viktor Albert von Preußen und ist der Sohn des Kronprinzen Friedrich und der Prinzessin Victoria, welche die Tochter Ihrer Majestät, unserer Königin Victoria, ist.«

Cedric versuchte sich die fremdländisch klingenden Namen einzuprägen. Komisch, diese Aristokraten, dachte er. Sie hatten Geld wie Heu und besaßen Ländereien und wohnten in den tollsten Schlössern. Aber wenn es um Namen ging, dann wurden sie plötzlich geizig und kamen immer wieder auf dieselben zurück.

»Soll ich ihn nun Wilhelm nennen, Friedrich oder vielleicht Albert?«

»Nenn ihn am besten *Königliche Hoheit*, wenn es geht auf Deutsch. Das schmeichelt ihm. Und alles Schmeichelhafte tut ihm gut.«

Was wohl Mr. Hobbs, der Spezereienhändler und eingefleischte Republikaner, dazu sagen würde, dass sein kleiner Freund nun auch noch mit dem verdächtigen kontinentalen Hochadel verkehrte?

»Der junge Mann hat seit seiner Geburt einen verkrüppelten Arm«, erklärte Zacharias. »Und du solltest taktvollerweise am besten so tun, als würdest du es nicht bemerken. Außerdem hat er einen ausgesprochenen Militärtick und bringt damit alle zur Weißglut. Aber man darf sich nichts anmerken lassen, sonst petzt er daheim, und das ist immer schlecht für die preußisch-britischen Beziehungen.«

»Verstanden«, sagte der gelehrige Junge.

»Folgendes ist ein bisschen heikel.« Zacharias senkte die Stimme und raunte im Verschwörerton: »Weil nun mal keiner diesen humorlosen, deutschen Flegel leiden mag und er sich beim letzten Mal wirklich schlecht benommen hat, haben alle unsere Prinzen und Prinzessinnen, die als Gäste in Frage kämen, ihre Teilnahme an unserem Weihnachtsfest abgesagt.«

»Oh, das ist aber schade.«

»Tja. Ihr werdet also unter euch sein. Aber wie ich dich kenne, wird dir schon etwas einfallen, die ganze Sache so angenehm wie möglich zu machen, nicht wahr?«

»Bestimmt«, sagte Cedric. »Wir werden uns gut vergnügen. Das Ganze wird sicherlich ein Mordsspaß.«

Zarachias erschrak. »Was ist denn los, Kleiner? Du bist ja auf einmal ganz blass um die Nase.«

Cedric war eingefallen, wann er zum letzten Mal diesen Ausdruck gebraucht hatte. Das war an jenem rabenschwarzen Tag vor fast einem Jahr gewesen, als er auf so tragische Art und Weise seinen lieben Großvater verloren hatte und seine Mutter in die

Umnachtung gefallen war. Hoffentlich war dies kein dunkles Vorzeichen dafür, dass eine neue Katastrophe bevorstand.

Es gab um diese Jahreszeit keinen festlicheren Ort im ganzen Land als das Schloss Windsor. Hierher hatte sich die Königin nach dem viel zu frühen Tod ihres geliebten Gatten Albert zurückgezogen, und hier war das Fest mit besonders warmen Erinnerungen verbunden. Die Vorbereitungen hielten die Dienerschaft jedes Mal wochenlang in Atem. Die königlichen Grußkarten mussten entworfen, in Auftrag gegeben und geschrieben werden. Lieder und Choräle wurden einstudiert und immer wieder zur Übung angestimmt. Geschenke wurden besorgt, die mit jedem Jahr ein bisschen größer ausfielen. Während sich die Älteren noch daran erinnerten, dass früher Früchte, Nüsse oder mal eine kleine Handarbeit schon als angemessen betrachtet worden waren, schenkte man sich nun auch Seiden- oder Glasprodukte, teure Teemischungen oder sogar Einrichtungsgegenstände. Besonders viel Spaß machte allen die Herstellung der traditionellen Knallbonbons, die mit Geschenken oder Süßigkeiten gefüllt wurden und ein lustiges *Puff* erzeugten, wenn man sie gleichzeitig an beiden Enden auseinanderzog. Eine kleine Arbeitsgruppe von jüngeren Hofdamen war ausschließlich damit befasst, die neuesten Gesellschaftsspiele der Saison zu erforschen und, falls für die königliche Weihnachtsfeier geeignet, vorzubereiten. Das ganze Schloss war emsig in die Festvorbereitungen vertieft, überall summte man weihnachtliche Weisen, in jedem Zimmer duftete es nach Rosinenpudding, Früchtebrot und den leckeren Waliser Pfannkuchen. Über den Türen und an Fensterkreuzen tauchten plötzlich auf geheimnisvolle Weise Sterne, Glöckchen und Mistelzweige auf.

Obwohl sie selten bei ihren Rundgängen gesehen wurde, wussten doch alle, dass Ihre Majestät höchstselbst regelmäßig den Stand der Vorbereitungen kontrollierte. Und alle waren aufs Äußerste darauf bedacht, der traurigen Witwe von Windsor ihr Weihnachtsfest so schön wie möglich zu bereiten.

Für den Rest des Tages machte sich der kleine Junge überall im Schloss nützlich, wo Hilfe gebraucht wurde. In der Weihnachtsbäckerei der königlichen Küche, auf den Galerien, wo Girlanden und Tannenzweige aufgehängt wurden, und in der St George's Hall, wo letzte Hand an den großen Baum angelegt wurde. Irgendwann wurde Cedric müde und zog sich in die Gemächer der Hofdamen im Westflügel des Schlosses zurück, wo er, kaum dass er in das Sofapolster gesunken war, erschöpft einnickte.

Der Klang von leisen Stimmen aus dem Nebenraum weckte ihn, und er blinzelte ins Zwielicht des erlöschenden Tages. Ein goldener Lichtstrahl fiel durch die halb geöffnete Tür.

»Ich will es nicht glauben, ich kann es mir wirklich nicht vorstellen«, hörte er die vertraute liebe Stimme von Lady Vivian. Jedoch hatte sie nicht ihre übliche Melodie. Sie klang angespannt. »Tommy ist ein liebenswerter Junge und kein durchtriebener Verbrecher.«

»Das habe ich auch lange geglaubt«, antwortete ein männlicher Bass. »Auch ich hatte zunächst Vertrauen in ihn. Ein so offenes und liebes Gesicht. Ein so freundliches Wesen. Und doch scheint sich dahinter ein eiskalt berechnender Charakter zu verbergen.«

Cedric erhob sich noch etwas benommen von seinem Lager und wollte gleich zu seiner Gönnerin laufen, da hörte er die Worte, die ihm das Blut in den Adern gefrieren ließen: »Er hat ohne jeden Skrupel aus dem Tresor der Lady Lorridaile Aktien und Wertpapiere der *United Bank of Hongkong and Singapore* und anderer Unternehmen gestohlen. Ihr Gesamtwert beläuft sich auf weit über dreitausend Pfund.«

Mit angehaltenem Atem schlich der Junge zur Tür und spähte in den Nebenraum. Da stand eine sichtlich erschütterte Lady Vivian, die sich am Kaminsims festhalten musste angesichts der schlimmen Nachrichten, die ihr Gast und Gesprächspartner da verkündete. Dies aber war niemand anders als Inspector Higgins – mittlerweile Chief Inspector –, der Ermittler von Scotland Yard. Sein Backenbart war noch dunkler geworden, seine Statur noch stattlicher und ehrfurchtgebietender, sein Blick wie immer durchdringend und unbestechlich.

»Ich bin sehr froh, dass Sie mich verständigt haben«, sagte er soeben, und Cedric bemerkte, dass der Detektiv ganz entgegen seinem Naturell errötete und Lady Vivian neckisch von der Seite anblinzelte. »Wir suchen den Jungen schon seit Monaten in der ganzen Stadt. Wir hatten schon den Verdacht, er sei nach Amerika zurückgekehrt. Hier im Schloss Windsor hätten wir ihn zuallerletzt vermutet.«

»Ich habe mich seit dem Unfall um ihn gekümmert und viel Zeit mit ihm verbracht. Sie müssen sich irren. Er ist kein Verbrecher.« Auch Lady Vivian schien ein wenig befangen zu sein. Sie war hin und her gerissen zwischen dem Schock über ihren Schützling und dem Werben des stattlichen Mannes mit der üppigen Gesichtsbehaarung.

»Aber niemand Geringeres als der angesehene Anwalt Mr. Havisham, der seit Jahrzehnten im Dienste der Familie des Earls von Dorincourt steht, hat den gemeinen Diebstahl bemerkt und den Schuldigen benannt.«

Nun endlich, als sie diesen Namen hörte, knüpfte Lady Vivian jenen Zusammenhang, der ihr schon am ersten Tag klar werden wollte. Havisham, Dorincourt – aber natürlich! Beim festlichen Diner auf dem Schloss des greisen Grafen – da war sie Tommy zum ersten Mal begegnet. Aber da war er ihr doch als Lord Cedric Fauntleroy vorgestellt worden. Sie berichtete dem Beamten von dieser Begegnung.

»Aber er muss mich doch auch wiedererkannt haben. Warum hat er nicht gesagt, wer er war?«

»Das wäre für ihn zu gefährlich gewesen. Wenn er sich einmal mit einer falschen Identität das Vertrauen seiner Opfer erschwindelt hat, führt kein Weg mehr zurück. Nach allem, was mir Mr. Havisham berichtete, wollte sich Cedric bereits das gräfliche Vermögen erschleichen. Der Anwalt kam jedoch dahinter und konnte den rechtmäßigen Erben ausfindig machen. Beim Überfall auf die arme Lady Lorridaile war der Amerikaner jedoch erfolgreich. Und nun hat er es offenbar auf die Schatzkammer der Queen abgesehen.«

Cedric stand hinter der Tür und wagte nicht zu atmen. Er fühlte Tränen der Entrüstung in seinen Augen aufwallen. Alles war so falsch und so gemein! Warum nur wollte Mr. Havisham ihn nicht in Ruhe lassen? Aber es kam ja noch schlimmer.

»Nach seiner Flucht nach London ließ sich der gefährliche Jungkriminelle mit zwei vorbestraften Gesetzesbrechern ein. Mit dem Bandenführer Alfred Tripe und dem Unterweltkönig Jeremiah Wickham. Sie waren übrigens beide ebenfalls an dem hinterhältigen Raubzug bei Lady Constantia beteiligt und wurden festgenommen. Aber leider konnten sie uns danach wieder entwischen.«

Oje! Tripe und Charlie Froggat waren also wieder auf freiem

Fuße. Auch das war ein schwerer Schlag für Cedric. Er hatte sich sicher gefühlt und geborgen. All die schlimmen Erfahrungen hatte er hinter sich gelassen. Und nun stürzte das ganze hoffnungsvolle Gebäude krachend über ihm ein.

»Wo, glauben Sie, können wir den Bengel finden, schöne Lady?«, fragte galant der Polizeibeamte.

»Bitte, nennen Sie ihn nicht so. Ich glaube immer noch an seine Unschuld. Um diese Uhrzeit ist er oft noch in der Bibliothek und lernt. Vielleicht sollten wir dort nachsehen.«

»Möchten Sie vielleicht vorangehen?« Chief Inspector Higgins lächelte wie ein freundlicher Wolf, was der Lady zu gefallen schien. Sie erwiderte hold sein Lächeln und rauschte in ihrem Atlaskleid aus dem Zimmer. Der Inspector folgte ihr auf leichtem Fuße.

Ich muss hier weg, bevor sie mich finden, dachte Cedric in einem Anflug wilder Panik. Sonst werden sie mich ins Gefängnis von Pentonville bringen, und niemand wird mich vermissen, wenn man mich in meiner Zelle vergisst.

Das Tageslicht war nun gänzlich erloschen. Mondlose Finsternis war über das Schloss und den Park gebreitet. Leise wie ein Dieb schlich Cedric aus den Privatgemächern und machte sich auf den Weg, immer eng an die Wand gedrückt und stets bereit, hinter dem nächsten Mauervorsprung in Deckung zu gehen.

Er kannte ein wohlgehütetes Geheimnis, das ihm sein Freund Zacharias, der Diener, unlängst enthüllt hatte. Unter dem Glockenturm, hinter einer dunklen Treppenflucht, gab es eine verriegelte Öffnung, die in einen Geheimgang aus alten Zeiten führte. Die Tür, die sich durch einen besonderen Mechanismus nur von innen öffnen ließ, fiel mit einem endgültigen Schnappen hinter ihm ins Schloss.

Der Rückweg war versperrt.

Durch feuchte Finsternis, in der allerhand nächtliches Getier huschte, schnüffelte und auch flatterte, arbeitete er sich Schritt für Schritt aus dem Schatten des Schlosses heraus. Nach etwa fünfhundert Yards erreichte er einen trockenen Brunnen auf der anderen Seite des Parks im benachbarten Dörfchen Windsor und kletterte in die eiskalte Winternacht hinauf.

Cedric wartete an der Pferdestation und belauschte die Kutscher bei ihrem Gespräch. Als er einen gefunden hatte, der nach London aufbrechen wollte, versteckte er sich als blinder Passagier im Zeugkasten eines Landauers und gelangte auf diesem Wege zurück in die Stadt.

Es war deutlich nach Mitternacht, als er endlich am Ziel war. Am einzigen Ort auf der ganzen Welt, an dem er noch einen Freund hatte.

»Na, Hullabaloobalay! Da kann einem ja der Fesselklüver am Lockstoppel verdröseln, so ein Wetterchen habe ich ja seit meiner letzten Antarktisdurchquerung nicht erlebt!« Die Tür flog ein weiteres Mal auf, und mit stampfenden Füßen platzte ein riesenhafter Geselle in die Polizeiwache von Erleboro, so dass der wackere Toddy in seinem Schrecken einen Kläffkrampf bekam und Konstabler Paddock, der selbst immer unruhiger wurde, seinen Terrier kaum beruhigen konnte.

»Da sind ja meine beiden Klabauterkinder«, freute sich der Ankömmling und riss sich erleichtert die Pelzmütze von seinem runden Kopf, der glänzte wie eine Billardkugel und auf dem kein einziges Haar spross.

Der Pinguin Fred trappelte sogleich erfreut mit ausgebreiteten Armen auf ihn zu. Das selbstverliebte Lama zog die Brauen hoch und schien zu denken: Welch eine Zumutung! Der schon wieder …

»Schön, dass du uns doch noch gefunden hast, Jerry«, begrüßte Tom Tipton freudig den Neuankömmling.

»Da bin ich aber auch froh. Da pliert einem ja der Pickpünnel aus der Gischtplotte, Mensch. Mit all dem weißen Zeugs, das da herumfliegt.«

Langsam wurde es richtig eng in Paddocks Dienstzimmer, und der Konstabler, der so viel Trubel nicht gewöhnt war, wurde immer nervöser. Er fragte sich, ob nun nach und nach alle Personen aus Tiptons turbulenter Lebensgeschichte hier auftauchen würden. Diesen Gedanken fand er höchst beunruhigend, denn nach näherer Bekanntschaft mit einigen dieser Herrschaften stand ihm nicht der Sinn. Und überhaupt hätte er eigentlich schon längst in Richtung Schloss Dorincourt aufbrechen sollen, um das gemeldete Verbrechen an dem dortigen Hausherrn zu untersuchen. Aber obwohl der Wintersturm nun langsam Zeichen der Erschöpfung zeigte und die Böen nicht mehr ganz so brutal an den Fenstern rüttelten, war es immer noch viel zu ungemütlich für einen solchen Ausflug.

Der sturmerprobte Seemann legte seinen Mantel ab und fingerte einen Flachmann aus seiner Tasche.

»Jemand einen ordentlichen Schluck Jamaica-Rum? Aber nicht du, Felicitas, alte Süffelrobbe!«

Die Angesprochene wandte sich mit einem Ausdruck des Ekels ab. Und als sich sonst keiner meldete, genehmigte er sich selbst eine großzügige Portion und schüttelte sich danach unter genüsslichem Husten.

»Im kabbeligen Kielwasser kann einem echten Seemann keiner so leicht das Schrothorn schraten«, sagte er nachdenklich und mehr zu sich selbst, bevor er sich zu Emma ans Kaminfeuer setzte und die Hände wärmesuchend zu den Flammen ausstreckte.

Eine gedankenschwere Stille kehrte im Raum ein, die der Gastgeber wider Willen nach ein paar Minuten des Schweigens brach.

»Es war die Seilmacherwerkstatt, nicht wahr?«

»Wie meinen Sie?«, fragte Tom.

»Na, dieser besondere Ort, den Sie eben erwähnten. Der einzige Ort auf der ganzen Welt, an dem Sie noch einen Freund hatten. Das war Jerry in der Werkstatt seines Onkels, nicht wahr?«

»Stimmt genau. Bis dorthin schlug ich mich durch, obwohl ich mich mehrmals verlief und gegen einen eiskalten Wind ankämpfen musste. Ich dachte, ich würde erfrieren, bevor ich mein Ziel erreichte. Aber dann fand ich tatsächlich die Plumbers Row in Whitechapel wieder, und es brannte sogar noch Licht in der Werkstatt. Aber als ich eintrat, erlebte ich eine nicht ganz so freudige Überraschung …«

16. Kapitel

Cedric fällt abermals den Ganoven in die Hände, die nun einen noch haarsträubenderen Plan schmieden.

»Schau mal einer an. Wen haben wir denn da?« Eine knochige Hand griff ihn von hinten am Kragen, und ein vertrauter muffiger Geruch stieg ihm in die Nase. Das war die Ausdünstung von Bosheit, Gier und Kautabak, und bevor er sich umdrehte und ihm ins Gesicht sah, wusste Cedric bereits, dass er Charlie Froggat alias Jeremiah Wickham wiedergefunden hatte.

Oder umgekehrt.

»Oh, guten Abend, Mr. Froggat. Es freut mich sehr, Sie wiederzusehen«, brachte er in seinem Schrecken hervor. »Warum sind Sie nicht daheim in Ihrem Laden?«

»Mein Laden ist leider geschlossen, und ich werde in der ganzen Stadt wie ein Verbrecher gesucht. Und daran bist nur du schuld.«

»Oh. Das tut mir leid.« Sich vorsichtshalber für alles Mögliche rechtzeitig zu entschuldigen, das war Cedric in der Gegenwart des falschen Krämers in Fleisch und Blut übergegangen. Dessen reptilienhafte Augen musterten ihn emotionslos.

»Nun ja. Mal sehen. Vielleicht kannst du es ja wiedergutmachen.«

Innerhalb kürzester Zeit war Cedric von der Spitze dieser unglaublich steilen Leiter, die er zuvor mit so viel Glück erklommen hatte, jäh wieder in den Abgrund hinabgestürzt. Unter den Rädern einer Kutsche war er aus der Gosse gerettet worden und in Prunkgemächern gelandet. Und dann war es wieder in umgekehrte Richtung gegangen: Aus dem vorweihnachtlich glänzenden Schloss Windsor geriet er in die von Gangstern gekaperte Seilmacherwerkstatt von Jerrys Onkel Elias Potter. Aber wo steckte nur sein Freund, der Seemann? Hoffentlich hatten sie ihm nichts angetan! Gab es irgendeine noch so kleine Hoffnung? Gab es einen Ausweg aus dieser Falle? Würde Lady Vivian, die vielleicht immer noch an seine Unschuld glaubte, ihn suchen lassen? Würde sie ihn überhaupt vermissen? Was würde Zacharias denken? Wer sollte sich nun um den deutschen Enkel der Königin kümmern, der morgen im Schloss ankam?

Nach und nach tauchten sie aus ihren Verstecken und Schlafplätzen hinter den Seilen auf: Alfred Tripe und einige aus der Bande: Freddy, Roddie, Eddie und Freckles, die ihn ansahen wie einen Geist. Den Grund dafür begriff er, als schließlich auch der skrupellose Privatdetektiv Barnaby erschien, der ihn in mörderischer Absicht unter die heranrasende Kutsche gestoßen hatte.

»Da staunst du, was?«, begrüßte Froggat seinen Spießgesellen mit heiserem Lachen. »Und uns hast du weisgemacht, du hättest ihn beseitigt!«

»Das muss ein Doppelgänger sein«, behauptete Barnaby, der von Mr. Havisham stattliche zehn Pfund kassiert hatte, damit er den Jungen aus dem Weg räumte.

Froggat, der davon wusste, ließ diese Ausrede nicht gelten.

»Da wird der alte Havisham ganz schön wütend werden,

wenn er das erfährt«, neckte er den pockengesichtigen Auftragsmörder.

»Ach, halt doch die Klappe«, brummte Barnaby, der seine haarige Klaue nach Cedric ausstreckte. »Dann lasse ich ihn diesmal eben in der Themse verschwinden.«

»Nicht so schnell. Wir wollen doch erst einmal hören, wie unser alter Freund auf so wundersame Weise gerettet wurde und wie er zu den schönen Anziehsachen gekommen ist, die er da wieder tägt. Ein Samtröckchen mit roter Schärpe. Sieh an, sieh an! Fast so schick wie damals, als wir uns das erste Mal begegneten. Wer hat dir diesen feinen Stoff denn auf den Leib geschneidert, kleiner Lord?«

Die Hand des falschen Krämers schloss sich so fest um den Oberarm des Jungen, dass sie den Blutfluss stoppte und ihm schrecklich wehtat. Der eiserne Griff lockerte sich erst, als Cedric erzählte, was sich alles in der Zwischenzeit zugetragen hatte. Sein Erwachen in der Obhut von Dr. Sinclair, seine Bekanntschaft mit der wunderschönen Lady Vivian, seine Begegnung mit der Königin und schließlich das unerwartete Auftauchen des Chief Inspector Higgins.

Froggat und seine Spießgesellen kamen aus dem Staunen kaum heraus, während der Junge ihnen diese Abenteuer schilderte. Seine Geschichte endete mit der Flucht durch den Geheimtunnel und der Kutschfahrt zurück in die Stadt.

»Genug jetzt!«, forderte Barnaby. »Der Bursche muss verschwinden. Ich habe keine Lust, mir von Mr. Havisham Vorhaltungen machen zu lassen. Wenn er entgegen aller Wahrscheinlichkeit den Kutschunfall überstanden hat, dann versuchen wir es eben jetzt mal auf die klassische Art. Mit dem Messer.«

Froggat schüttelte den Kopf über so viel Borniertheit.

»Sag mal, Barnaby, bist du eigentlich schon so dumm auf die Welt gekommen, oder hast du so viele dumpfe Schläge auf deinen Kopf bekommen, dass du gar nichts mehr kapierst?«, fragte er spitz.

Der Beleidigte blitzte ihn feindselig an.

»Pass bloß auf, was du sagst, Froggat! Sonst rutscht mir noch mal die Hand aus.«

»Hast du etwa nicht zugehört? Der Junge ist durch einen Geheimgang aus dem Schloss Windsor entkommen.«

»Na und? Gut für ihn, schlecht für mich.«

»Ich sag's noch mal langsam, und hör diesmal wirklich gut zu: Der Junge erzählt was von einem unterirdischen Geheimgang, der ins Schloss Windsor führt! Weißt du nicht, was das heißt?«

Es dauerte auch jetzt noch eine Weile, bis die Bedeutung dieser Information das träge Gehirn des Detektivs durchdrungen hatte. Selbst Tripe, der noch nie in dem Verdacht stand, besonders auf Zack zu sein, hatte das Rätsel schneller gelöst.

»Wir können bei der Königin einsteigen und alle Schränke leer räumen«, sagte Tripe wie vom Donner gerührt. »Unglaublich!«

»Ja«, bestätigte Froggat. »Unglaublich in der Tat. Das wird der Einbruch des Jahrhunderts, Männer. Wir gehen in die Geschichte ein. Und wir werden reich, unfassbar reich.«

Die Beute aus dem Haus der Witwe Lorridaile hatten sie bis auf den letzten silbernen Kerzenleuchter wieder abgeben müssen, so hatte es Havishams Plan vorgesehen. Dafür hatte ihnen der Anwalt hinterher zwar ein anständiges Sümmchen in bar ausgezahlt. Aber es hatte ihren Ganovenseelen dennoch sehr wehgetan, eine ganze Kutsche mit kostbarem Diebesgut hergeben zu müssen. Beim Überfall auf die berühmte *Witwe von Windsor* galten nun andere Regeln. Da würden sie alles behalten. Und sie würden ganz gewiss mehr als nur eine Kutsche für den Abtransport brauchen.

Cedric dämmerte immer mehr, dass es ein großer Fehler gewesen war, erstens hierherzukommen und zweitens diesen gefährlichen Leuten seine ganze wundersame Geschichte zu erzählen. Froggat hielt immer noch mit der Rechten seinen Arm im Klammergriff, streichelte ihm aber nun mit der linken Hand über den Kopf. Er grinste dabei.

»Ich habe es doch immer gewusst, mein Kleiner. Du bist ein echter Goldjunge.«

Dann packte er Cedric und zerrte ihn in den hinteren Bereich der Werkstatt, wo er eine Tür öffnete und ihn in eine dunkle Abstellkammer stieß.

»Jetzt ruh dich im Käfig gut aus, mein Vögelchen«, sagte er, als er die Tür hinter ihm wieder schloss. »Dieses Weihnachten werden wir uns eine wirklich schöne Bescherung bereiten.«

Cedric ängstigte sich zu Tode in der absoluten Dunkelheit seines Gefängnisses. Und er gefror zur Eissäule, als er plötzlich den Atem eines zweiten Lebewesens hörte, mit dem er sich diesen Raum teilte.

Dann aber vernahm er ein Flüstern.

»Da soll mir doch der Marlspieker das fusselige Flottholz spleißen«, wisperte eine vertraute Stimme. »Was hat mir der stramme Nordwester denn da Sappiges in die Flögels gedödelt?«

Wäre er zwei Tage früher hier erschienen, hätte Cedric seinen Freund Jerry unverändert zwischen all seinen Tauen und Seilen beim Knüpfen des anspruchsvollen Flämischen Achtknotens angetroffen, den er dank eifrigen Übens mittlerweile fast blind beherrschte. Aber nachdem nun Charlie Froggats wahre Identität gelüftet worden war und sein Laden den Polizeibehörden als Räuberhöhle bekannt war, befand sich die Wickham-Bande auf der Flucht. Und weil Scotland Yard das Netz immer enger zog, brauchten die Gesetzlosen dringend einen neuen Unterschlupf, und da waren sie auf Potters Seilerwerkstatt verfallen. Den gutmütigen Jerry hatten die Eindringlinge kurzerhand in die Kammer gesperrt, denn sie wollten nur so lange bleiben, bis die Luft wieder rein war. Also höchstens drei, vier Tage. Nun aber hatten sie ein neues Projekt.

Wie die beiden Freunde in ihrem fensterlosen Verlies mit anhören konnten, schmiedeten die Gauner nach Cedrics unerwartetem Auftauchen kühne Pläne. Aber eines war diesmal anders: Mr. Havisham war nicht mit von der Partie. Das Verbrechen des Jahrhunderts würden sie ganz alleine durchziehen. Der Einbruch bei der Queen sollte ihr persönliches Weihnachtswunder werden.

»Das Wichtigste ist, dass unser Goldjunge wieder ins Schloss Windsor aufgenommen wird«, erklärte Froggat alias Wickham, der Chef des *Unternehmens Witwenraub.* »Und damit das geschieht, müssen wir jeden Zweifel über seine Person und seine Herkunft zerstreuen. Er muss für unsere Zwecke tatsächlich ein kleiner Lord sein, kapiert? Das übernimmt Barnaby. Der ist Detektiv, der kann so was.«

»Wenn du meinst …«

»Dann brauchen wir noch ein paar zusätzliche Helfer. Tripe und ich und die Kinder – das reicht nicht. Wir nehmen noch den Seilkasper aus der Dunkelkammer mit. Der Kerl ist bärenstark und kann die schweren Sachen schleppen. Aber wir brauchen mindestens noch zehn bis zwanzig andere. Es sind lange

Wege zurückzulegen, und wir räumen hier nicht nur ein Wohnzimmer aus, sondern einen verdammten Palast.«

»Ich kümmere mich darum«, sagte Tripe.

»Dann: Transportmittel. Ich will, dass wir alles, aber auch wirklich alles, was nicht angeschraubt ist, aus dem Schloss herausholen. So eine Gelegenheit kommt nur einmal im Leben. Also: Fünf Kutschen oder Wagen sind das Mindeste. Sieben wären besser.«

»Kann ich auch übernehmen«, bot Tripe an.

»Nein, lass mal lieber. Das mache ich selbst«, sagte Froggat, der sich über die geistigen Kapazitäten des jungen Mannes wenig Illusionen machte. »Mehr als eine Aufgabe ist nicht gut für dich, glaube mir.«

»Wann soll das Ding denn eigentlich steigen?«, fragte Barnaby.

»Morgen Abend.«

»Was? Heiligabend? Muss das denn sein? Ich hatte meiner Mutter versprochen, dass ich zum Truthahnessen komme.«

Bis in ihr dunkles Loch konnten die beiden Gefangenen hören, wie Froggat vor Wut schäumte.

»Das ist genau der Grund, warum ich am liebsten mit Vollwaisen arbeite«, giftete der Gangsterboss zwischen zusammengebissenen Zähnen. »Die kommen mir nicht mit so einem hanebüchenen Unsinn.«

»Schon gut, schon gut«, wiegelte der Detektiv ab. »Ich kann ja dann später noch bei ihr vorbeigehen. Wenn alles gelaufen ist.«

Tripe, der noch längst nicht alle Facetten des Plans begriffen hatte – und vermutlich auch niemals begreifen würde –, kam über eine sehr grundlegende Sache noch nicht hinweg.

»Sag doch mal, Froggat, wieso müssen wir eigentlich unbedingt dafür sorgen, dass Tom wieder ins Schloss kommt? Der soll uns doch lieber beim Schleppen helfen …«

Froggat blickte seinem Komplizen lange und tief in die Augen und fragte sich, wie es Tripe nur immer wieder geschafft hatte, nicht im Zuchthaus zu landen wie so viele andere. Und vor allem so viel Klügere.

»Ich versuch's mal, ganz einfach zu sagen, ja? Hörst du mir gut zu? Achtung, jetzt kommt's: Es ist sehr wichtig, dass Tom ins Schloss gelangt, weil Tom und nur Tom uns dann die Tür von innen aufmachen kann. Alles hängt von ihm ab! Geht das so in deinen Schädel rein, oder muss ich dir erst eine Skizze machen?«

»Nee, nee. Schon gut. Ich hab's verstanden«, entgegnete Tripe, und nach einer Weile besann er sich: »Aber, hör mal, wenn du schon so nett fragst – so eine Skizze könnte doch hilfreich sein.«

Um die Mittagszeit hatten sie das Dorf Windsor erreicht. Der kalte Wind trieb immer wieder Ballen von Wolken über das Land, aus denen einzelne Schneekristalle fielen. Aber auf eine weiße Weihnacht würden die Bewohner dieses Landstrichs sich nicht einstellen müssen.

Unauffällig ließ sich Charlie Froggat von Cedric den Brunnen zeigen, durch welchen man zu dem Geheimgang ins Schloss gelangte. Dann war die Stunde des Abschieds gekommen.

»Hör mir gut zu, Tom Tipton«, sagte Froggat, der seinen dürren Vogelscheuchenkörper nach vorn beugte und sein Opfer verschlagen angrinste. »Oder sollte ich sagen: Cedric Fauntleroy? Ich kenne deine Geschichte, und ich bin der Einzige auf der ganzen großen Welt, der dir helfen kann. Wenn du deinen

Teil dieses Handels erfüllst, dann gebe ich dir, was du dir am meisten wünschst.«

»Herzlieb!«, entfuhr es dem unglücklichen Jungen, und seine Augen glänzten hoffnungsvoll.

»So ist ist. Ich werde dich gleich morgen früh zu deiner Mutter auf das Schloss Dorincourt bringen. Und ich sorge wirklich dafür, dass ihr beide auf dem nächsten Schiff nach New York sitzt. Und zwar bevor jemand euch aufhalten und wegen der unschönen Sache mit dem alten Grafen festnehmen kann.«

Er zog mit dem rechten Zeigefinger sein Augenlid herunter und teilte Cedric auf diese Art mit, dass er auch diesen Teil seiner Geschichte kannte.

»Außerdem statte ich euch mit einem soliden Startkapital aus. Dann könnt ihr drüben in der Neuen Welt wieder neu anfangen. Sei mal ehrlich, Cedric, dieses alte kaputte Land hier hat euch beiden kein Glück gebracht, oder?«

»Ja, Sie haben recht. Ich bin nun mal kein Lord. Auch kein kleiner. Ich bin Cedric Errol. Punkt. Und mir reicht es zum Glück, wenn ich in New York einen schönen Spezereienladen aufmachen kann. Oder von mir aus auch einen Schuhputzstand.«

»So ist es richtig. Braver Junge! Nur ein einziges Mal spielst du noch den Edelmann, und dann wird alles gut. Also, vergiss nicht: Wenn die Turmuhr achtmal schlägt, muss die Geheimtür offen sein. Es ist ganz einfach. Du musst nur den Riegel aufschieben, den ganzen Rest erledigen wir. Aber du wirst trotzdem reich belohnt. Dein größter Wunsch wird dir erfüllt.«

»Danke, Mr. Froggat. Danke für alles, was Sie für mich getan haben.«

In dem hartgesottenen Gangster wollten tatsächlich für einen Moment Gefühle aufwallen. Salzige Tränen sammelten sich in seinen Reptilaugen, als der Neunjährige ihn umarmte und drückte.

»Hör mit diesem sentimentalen Unsinn auf! Los jetzt, da ist der Wagen. Setz dich zu Mr. Barnaby!«

Die beiden roten Grenadiergardisten unter ihren Bärenfellmützen verzogen keine Miene, als die leichte offene Kutsche am frühen Nachmittag an ihren Wachhäuschen vorbei ins Innere des Schlossparks schnurrte. Es wurden nämlich, wie sie sehr wohl wussten, Festgäste auf dem Schloss erwartet. Und der Mann und der Junge, die in dem offenen Wagen saßen, die Beine eingehüllt in warme Decken, waren sicherlich zur Weihnachtsfeier eingeladen. Und wenn nicht, dann würde der Pfortenwächter am Haupttor sie abweisen.

Und so schien es sich tatsächlich zunächst zu fügen.

Auf ihr Klingeln öffnete sich eine Klappe im dunklen Holztor, in der ein junges und völlig teilnahmslos wirkendes Gesicht erschien. Auch dieser Mann steckte in einer roten Uniform, aber ohne Bärenfellmütze.

»Sie wünschen?«

Barnaby hatte aus seinem Berufsalltag als Privatdetektiv viel Erfahrung mit Türen und Toren, die ihm eigentlich verschlossen bleiben sollten.

»Ich muss dringend Mrs. Vivian Herbert, die Hofdame der Königin, in einer wichtigen Angelegenheit sprechen«, näselte er ungeduldig.

Im Wächter des Schlosses Windsor hatte er allerdings seinen Meister gefunden. Mit halb geschlossene Augenlidern und spitzer Lippe näselte der junge Mann unbeeindruckt zurück: »Tut mir leid, die Lady ist mit anderen wichtigen Angelegenheiten befasst. Frohe Weihnachten.« Schon wollte er die Klappe wieder schließen.

»Diese hier ist wichtiger«, schnarrte Barnaby.

»Es tut mir sehr leid, aber die Hofdame ist unabkömmlich. Wir haben einen weihnachtlichen Hausgast, der all ihre Kräfte beansprucht.«

»Aber um den sollte ich mich doch kümmern!«, rief Cedric. »Die Königin persönlich hat mich gebeten, ihrem Enkel aus Deutschland Gesellschaft zu leisten.«

»Ist das so?«, näselte der Türsteher. Die Saat des Zweifels war erfolgreich ausgebracht. Er musste sich nun vergewissern, ob die Besucher nicht vielleicht doch die Wahrheit sprachen. Ansonsten könnte es unliebsame Konsequenzen geben.

»Kommen Sie rein und nehmen Sie hier Platz.« Der Wächter wies ihnen eine Holzbank neben seiner Wachkammer zu. »Ich lasse nach der Lady schicken.«

Lady Vivian erschien wenig später mit einem etwas gehetzt wirkenden Ausdruck auf ihrem lieblichen Gesicht. Als sie ihren Tommy erkannte, beschleunigte sie ihre Schritte und schloss ihn, kaum dass er sich von der Bank erhoben hatte, fürsorglich in die Arme. Alle Zweifel, die sie hatte und die durch das Gespräch mit Chief Inspector Higgins noch verstärkt worden waren, lösten sich plötzlich in Wohlgefallen auf. Wie er sie anstrahlte, wie er sich in ihre Arme warf – das alles konnte keine Lüge sein.

»Tommy, mein lieber Junge, wie unendlich erleichtert bin ich, dich wiederzusehen. Wo warst du nur, mein Schatz? Wie geht es dir? Bist du wohlauf? Wer ist dieser Mann?«

Bevor der Junge antworten konnte, schaltete sich der Erwachsene ein: »Verzeihung, dass wir hier so hereinplatzen. Mein

Name ist Mumford Barnaby, ich bin Privatdetektiv. Seit einiger Zeit recherchiere ich im Auftrag eines anonymen Gönners einen krassen Fall von Erbschleicherei, der die Nachfolge des Hauses von Dorincourt betrifft.«

»Wer ist der anonyme Gönner?«

»Den Namen darf ich leider nicht preisgeben, weil er dann ja nicht mehr anonym wäre. Nur so viel kann ich sagen: Es handelt sich um einen sehr wohlhabenden Mann amerikanischer Herkunft, der im Eisenbahngeschäft tätig ist und sich aus Prinzip gegen jede Diskriminierung von US-Staatsbürgern durch die britische Aristokratie zur Wehr setzt.«

Er sagte das mit so viel Überzeugungskraft, dass er es für einen Moment selbst glaubte.

»Verstehe. Fahren Sie fort«, erwiderte Lady Vivian.

»Die Geschichte ist ganz einfach: Dieser Junge hier ist der rechtmäßige Erbe des Earls.«

»Der Erbe des Earls«, hauchte sie.

»Der rechtmäßige Erbe des Earls« bestätigte der Detektiv.

Lady Vivian sah ganz beseelt zu Cedric hinab, der sich so fest um ihre Hüften geschlungen hatte, als wolle er sie nie wieder loslassen. Er blinzelte sie aus den treusten blauen Augen an und dachte immer wieder voll kindlicher Inbrunst: Bitte, vergib mir, bitte vergib mir. Ich muss es tun, wenn ich meine Mama wiedersehen will. Ich muss …

»Es gab da ein paar Unstimmigkeiten mit einem übereifrigen Advokaten, aber die sind inzwischen geklärt. Tja. Das war's eigentlich schon.« Damit wollte sich Barnaby zum Gehen wenden. Aber Lady Vivian war so schnell nicht zu überrumpeln.

»Aber was ist nun mit den Aktien und Wertpapieren?«

»Mylady?«, fragte der Detektiv nur.

»Die Polizei scheint zu glauben, der Junge hätte Papiere im Wert von mehreren tausend Pfund aus dem Tresor von Lady Constantia Lorridaile gestohlen«, erklärte Lady Vivian und setzte pikiert hinzu: »Nicht, dass ich auch nur ein Wort davon geglaubt hätte!«

Barnaby stellte eindrucksvoll unter Beweis, dass man ihn nicht umsonst den *König der Kaltschnäuzigen* nannte.

»Wirklich? Aber das ist absurd. Cedric ist einer der reichsten Gentlemen im ganzen Land. Ihm gehören Ländereien, Bergwerke und Fabriken hier und in Übersee. Wieso sollte er sich mit so was Banalem wie Aktiendiebstahl abgeben?«

Die Lady ging in die Knie und strahlte ihrem Liebling voller Erleichterung ins Gesicht. »Ach, Tommy, ich meine Cedric – warum hast du mir das nicht alles selbst erzählt?«

»Liebste Lady Vivian, es tut mir so leid. Ich habe es doch selbst noch nicht richtig verstanden. Diese aristokratischen Dinge sind alle so schrecklich kompliziert.« Er war ihr nur ausgewichen. Er hatte sie nicht angelogen. Aber das beruhigte ihn nur wenig.

Er fühlte sich wie ein Hund.

»Das stimmt wohl, mein Junge. Das stimmt«, sagte die Lady froh und streichelte über seinen Kopf.

Barnaby wurde ungeduldig.

»Dann ist ja alles geklärt. Ich darf mich empfehlen. Ich bin zu einem Truthahnessen eingeladen. Frohe Weihnacht und Auf Wiedersehen.«

»Danke, Mr. Barnaby. Wo kann ich Sie erreichen?«, rief ihm die Lady noch hinterher, da hatte er bereits dem Kutscher das Aufbruchszeichen gegeben.

»Hat eigentlich jemand diesen Detektiv Barnaby noch einmal getroffen?«, fragte Tom Tipton. »Ich habe ihn jedenfalls nie wiedergesehen, nachdem er mich am Nachmittag bei Lady Vivian abgesetzt hatte.«

»Der fiese Spiekenköttel hätte meinetwegen gleich als Hummerköder ins Joopquickel gekladscht werden können«, rief Jerry.

»Vielleicht hat er sich beim Truhthahnessen bei seiner Mutter an einem dieser kleinen Knöchel verschluckt und ist erstickt.« Emma kicherte.

Konstabler Paddock stand auf und konsultierte ein dickes Buch, in dem alle Informationen über alle Privatdetektive des Landes zusammengefasst waren. Nach einer Weile des »Hm … hm … hm«-Suchens und Blätterns stellte er mit den Worten: »Ach, Barnaby, B« diesen Band wieder ins Regal und griff sich den, der links daneben stand.

»Hier steht: Er verschwand nach Amerika, wo er sich als Handlanger eines reichen Mannes verdingte, der in der Eisenbahnbranche tätig war.«

»Ach, tatsächlich«, staunte Emma. »In Whitechapel erzählte man sich aber andere Geschichten.«

»Tatsächlich? Was denn?«

»Erinnert ihr euch noch an diese schrecklichen Morde, die dort von einem unbekannten Mann namens Jack-the-Dingsbums begangen wurden?«

»The Ripper?«, fragte Paddock erschrocken.

»Genau! Jedenfalls hieß es, dass die Mordserie plötzlich genau zu dem Zeitpunkt aufhörte, als Barnaby das Land verlassen hatte«, wusste Emma zu berichten.

»Wundern würde es mich ja nicht. Er hatte immer die sonderbarsten Kabbelköppe in seiner Kajüte zu Besuch«, meinte Jerry.

»Aber wie ging es denn nun weiter am Heiligabend im Schloss Windsor?«, wollte Paddock wissen. Die Sache mit dem Ripper würde er später noch einmal weiterverfolgen. Vielleicht war da eine schöne Belohnung zu verdienen …

Cedric fuhr mit seiner Geschichte fort.

»Als Lady Vivian mich zur Queen Victoria brachte, befand die Königin sich in einer sehr düsteren Stimmung und hatte eine starke Migräne …«

17. Kapitel

Cedric trifft einen leibhaftigen Prinzen, der ebenfalls ein Enkel ist. Aber da enden schon die Gemeinsamkeiten.

Ihre Majestät die Königin hatte von dem ganzen Wirrwarr, dem Hin und Her um Tommy oder Cedric, Chief Inspector Higgins oder Detektiv Barnaby, Aktiendiebstahl oder Millionenerbe nichts mitbekommen. Es interessierte sie auch nicht. Alles, was sie interessierte, war, endlich aus ihrer Zwangslage erlöst zu werden. Queen Victoria schmorte seit einer halben Stunde stumm vor Pein in der für sie unerträglichen Gesellschaft ihres ungeliebten Berliner Enkels. Der junge Wilhelm vereinte in sich auf geradezu mysteriöse Weise alles, was abstoßend, empörend und unappetitlich war in Deutschland, Preußen und im Hause Hohenzollern.

Ich hätte meine Tochter Vicky lieber mit einem Eskimo verheiraten sollen, dachte die alte Dame selbstkritisch. Dann hätten wir wenigstens immer frischen Fisch.

Stattdessen hockte der Zehnjährige, der eine alberne Admiralsuniform trug, in einem fünf Fuß, zwei Yards langen Schiffsmodell, an welche die deutschen Ingenieure mit ihrem vielgerühmten Erfindergeist vier kleine Räder angebracht hatten. So konnte sich der rücksichtslose Quälgeist auf dem Parkett abstoßen und mit Getöse durch die Gemächer kreuzen. Und dabei Dinge rufen wie: »Noch eine saftige Breitseite dem perfiden Albion!«, »Zeigt den englischen Krämerseelen das Antlitz des deutschen Marinesoldaten« oder einfach nur: »Hurra, Hurra, Pardon wird nicht gegeben!«

Victoria hatte von dem Geschrei rasende Kopfschmerzen bekommen und wünschte nichts sehnlicher, als dass von irgendwoher ein Lord Nelson erscheinen möge, um diesen unausstehlichen Rotzlöffel zu versenken. Als die beiden Lakaien endlich die große Flügeltür aufzogen, um Lady Vivian mit ihrem Schützling in die königlichen Gemächer einzulassen, fuhr die behäbige Majestät mit erstaunlicher Geschwindigkeit aus dem Gestühl und knurrte: »Gott sei Dank sind Sie endlich da! Noch eine Minute allein mit diesem Ungeheuer, und ich hätte ihn eigenhändig erwürgt.«

Vivian meinte, der Monarchin eine Erklärung schuldig zu sein.

»Verzeihen Sie die Verspätung, Ma'am. Aber wie sich gerade herausgestellt hat, ist unser Junge nun doch nicht Tom Tipton, wie wir bisher dachten, sondern Lord Cedric Fauntleroy, der rechtmäßige Earl von Dorincourt. Es gab einige Verwirrung, das ist jedoch nun ausgestanden.«

»Ein echter Earl. Aha! Das freut mich zu hören«, sagte die Queen wenig beeindruckt.

Cedric machte einen artigen Diener in angemessener Tiefe.

Die Königin wisperte in Lady Vivians Ohr: »Und wenn er der uneheliche Sohn des Hausmeisters wäre – ich würde ihn sofort in den Adelsstand erheben, wenn er mir nur endlich diesen giftigen Kanonenknirps vom Halse schafft.«

»Gewiss, Ma'am … Er freut sich schon darauf.«

Während sich die Damen eilends zurückzogen, näherte sich Cedric vorsichtig dem Gast aus Berlin, der in seiner weißen Phantasieuniform mit goldenen Epauletten wie ein Kanute im Modell einer gepanzerten Fregatte hockte, eingerahmt von zwei Segelmasten. Soeben hatte er eine imaginäre Kanonade auf das klassische Wandgemälde der Seeschlacht von Salamis abgefeuert und sonnte sich im Glanze seines Ruhmes, sowohl Griechen als auch Perser mit einem Streich ausgelöscht zu haben.

»Kattschongg!«, quakte er. »Volldampf voraus!«

»Guten Tag, königliche Hoheit – ich bin Cedric«, stellte sich Cedric zum ersten Mal seit langer Zeit mit seinem wahren Namen vor. Nicht, dass der kriegerische Preußenspross die Aufrichtigkeit seines Altersgenossen zu schätzen gewusst hätte. Es war ihm gleichgültig, wer dieser Fremde war und wie er hieß.

»Deutschlands Zukunft liegt auf dem Wasser«, erklärte er.

»Das freut mich außerordentlich. Denn Wasser ist etwas Gutes.«

Sofort wurde der Gast misstrauisch.

»Wieso?«

»Ich dachte nur …« Cedric, der nie etwas Böses im Schilde führte und keine Wahrheit unausgesprochen lassen konnte, hatte längst wieder vergessen, dass er mit einem Thema vorsichtig sein sollte. »Was ist denn mit Ihrem Arm passiert?«

Der kleine Admiral schaute traurig an sich herab. Sein linker Arm war zu kurz, kaum zu gebrauchen und mit einer Schiene an seinem Oberkörper befestigt. »Ach, das! Bei meiner Geburt ging so einiges schief.«

»Das tut mir leid.«

»Schuld war der englische Arzt. Einem deutschen Arzt wäre so ein Missgeschick sicherlich nicht passiert.«

»Verstehe.«

»Wer sind Sie überhaupt? Wohnen Sie hier?«

»Ich bin Cedric Fauntleroy, ein kleiner Lord. Sehr erfreut«, stellte Cedric sich ein zweites Mal vor. »Ich bin der Erbe von Dorincourt. Sie können aber auch Tom zu mir sagen.«

»Nein. Ich werde Sie Nils nennen.«

»Wie Sie wünschen.«

»Sind Sie auch ein Enkel?«

»Gewiss. Aber ein anderer. Mein Großvater ist leider verstorben.«

»Ehrenhaft im Felde?«

»Es war ein Sportunfall.«

»Typisch für einen Engländer.«

»Wir sollen zusammen Weihnachten feiern.«

»Von mir aus … Was gibt es zu essen?«

»Nach allem, was ich gehört habe, wird wohl Truthahn serviert.«

»Ich verabscheue den Truthahn. Ein hässlicher und träger Geselle. Das genaue Gegenteil von allem, was einen richtigen Vogel ausmacht. Ein preußischer Adler, das ist ein Vogel, Nils.«

»Soll ich fragen, ob sie uns einen Adler grillen können?«

»Unterstehen Sie sich!«

»Vielleicht schmeckt der Truthahn Ihnen besser mit einem Schuss Minzsoße, Königliche Hoheit.«

Wilhelm sah ihn mit einem Gesichtsausdruck an, als wolle er vor Ekel ausspucken. »Minzsoße? Ekelhaft. Ihr Engländer leistet euch wirklich die absonderlichsten Entgleisungen.«

»Verzeihung. Aber ich bin eigentlich Amerikaner«.

»Gleichviel. Ich verlange jedenfalls an Heiligabend ein ehrliches Soldatenessen. Kartoffelsalat mit Würstchen. Und am

Weihnachtsabend muss Muschelsalat her. Und Karpfen in Biersoße, dann Gänsebraten.«

»Was für ein verwöhnter Lausebengel«, fand Konstabler Paddock. »Der wäre sicherlich ein guter Partner für Ihr versnobtes Lama hier gewesen.«

Felicitas würdigte ihn keines Blickes. Sie konnte es auf den Tod nicht ausstehen, wenn man sie als Lama bezeichnete. Aber sie wusste aus langer und leidvoller Erfahrung, wie sinnlos es war, mit Ignoranten zu streiten.

»Im Grunde war er doch ganz in Ordnung.« Tom Tipton hatte sich schon immer verpflichtet gefühlt, Leute, die sich selbst nicht wehren konnten, in Schutz zu nehmen. »Er hatte eine schwere Kindheit, und die Sache mit seinem lädierten Arm war sicherlich auch nicht gerade hilfreich.«

»Jedenfalls wurde ihm eine unvergessliche Weihnacht bereitet.« Emma kicherte.

»Wie uns allen«, ergänzte Jerry. »Ich frage mich, wo zum Klabautermann die anderen bloß bleiben …«

»Welche anderen denn?« Konstabler Paddock schreckte hoch. »Erwarten Sie etwa noch jemanden?«

Auch dieser Heilige Abend auf der Wache in Erleboro hatte sich längst für das Prädikat »unvergesslich« qualifiziert. Schon jetzt platzte sein Revier aus allen Nähten. Und nachdem er noch dreimal nachgebrüht hatte, waren nun auch alle Vorräte an Weihnachtstee restlos aufgebraucht. Die Uhr zeigte halb zwei, und er wurde immer schläfriger. Sein träger Darm zwickte ihn. Ein Spaziergang hätte ihm jetzt guttun können. Endlich waren die wildesten Sturmwolken weitergezogen, und nur noch einzelne Flocken flirrten wie Irrlichter vor den Fenstern durch die Nacht. Aber er konnte unmöglich seine Dienststube in der Hand einer Horde Fremder lassen und allein an die frische Luft gehen. Da kam ihm ausgerechnet Felicitas zur Hilfe.

»Das Lama muss mal raus«, bemerkte Emma und schnalzte das überhebliche Bergtier lockend an. Sofort erhob es sich und trottete zur Tür. Paddock hinterdrein.

»Ich komme auch mit«, beschloss Tom Tipton, und auch Jerry und der Pinguin Fred und auch Toddy wollten nicht allein zurückbleiben. So fand sich die ganze Gesellschaft im Neuschnee wieder, der sich wie ein makelloses Tuch über die ganze Welt gelegt hatte. Dächer waren zu Pilzen umgeformt, Bäume zu Ungeheuern, Zäune zu weißen Mauern. Und jetzt, da die Wolken aufgerissen waren und der Vollmond am Himmel strahlte, schien alles zu leuchten. Einzelne Kristalle glänzten hier und da wie Diamanten.

Sie standen wie verzaubert an der Kreuzung der Landstraße und der Dorfstraße, wo es links hinunter nach Erleboro ging und rechts weiter nach Dorincourt, als unverhofft eine Brise aufkam. Ein sanfter Hauch war es nur, ein harmloses Nachseufzen des wilden Sturms. Gerade genug, um die feinen Schneediamanten wie Staub von den Bäumen rieseln zu lassen. Genug leider auch, um die offene Tür der Polizeiwache zu erfassen und mit einem hörbaren »Schnapp« ins Schloss zu drücken. Und weil es so außergewöhnlich still war in dieser Heiligen Nacht, hörte es jeder der Ausgesperrten sofort. Aber jeder war taktvoll bemüht, es wenigstens nicht sofort zum großen Thema werden zu lassen. Jeder bis auf das Lama, das so voller Geringschätzung aufstöhnte, dass man darin die unausgesprochene Frage gar nicht überhören konnte: »Das darf doch jetzt wohl nicht wahr sein, oder?«

Konstlaber Paddock durchsuchte reflexartig seine Uniformtaschen, aber er wusste schon, dass er hier keinen Ersatzschlüssel finden würde. Der lag dort, wo er hingehörte: in der zweiten Schreibtischschublade von oben auf der rechten Seite unter den Einbruchsformularen und neben seinen Magen- und Darmtropfen. Mit offener Tür hätten sie sicher noch lange Zeit ohne Mäntel hier im Freien stehen können, ohne die Kälte zu spüren. Aber nun, da der Rückweg in die wärmende Stube versperrt war, fingen sie bald an zu frieren.

»Tja«, bilanzierte der Polizist verschämt.

»Ich wollte sowieso gerade vorschlagen, dass wir uns auf den Weg nach Dorincourt begeben«, sagte Tom Tipton. »Sie wissen schon, warum, Konstabler, nicht wahr?«

»Selbstverständlich«, sagte Paddock mit aller gebotenen Strenge des Ordnungshüters. Aber es waren mehr als zwanzig Minuten Fußmarsch bis zum Schloss. Da wären sie erfroren, bevor sie das Tor erreichten.

Fred, der kappadokische Höhlenpinguin, tauchte vergnügt in die Schneemassen ein und begann sich eine Höhle zu bauen, wobei er vor Aufregung schnatterte. Das Lama stöhnte noch einmal entnervt, als Emma plötzlich anfing, zu hüpfen und zu winken.

»Hier sind wir! Hallo!«

Vom dunklen Saum der Riesentannen, welche die Landstraße flankierten, lösten sich die Umrisse dreier Personen, die durch den Schnee in ihre Richtung stapften. Bald war das Knirschen zu hören, das ihre Stiefel verursachten, und vernehmbar war auch ihr Schnaufen.

»Hallo!«, rief jetzt auch Tom. Und schließlich winkten die drei zurück und beschleunigten ihre Schritte.

»Da seid ihr ja endlich!«, rief einer, der selbst in seinem ärmlichen Mantel und mit dicker Fellmütze auf seinem kahlen Eierkopf eine außergewöhnlich dürre Gestalt abgab. Ganz so wie eine lebende Vogelscheuche, dachte Paddock. Als er noch näher kam, sah er einen sehr betagten Mann mit Augenbrauen wie Vogelnester und einer schiefen Hakennase. Sein Blick war leblos wie der einer Schlange, allerdings einer sehr alten, müden und zahnlosen Schlange.

»War es euch drinnen etwa zu warm?«, wollte der Zweite wissen, was in dieser Situation eine ausgesprochen dämliche Frage war. Paddock wäre nicht seit vielen Jahren im Polizeidienst gewesen, wenn er nicht sofort erkannt hätte, mit wem er es hier zu tun hatte.

»Das sind doch Charlie Froggat und Alfred Tripe oder etwa nicht?«

»Stimmt genau«, sagte Tom. »Seit einer Woche sind sie wieder draußen.«

»Wo denn draußen?«

»Aus dem Zuchthaus. Sie haben ziemlich genau zwanzig Jahre gesessen. Und der andere ist ihr Bewährungshelfer. Freckles Pinpicker. Er führt in der Stadt auch Anti-Aggressions-Kurse durch.«

»Wirklich? Ich dachte, der wollte Boxer werden.«

»Wir bekommen eben nicht immer alles, was wir uns wünschen. Erinnern Sie sich? Ich wollte mal der Earl von Dorincourt werden. Und sehen Sie mich jetzt an!«, erklärte Tom.

»Habt ihr euch etwa ausgesperrt?«, fragte Pinpicker, der noch immer ein offenes, freundliches Sommersprossengesicht hatte, in dem allerdings nun eine sehr verbeulte Nase steckte.

»Da kann ich gerne helfen.« Tripe fischte in seiner Tasche nach einem Einbrecherbesteck, was Freckles mit einem kritischen Blick bedachte, denn laut den Bewährungsauflagen sollte sein Schützling das nie wieder benutzen.

»Nur dies eine Mal noch, und es ist für einen guten Zweck! Mr. Froggat bekommt es wieder mit den Bronchien, wenn er noch länger in der Kälte steht.«

Wie zum Beweis wurde die Vogelscheuche von einem grauenhaften Hustenanfall erschüttert, der einen noch längeren Aufenthalt an dieser sehr frischen Luft tatsächlich nicht empfehlenswert erscheinen ließ.

»Na gut, aber denk dran: Du sollst niemals wieder anderen Leuten irgendwelche Sachen wegnehmen!«

Paddock lächelte gelassen.

»Sie können gerne Ihr Glück versuchen, Mr. Tripe, aber wir haben das neue Schloss erst vor ein paar Wochen eingebaut bekommen. Es ist ein Hochsicherheitsmodell der Firma *Lock & Smith* und kann einzig und allein mit dem Spezialschlüssel oder einer Stange Dynamit geöffnet werden.«

»Was Sie nicht sagen!« Alfred Tripe grinste – und da sprang die Tür schon auf.

Niemals hatte seine Dienststelle mehr Wärme und Gemütlichkeit ausgestrahlt als in diesem Moment, dachte Paddock. Jetzt wurde es allerdings wirklich eng in der guten Stube. Und er hatte auch nichts mehr anzubieten. Aber das schien die Ankömmlinge nicht zu stören. Sie machten es sich unter den beleidigten Blicken des Lamas vor dem Kamin gemütlich.

»Jetzt muss ich doch mal was fragen …«, verkündete Paddock, als alle Platz genommen hatten. Es war ihm zwar nicht ganz geheuer, zwei ausgemachte Strolche wie Fraggot und Tripe in seinem Büro und nicht in der Arrestzelle hocken zu haben, doch nach zwanzig Jahren Gefängnis bestand ja immerhin die

Chance, dass sie vielleicht geläutert und gebessert waren und nicht gleich wieder straffällig wurden. Jedenfalls nicht an Heiligabend.

»Was führt Sie eigentlich alle zu mir?«

»Wir hoffen auf eine schnucklige kleine Weihnachtsüberraschung«, gackerte Froggat, der bei Lichte noch viel unheimlicher aussah. Die vielen Jahre der Gesetzlosigkeit und der lange Gefängnisaufenthalt hatten sich in tiefen Falten in sein Gesicht eingeschrieben. »Das wurde uns zumindest so in Aussicht gestellt.«

»Es soll eine Art Wiedersehensfeier geben. Zwanzig Jahre nach dem Einbruch in Windsor …«

»Eine Art Ehemaligentreffen, wenn Sie so wollen. Nur zwei fehlen noch …«

»Was denn? Kommen etwa noch mehr Leute?« Paddocks Frage blieb unbeantwortet, denn die Erinnerung an einen ganz besonderen Weihnachtsabend auf den Tag genau vor zwanzig Jahren wurde gerade wieder lebendig.

»Ja, damals in Windsor …«, sagte Emma mit verzücktem Gesicht. »Das war ein ganz besonderer Abend. Mein erster Besuch in einem richtigen Schloss. Mit einer richtigen Königin!«

»Na, am Anfang war ja mal keine Rede von einer Königin«, widersprach Jerry. »Erst mussten sich die ganzen Gaffelhaie ja mal beim Bramhiever plöhnsen. Als es dunkel wurde, waren endlich alle da im Dorf Windsor am Schloss Windsor. Und sogar manche tauchten da plötzlich auf, die eigentlich gar nicht da sein sollten …«

❄

18. Kapitel

Während sich unter dem Schloss Unheilvolles zusammenbraut, trifft Cedric eine folgenschwere Entscheidung.

In den gemütlich erleuchteten Fenstern ringsherum begingen die ahnungslosen Bürger von Windsor ihr Weihnachtsfest. Überall flackerten Kerzen, wurden Rosinenpudding und gerösteter Truthahn serviert und fromme Choräle intoniert. Irgendwo bellte ein Hund, der vielleicht eine verdächtige Witterung aufgenommen hatte und ahnte, dass hier mitten in der friedlichsten Ruhe des Heiligen Abends das Verbrechen des Jahrhunderts seinen Lauf nahm.

Alfred Tripe hatte für die *Operation Witwenraub* eine beeindruckende Schar von Vorbestraften zusammengetrommelt. Der Trupp, der sich kurz vor acht am toten Brunnen versammelte, war eine bunte Mischung aus Dieben, Betrügern und Gewalttätern. Auch ein gesuchter Mörder, ein Urkundenfälscher, zwei entflohene Sträflinge waren mit von der Partie, genauso wie sein Schwager Bryan, ein verurteilter Brandstifter. Keiner der Beteiligten war über die Details des Überfalls informiert, keiner wusste, wo sie sich befanden und wer ihr Opfer sein sollte. Hätten sie es gewusst, wären die meisten wohl schleunigst stiften gegangen. Wenn eine so große Sache schiefging, dann drohte eine beträchtliche Strafe. Nur der brave Jerry, der hochgewachsene Seemann und Einbrecher wider Willen, kannte das Ziel. Aber er wagte es nicht, darüber zu sprechen. Er hielt sich abseits und hoffte, dass seinem Freund Cedric nichts zustoßen würde.

Plötzlich spürte er, wie ihn etwas am Ärmel zupfte, und er schreckte zusammen, weil er dachte, die Polizei sei ihnen bereits auf die Schliche gekommen. Da wisperte aus dem dunklen Gebüsch direkt neben seinem Ohr ein kleines Stimmchen: »Nicht erschrecken. Ich bin' s nur …«

Jerry wagte nicht zu antworten. Ein eiskalter Schauer rieselte über seinen Rücken. Von seinen Reisen in die Südsee und zu den Stämmen des Amazonas wusste er, dass gewisse Vögel und auch manche gefährliche Eichhörnchenarten täuschend echt menschliche Stimmen nachahmen konnten. Damit lockten sie Leichtgläubige in ihr Verderben.

»Was habt ihr denn hier vor?«, fragte das unheimliche Wesen.

»Geh bitte weiter!«, zischte Jerry und hoffte, dass die etwas abseits wartenden Kriminellen ihn nicht hörten.

»Nun sag schon! Ich bin euch den ganzen Weg gefolgt und will endlich wissen, was los ist.«

»Ich sage nichts«, sagte Jerry. Es musste also ein Vogel sein, dachte er. Ein Eichhörnchen hätte nie im Leben das Tempo halten können.

»Ist mein LodähsedneineiTom auch bei dir?«

»Ach du bist es, Emma!« Doch kein Zaubervogel. Große Erleichterung! »Manometer. Da ist mir fast der Flottenforz in die Takelage geleckt, Mensch, Mädchen! Mach so was bloß nie wieder.«

Der Zirkus war zurück in der Stadt, denn der *Meath Gardens Winter Carnival* lockte um diese Jahreszeit mit Eierpunsch, Zimtbutterpudding und den beliebten und nahrhaften Weihnachtspastetchen aus Hammelhack, Rindernierenfett und eingelegten Früchten. Dazu besuchte man gern die saisonal mit Engeln, Feen und Gnomen besetzte Weihnachtsrevue in der Schaubühne von James Fulton. Emma hatte zwar von dem Kräutersud weder Entenfüße bekommen, noch war sie stärker behaart als zuvor. Aber sie war eine exzellente Tänzerin und konnte sehr gut mit Tieren umgehen. Ihr Arbeitsplatz bei Fultons Schaubühne war somit nicht in Gefahr. Sie hatte wie immer ihren Eltern das Bier und das Geld für die Miete vorbeigebracht und wollte natürlich auch ihren Freund Tom treffen. Doch gefunden hatte sie nur Freckles Pinpicker, der ihr erst nichts sagen wollte, sich dann aber verplapperte. Ein dickes Ding sollte steigen. Da war sie neugierig geworden.

»Wo ist er denn nun, mein kleiner Lord?«

»Im Schloss.«

Emma rang nach Luft wie unter Schock und schlug beide Hände vors Gesicht, als müsse sie plötzlich niesen.

»Was ist denn los?«

»Wie in den Büchern!«, stammelte sie aufgeregt. »Der Held im Schloss, die Holde in den Händen der Häscher. Es ist ein Prinzessinnenschicksal.«

»Bekalm dich mal wieder, kleine Zappelnixe. Mit Held hat das hier nix zu tun. Das ist ein ganz abgefockelter Piratenschiet …«

Plötzlich entstand Unruhe am Brunnen, denn Froggat hatte das Zeichen zum Abstieg in den Schacht gegeben.

»Du bleibst hier vor Anker«, bestimmte Jerry, und Emma sagte lieber nichts, um den gutmütigen Seemann nicht zu beunruhigen. Einmal in ihrem Leben hatte sie die Gelegenheit, in ein Schloss zu steigen! Die würde sie ganz sicher nicht ungenutzt lassen.

Einer nach dem anderen ließ sich aus Froggats zusammengewürfelter Bande von Kleinkriminellen und Schwerverbrechern in das schwarze Loch abseilen und wartete unten im Gewölbe auf weitere Instruktionen ihrer Leitfigur. Froggat hatte nicht weniger als sieben Fahrzeuge besorgt, die unauffällig in den Seitenstraßen abgestellt waren. Landauer, Lastkutschen und sogar ein Umzugsgefährt, mit dem schwere Möbel und auch Klaviere transportiert werden konnten. Auch hatte er Fackeln besorgt, die aber erst angezündet wurden, als alle den dunklen Gang erreicht hatten, der direkt unter den Glockenturm des Schlosses Windsor führte.

»Das ist ja ein verdammter Riesentunnel«, staunte Tripe, als sie sich umsahen. Das längliche Gewölbe, an dessen Wänden gespenstisch ihre Schatten tanzten, war so hoch und breit, dass mühelos eine ganze Kutsche hineingepasst hätte.

»Wie für unsere Zwecke gemacht«, fand der Anführer und bestimmte fünf Leute, die ihm kräftig und intelligent genug aussahen für die anspruchsvolle Aufgabe, die nun vor ihnen lag. Er drückte jedem zwei leere Leinensäcke in die Hand.

»Ihr begleitet mich hinein. Wir durchkämmen alle Räume. Und alles, was nach Geld, Gold oder Silber aussieht, kommt in den Sack. Juwelen, Perlen, Broschen, Ketten. Uhren. Kästchen. Etuis. Porzellan. Einfach alles. Sind beide Säcke voll, geht's zurück in den Keller. Da übernehmen die Jungs hier die Beute und schaffen sie vor zum Brunnen, und wir gehen wieder rein und räumen weiter ab. Keiner hört auf, bevor nicht alle sieben Kutschen bis an den Rand voll sind, kapiert?«

»Ja, Boss!«, antwortete der Chor der Einbrecher.

Emma, die mit etwas Sicherheitsabstand als Letzte in den Brunnenschacht geklettert war, kauerte in einer Maueröffnung ein Stück abseits und hielt den Atem an. Sie hatte wahrlich genug Prinzessinnenschicksale studiert, um genau zu wissen, was zu tun war: Sie musste Lord Fauntleroy warnen und ihm helfen. Denn er war ja so schrecklich ungeschickt und unerfahren in all diesen niederen und kriminellen Dingen.

Der Bankettsaal erstrahlte in allerfestlichstem Glanze. Wer eintrat, hatte das Gefühl, in eine riesige, von tausend Kerzen erleuchtete Weihnachtskugel zu spazieren. Golden verziert und mit prächtigen Schnitzereien geschmückt, strahlten die Möbel und Wände, purpur die samtenen Vorhänge. Golden die Lehnen der feinen Stühle, purpur die samtenen Sitzflächen. Aus feinstem Silber die Bestecke, die Schalen und die Kerzenleuchter, dazwischen Etageren, die überquollen von köstlichen Äpfeln, Orangen und sogar Weintrauben. Daneben lagen Gestecke und Kränze aus kunstvoll geflochtenen Tannenzweigen, Ilex und Mistel mit Schleifchen, Glöckchen und goldenen Zapfen.

Zwanzig ausgesuchte Personen waren zu diesem besonderen royalen Festessen im engsten Kreise geladen. Neben den wichtigsten Hofdamen und Gesellschafterinnen sowie der langjährigen, oft sehr überspannten Oberhofmeisterin der Queen waren noch die beiden Lieblingscousinen und natürlich der ständige Begleiter Victorias, der kernige Schotte John Brown, anwesend. Der ehemalige Jagdgehilfe war ihr seit Alberts Tod immer näher ans Herz gewachsen und seiner Herrin treu ergeben. Sie bedachte ihn mit manchem fast liebevollen Lächeln, während er ihr zuzwinkerte und begeistert dem Hochlandwhiskey zusprach.

»Der Königin ein Toast
Sie spendet Glück und Trost
Prost!«

rief er und kippte ein weiteres Glas der bernsteinfarbenen Flüssigkeit in sich hinein. Die so Geehrte schlug beschämt und geschmeichelt die Augen nieder.

Als hochrangiger Ehrengast saß der junge Wilhelm ganz nah bei seiner Großmutter. Daneben sein neuer Freund Lord Cedric Fauntleroy und ihm gegenüber die Lieblingsgesellschafterin der Queen, Lady Vivian Herbert. Sie genoss das besondere Privileg, selbst auch einen Gast mitzubringen, und sie hatte sich kurzerhand für den schneidigen Chief Inspector Higgins entschieden, der an ihren Lippen hing und seine Augen kaum von ihrem entzückenden schlanken Hals wenden konnte. Auch ihm schmeckte der Hochlandwhiskey, und so schloss er sich dem Toast des Schotten vorbehaltlos an. Ein kurzes, ernstes Wörtchen hatte der Ermittler von Scotland Yard vor dem Essen mit Cedric gesprochen.

»Ich bin mir noch nicht sicher, was ich glauben soll«, hatte der verliebte Ermittler bekannt. Er lehnte Zigarre rauchend am Kamin im Rauchsalon, während hinter seinem wogenden Backenbart ein Weihnachtskeks zermalmt wurde. »Dieser Mr. Havisham, der eigentlich einen sehr guten Ruf genießt, hat dich als üblen Lügner und Ganoven dargestellt. Aber die gute Lady Vivian scheint dich aufrichtig zu lieben«, erklärte er.

»Ach, wirklich?«, hatte Cedric darauf unverbindlich geantwortet. Er wollte auf keinen Fall durch eine unbedachte Äußerung seinen neuen Plan gefährden. Er hatte nur noch ein Ziel:

Morgen früh wollte er, vereint mit seiner lieben Frau Mama, auf dem Weg nach New York sein. Alles andere war ihm gleichgültig.

Higgins stieß verspielt weihnachtliche Zigarrenrauchkringel aus und nahm sich noch ein Plätzchen.

»Ich hatte anfangs selbst so meine Zweifel. Von deinem Cricketspiel oder wie du den bandenmäßigen Taschendiebstahl auch immer nennen willst, wusste ich ja längst. Aber was dann kam, war schon ein starkes Stück. Und der Advokat hat tatsächlich alles genau so vorhergesagt, wie es dann eingetroffen ist. Dass du dich an dein armes Tantchen heranmachen würdest. Dass deine Komplizen das Haus ausrauben würden, dass du die Aktien stehlen würdest und so weiter …«

»Ja, das ist schon sehr sonderbar, nicht wahr?«

»Ich hatte ja schon meinen ersten Verdacht, als du nicht mehr zu unseren kleinen Treffen im Pub erschienen bist.«

»Das tut mir sehr leid, Sir.« Wozu ihm jetzt noch erklären, dass er sich im Tag geirrt hatte? Chief Inspector Higgins würde ihm ohnehin kein Wort mehr glauben. Aber trotzdem zeigte er sich versöhnlich, denn schließlich war Weihnachten.

»Ach, egal … Ich finde, jeder hat eine zweite Chance verdient. Gerade dann, wenn er noch so jung ist wie du, Cedric oder auch Tom.«

»Das ist sehr freundlich von Ihnen, Sir.«

»Bedanke dich bei deiner schönen Gönnerin. Lady Vivian würde es mir übel nachtragen, wenn ich Ermittlungen gegen dich führte. Sie ist von deiner Unschuld überzeugt.« Der Chief Inspector grinste wieder dieses wolfshafte Grinsen. »Ich mag sie nämlich sehr. Und ich glaube, sie mag mich auch …«

Im nächsten Moment stimmte der Chor der Küchenhilfen

»*Stille Nacht*« an, und sie begaben sich zu Tisch. Die Diener brachten im Schein von hundert Wunderkerzen die köstlich auf den Punkt gerösteten Truthähne herein, und die Tafel wurde eröffnet.

»Trompeten, Glanz und Gloria
Gelobt sei Queen Victoria
Prost!«

rief der schottische Stimmungsmacher und erhob ein weiteres Mal sein Glas auf die Queen.

Als sie ihren Bewunderer nun so anlächelte, hatte ihr strenges Gesicht gar nichts Eulenhaftes mehr, sondern versprühte einen geradezu mädchenhaften Charme.

»Ach, Nils. Ich habe gerade den hochinteressanten Vortrag dieses Polizisten mit angehört«, tat sich der preußische Prinz wichtig, während der Diener ein stattliches Stück Truthahnkeule auf seinem Teller absetzte. Gleich hinter ihm stand ein smarter Kollege, der mit hohem Ellenbogen in der Sauciere rührte und fischte. »Sie waren also tatsächlich an einem echten Raub beteiligt? Potzdonner! Hätte ich Ihnen gar nicht zugetraut. Sie machen so einen verweichlichten, typisch englischen Eindruck.«

»Ich bin übrigens Amerikaner. Es war nur ein sehr kleiner Raub innerhalb der näheren Familie, Königliche Hoheit. Nichts Besonderes. Außerdem, wenn ich das so sagen darf, es handelte sich ohnehin um ein einziges großes Missverständnis.«

»Schade. Habe nämlich eine heimliche Schwäche für Ganoven aller Art.« Dann drehte sich der Prinz abrupt zu dem Diener um. »Moment mal! Das ist doch wohl nicht etwa Minzsoße?«

»Nein, Königliche Hoheit. Das ist Cranberry-Sauce«, erklärte der Saucendiener. »Hätten Sie lieber Minz, Prinz?«

»Gott bewahre! Haben Sie Würstchen und Kartoffelsalat?«

»Ich fürchte, nein …«

Der Deutsche wandte sich wieder seinem Tischnachbarn zu. »Also doch kein Überfall und Raub?«

»Leider nein, tut mir leid«, antwortete der kleine Lord.

»Zu schade. Ein bisschen Budenzauber und Rabatz darf ja ruhig sein in den Ferien, sage ich immer.«

»Wie Sie meinen, Königliche Hoheit. Ich könnte Ihnen ein wenig von meinen Erfahrungen im Cricket berichten.«

»Grässlich. Das ist ein Sport für Weichlinge. Mit unbegreiflichen Regeln.« Der junge König kaute auf beiden Backen. »Aber genauso ist England. Die einen sind verweichlicht, und der Rest ist total rätselhaft. Amerika ist übrigens noch schlimmer, viel schlimmer.«

»Wenn Sie meinen …«

»Famoser Bratvogel übrigens. Darüber kann man glatt die Würstchen vergessen. Haben Sie da in Amerika eigentlich schon mal Indianer gesehen, Nils?«

So ging das den ganzen Hauptgang über.

Keinen Augenblick jedoch ließ Cedric die Uhr aus dem Blick, die unbarmherzig die Minuten und Sekunden herunterzählte bis zu dem Moment, da er zur Tat schreiten und sein Teil des unheiligen Handels leisten musste. Es war genau fünf vor acht, als er Messer und Gabel sinken ließ und sich mit der Serviette brav den Mund abtupfte. Lady Vivian blickte ihn zugleich liebevoll und besorgt an, und der durstige Schotte widmete ihm einen spontanen Toast:

»Auf den kleinen Lord.
Es scheint, er muss mal fort!
Prost!«

»Bitte, entschuldigen Sie mich für einen Moment«, sagte Cedric und erhob sich.

Niedergedrückt von seinem nagenden schlechten Gewissen und von der schieren Größe des Verrats, den er dabei war zu begehen, entfernte er sich lautlos von der festlichen Tafel. Nur einige Diener sahen ihn weggehen, und wenn sie sich fragten, was wohl plötzlich in diesen Jungen gefahren war, dann zeigten sie es nicht.

Kaum fühlte Cedric sich unbeobachtet, rannte er mit schnellen Schritten die langen Flure hinunter, die steinernen Treppen hinab und hinaus in den Hof, hinüber zum Glockenturm. Und er bemerkte nicht den lautlosen Verfolger, der ihm still den ganzen Weg bis hinunter in die Kellerräume des kalten Gemäuers nachlief.

Seine Hand legte sich im Halbdunkel des Turminneren auf den rostigen Riegel. Nur ein beherztes Zugreifen, nur ein schneller Griff trennte ihn vom größten Ziel seines jungen Lebens.

Öffne die Tür!, hörte er in seinen Gedanken die drängende Stimme Charlie Froggats. Öffne und morgen schon bist du mit deiner Mama auf dem Weg ins Glück. Du kannst sie retten. Öffne endlich diese Tür!

Die riesige Glocke schlug von oben achtmal. Die schweren Steine in den Turmwänden schienen unter der Wucht des Glockenklangs zu erbeben. Oder war es die Schwere seiner Entscheidung und die Last seines Verrats an den Menschen, die ihn so freundlich aufgenommen und gepflegt hatten? Von der anderen Seite hörte er flüsternde Stimmen.

Die Bande wartete also schon im Geheimgang.

Der letzte Glockenschlag verhallte feierlich über dem nächtlichen Schloss.

»Ich kann es nicht«, erklärte er weinend. »Herzlieb, verzeih mir, aber ich kann doch auf diese Art nicht unser Glück zurückgewinnen.«

Cedric zog die Hand zurück, als sei der Riegel plötzlich glühend heiß geworden, dann drehte er sich um und rannte. Rannte, so schnell er nur konnte, die Treppe hinauf, zurück in den Hof und hinüber in den Ostflügel, wo die Dienerschaft soeben dabei war, den Rosinenpudding mit Vanillesauce und Trockenpflaumen aufzutragen.

Jedoch aus den verschwiegenen Schatten des Treppenaufstiegs im Glockenturm löste sich die Gestalt, die Cedric aus dem Bankettzimmer nachgesetzt war und die nun statt seiner das schändliche Werk ausführen würde.

Potzblitz. Wenn det ma nich knorke is, dachte seine Königliche Hoheit Friedrich Wilhelm Viktor Albert, der Prinz von Preußen. Ein Jeheimjang. Da will ick doch ma kieken, wat passiert, wenn ick det hier öffne, wa? Dieser Nils, dieset rückjratlose Amifrüchtchen, der hatte ja dafür nich den Schneid … typisch … wa?

Kaum war der Riegel beiseitegeschoben, da flog mit einem Schlag die Tür auf und traf die Hoffnung des Hauses Hohenzollern empfindlich an Nase und Stirn, und der erste der Eindringlinge, den der listenreiche Froggat vorgeschickt hatte für den Fall, dass auf der anderen Seite doch bewaffnete Gardisten lauerten, rief erschrocken: »Auweia! Da ist aber einem die Flugschotte mit Krawall in die Klüsenleiste geflunscht.«

»Na, da hatte dieser deutsche Wichtigtuer ja dann doch noch sein Ferienabenteuer, was?«, sagte eine Spur zu laut und freudig Konstabler Paddock, der keine großen Sympathien für den Enkel der Königin entwickeln konnte. Seine Stimmung war angeregt, denn er hatte sich während der immer dramatischeren Erzählung von Emma und Tom Tipton unter den missbilligenden Blicken des Lamas noch einmal einen Schluck kalten Weihnachtspunsch gegönnt und spürte, wie sich ein wohliges, warmes Glimmen in seinem trägen Darm einnistete.

Aber seine Pflichten würde er auch unter dem Einfluss des Weihnachtspunsches gewiss nicht vernachlässigen. Die Sache nahm immer bedrohlichere Formen an, und er fragte sich, ob jetzt wohl der Zeitpunkt gekommen war, diesen Tom Tipton endlich zu verhaften und in die Arrestzelle zu sperren. Denn mal abgesehen von dem noch nicht erwiesenen mutmaßlichen Mord am Lord, wog unter all den Untaten, die der junge Mann im Laufe des Heiligen Abends schon gestanden hatte, die Beihilfe zum spektakulären Raubzug im königlichen Schloss von Windsor am allerschwersten.

Dergleichen war schlicht unverzeihlich. Das konnte eine lebenslange Zuchthausstrafe bei harter körperlicher Arbeit nach sich ziehen. Wenn nicht noch Schlimmeres. Aber eines kam dem Beamten doch sonderbar vor.

»Sagen Sie mal, warum habe ich eigentlich nie etwas von diesem schrecklichen Verbrechen des Jahrhunderts gehört? Ein so spektakulärer weihnachtlicher Überfall auf das Schloss Windsor? Das muss doch damals in allen Zeitungen auf der ganzen Welt gestanden haben.«

Tom Tipton schüttelte den Kopf.

»Davon durfte kein Außenstehender je etwas erfahren. Die Königin wollte das so.«

»Ach, die Königin …?«

Emma schaltete sich ein. »Zumal ja ihr eigener missratener Enkel den Einbrechern erst Zutritt zum Schloss verschafft hatte. Das konnte Ihre Majestät ja nun schlecht an die große Glocke hängen, ohne dass es diplomatische Verwicklungen mit den pingeligen Preußen zur Folge hatte, nicht wahr?«

»Und außerdem verlief die Aktion ja auch nicht unbedingt so, wie Charlie Froggat sie geplant hatte. Es wurde nämlich am Ende so gut wie gar nichts gestohlen bei diesem Einbruch«, erklärte Tom.

»Nicht?«, wunderte sich Paddock. »Es entstand also gar kein Schaden?«

»Das kann man nun auch wieder nicht sagen. Es entstand, ehrlich gesagt, schon erheblicher Schaden. Aber komischerweise nicht durch Diebstahl …«

19. Kapitel

Tripes Schwager vermasselt der Diebesbande gehörig die Tour. Jerry besteht eine Bewährungsprobe.

Lady Vivians empfindliches blasses Näschen war das Erste, was sich irritiert kräuselte, und sie fragte sich, ob der schneidige Chief Inspector Higgins tatsächlich schon wieder eine von seinen Stinkezigarren angesteckt hatte. Sollte dies der Fall sein, müsste man ihn mal darauf ansprechen, bevor er sich mit dieser Unart allzu sehr gehen ließ.

Der Verdächtige jedoch, der mit dem whiskeyseligen Waidmann der Witwe im benachbarten Rauchersalon in ein angeregtes Fachgespräch über die Dachsjagd vertieft war, fragte sich zur selben Zeit, ob dieser John Brown womöglich nächtens zu nah bei seinem Lagerfeuer schlief. Denn auch Higgins erschnupperte mit seiner geschulten Spürnase eine deutliche Note von Brandgeruch. Und Brown, der in Wahrheit schon seit Jahren nicht mehr am Feuer eingenickt war, dachte, er hätte einen sehr starken Räucherwhiskey erwischt. Die Queen vermutete, dass in der Küche irgendwas mit dem Truthahn schiefgegangen war, und die Hofdamen führten es auf die vielen Kerzen und Wunderkerzen zurück. Cedric, der nach seinem unseligen Ausflug still und leise wieder zur Festgesellschaft hinzugestoßen war, dachte, dass hier wohl in der Zwischenzeit ein Feuerwerk abgebrannt worden war. Und so machte sich jeder seinen eigenen Reim auf den stechenden Geruch, bis endlich Diener Zarachias die Türen aufriss und schrie: »Feuer!«

Charlie Froggat und seine bunt zusammengewürfelte Schar von polizeilich Gesuchten und gesellschaftlich Geächteten hatten sich unbemerkt an den Quartieren der Garden vorbei in den Innenhof und weiter zum Südflügel des Schlosses vorgearbeitet. Vom Paradesaal aus sollte der Raubzug hinauf in die Privatgemächer der Königin, durch die zahlreichen Salons und Empfangsräume bis in die St George's Hall verlaufen. Weil ja Heiligabend war und die Dienerschaft entweder frei hatte, beim königlichen Dinner eingesetzt oder mit ihren eigenen kleinen Feiern beschäftigt war, befand sich niemand auf einem Posten, der den Einbrechertrupp bemerkt oder gar aufgehalten hätte. Angetrieben von der Aussicht auf schnelle und fette Beute, erreichten die Übeltäter den mit Ritterrüstungen, Wappen, Schilden und zwei lebensgroßen Pferdestatuen aus Marmor geschmückten Festsaal und schwärmten auf Froggats Zeichen in alle Richtungen aus. Wie Gespenster verschwanden sie hinter Vorhängen und Wandschirmen, huschten eilig die Treppenfluchten hinauf, glitten lautlos in verbotene Räume, öffneten rabiat Schubladen, Sekretäre und Kabinette. Haarige Hände schlossen sich um goldene Kelche und delikate Kunstwerke aus Porzellan und Silber. Die ersten Beutestücke versanken klirrend in den Säcken, als Froggat plötzlich innehielt und angestrengt schnüffelte.

»Raucht hier etwa einer von diesen Blödmännern?«, fragte er mehr sich selbst, bekam aber eine Antwort von schräg hinten aus dem Halbdunkel: »Ich nicht. Aber ich rieche es auch …«

»Das darf doch nicht wahr sein!«

Froggat wusste wohl, dass Tripe diese Männer nicht aufgrund ihrer hohen Intelligenz oder wegen ihrer günstigen Sozialprognose ausgewählt hatte. Aber jetzt dämmerte ihm, dass er sich selbst um die Personalfrage hätte kümmern sollen. Doch dafür war es leider zu spät.

»Guck mal dahinten! Da ist wohl einem kalt geworden, und er hat sich ein Feuerchen gemacht«.

»Was sagst du?«

Froggat eilte zu dem steinernen Torbogen, der den Südflügel mit dem Aufgang zu den königlichen Privatgemächern verband, und erstarrte. Gierige Flammen züngelten schon an zwei Stellen mehrere Fuß hoch die goldverzierten Wände empor. Davor stand mit einem entrückten Lächeln Tripes idiotischer Schwager Bryan, der wegen seiner pyromanischen Neigungen schon zweimal im Zuchthaus gesessen hatte. Er sang andächtig:

»Am Weihnachtsbaume die Lichter brennen
Wie glänzt er festlich, lieb und mild.«

Für einen kurzen Moment überlegte Froggat, ob er den Brand in diesem Stadium vielleicht doch noch löschen könnte. Aber da griff das Feuer mit einem Fauchen auf die samtroten Vorhänge vor der fünfzehn Fuß hohen Fensterfront über, die sich in Sekundenschnelle in eine Flammenwand verwandelte.

»Da zischt und kracht es, und Freude macht es
Dem lieben Bryan, der gerne grillt.«

Froggat schnappte nach Luft und wurde beinahe ohnmächtig vor Zorn, als ihm Tripes Schwager grinsend, sabbernd und mit ausgebreiteten Armen entgegenkam. Von überall her liefen die anderen zusammen, ihre Beutesäcke hingen immer noch schlaff und beinahe leer von den Schultern.

»Was tun wir jetzt?«

»Nichts wie weg oder?«

»Welcher Idiot hat denn das Feuer gelegt?«

»Gehört das zu unserem Plan oder was?«

Schon rannten sie in heilloser Hast aus dem Gebäude und flüchteten in Richtung Glockenturm. Auf halber Strecke jedoch stießen sie mit den aufgeschreckten Wächtern der Palastgarde zusammen, die mitten in ihrer eigenen Weihnachtsfeier vom Feueralarm überrascht worden waren und sich in einer sehr aufgeheizten Stimmung befanden. Es kam vor der gespenstischen Kulisse des brennenden Paradesaales zu einigen unappetitlichen und überaus unweihnachtlichen Szenen. Zum Austausch von Hässlichkeiten, Faustschlägen und sogar einzelnen Fußtritten.

Nur einer der Eindringlinge war in die entgegengesetzte Richtung gelaufen, denn er wollte die Schlossbewohner warnen. Mit dem immer noch bewusstlosen Preußenprinz unter dem Arm eilte Jerry, der Seebär und Taubinder, die Stufen zu den Staatsgemächern empor, wo die königliche Weihnachtsfeier in vollem Gange war. Diener und Serviererinnen kamen ihm entgegen, manche in heilloser Panik, andere mit Sandeimern bewaffnet, die überall im Schloss für solche Fälle bereitstanden. Im Paradesaal angekommen, stellten sie allerdings fest, dass sie dem Brand in diesem Stadium nicht mehr mit Sandeimern beikommen konnten. Die Feuersbrunst leckte bereits an der Decke entlang und suchte sich in Teppich und Gestühl immer neue Nahrung. Irgendwo auf dem weitläufigen Schlossgelände erschallten aufgeregte Alarmglocken. Wassertankkutschen, Pump- und Schlauchwagen rollten heran.

»Fröhliche Weihnacht alle zusammen!«, rief Jerry, der auch unter extremen Bedingungen sein freundliches Wesen nicht ablegte, beim Betreten des festlich geschmückten Staatsbankettsaales, wo die handverlesenen Gäste der Königin immer unruhiger wurden.

»Was tun Sie mit dem lästigen Preußenprinz?«, rief Oberdiener Zacharias erstaunt. »Und warum ist er ohnmächtig? Und wer sind Sie überhaupt, und was haben Sie hier zu suchen?«

»Der Leichtmatrose hier hat bugseitig eine Luvbramme in die Kajütenluke bekommen.«

»Was?«

»Nichts Schlimmes. Er ist sicher bald wieder an Deck.«

Panisch stürzte die Oberhofmeisterin in den Raum. Nun nicht mehr nur überspannt wie sonst so häufig, sondern im Zustand fortgeschrittener Auflösung: »Wir sind alle verloren. Das Treppenhaus steht in Flammen. Wir sitzen in der Falle! Der Himmel sei uns gnädig.«

Sofort liefen Higgins und Brown als die beiden diensthabenden Heldendarsteller hinaus in den Korridor, um vielleicht doch noch nach einem Ausweg zu suchen, während Cedric seinen Freund Jerry begrüßte.

»Danke, dass du Wilhelm gerettet hast«, sagte er, denn selbst jetzt und im Moment größter Not konnte der kleine Lord nicht anders, als zunächst einmal das Gute und das Erfreuliche zu bemerken.

»Keine Ursache«, sagte Jerry. »Schönes Schlamassel hier. Schade um den leckeren Truthahn.«

»Wenn Sie Hunger haben, junger Mann, bedienen Sie sich«, forderte die Königin ihn auf, die angesichts der Aufregung ringsherum eine fast unheimliche Gelassenheit an den Tag legte. »Kennen wir uns eigentlich?«

»Darf ich vorstellen? Das ist Jerry, ein braver Seemann und Seilbinder. Wir sind alte Bekannte«, erklärte Cedric und wandte sich an den baumlangen Glatzköpfigen. »Und das ist Ihre Majestät, unsere Königin Victoria.«

»Sehr erfreut.«

»Ganz meinerseits.«

»Bitte, tut doch etwas«, meldete sich mit Nachdruck Lady Vivian zu Wort. Ihre Hofdamenkolleginnen liefen wie aufgescheuchte Hühner durch den Raum und wurden immer blasser. Der Rauch von unten begann wirklich lästig und auch gefährlich zu werden. Manche der Eingeschlossenen rieben sich schon die Augen und husteten.

»Sie sind also tatsächlich ein Seilbinder«, sagte in majestätischer Gefasstheit die unerschütterliche Königin.

»So ist es, Majestät. Allerdings gehört mein Herz nach wie vor der christlichen Seefahrt.«

»Gestatten Sie mir eine Frage … Was macht denn ein Seilbinder so?« Ihre royale Würde verbot es der Königin, direkt zum Punkt zu kommen. Das strenge höfische Zeremoniell, auf deren Einhaltung sie größten Wert legte, untersagte es ihr ausdrücklich, einen Mann von so niedrigem Stand geradeheraus um Hilfe zu bitten. Indes war es ihr nicht verboten, ein freundliches Hilfsangebot von ihm anzunehmen.

»Vorwiegend bindet der Seilbinder Seile, Majestät.« Jerry wurde das Gefühl nicht los, dass ihm die gestrenge Dame mit dem eulenhaften Blick etwas mitteilen wollte. John Brown und Inspector Higgins kamen strauchelnd aus dem Flur zurück in den Raum.

»Hoffnungslos«, keuchten sie und wälzten sich auf dem Teppich. »Über diese Treppe führt kein Weg in den Innenhof …«

»Lange Seile?«, erkundigte sich Queen Victoria, deren Geduld hier auf eine besonders harte Probe gestellt wurde.

»Jawohl!«

Was wollte sie nur von ihm?

»Wäre es denn zum Beispiel denkbar, aus diesen Kordeln der Vorhänge auch lange Seile zu binden, mit denen man sich gegebenenfalls von hier abseilen könnte?«

»Mit einem Flämischen Achtknoten wäre das überhaupt kein Problem, Majestät. Und den kann ich ja mittlerweile mit verbundenen Augen so aus dem Effeff … Na, Hullabaloobalay, da soll mich doch der Klabautermann mit der Bambuse abandonieren.« Endlich ging dem Seemann das lange ersehnte Licht auf. »Da mache ich mich mal gleich an die Arbeit!«

Schneller hatte noch niemand einen Seilbinder die anspruchsvollen Flämischen Achtknoten knüpfen sehen. Während rund um die aufgehobene Weihnachtstafel die Panik immer größer wurde, verknoteten Jerrys flinke Finger Kordel um Kordel, Strang um Strang der doppelt fingerdicken soliden Vorhangtakelage miteinander, bis er nach wenigen Minuten schon eine formidable Strickleiter in den Händen hielt. Higgins schaffte noch weitere Seile heran und riss dann die Fenster auf. John Brown hatte sich da schon vergewissert, dass ihre Fluchtvorrichtung rissfest und rutschsicher an den eingemauerten Kamingittern vertäut war.

»Wer geht zuerst?«

»Die Queen natürlich!«

»Nein, nein«, bestimmte diese unwirsch. »Ich habe es gar nicht eilig. Ich will erst sehen, wie andere das machen. Lady Vivian?

Sie haben mir diesen ganzen Schabernack schließlich eingebrockt. Auf geht's!«

Die Gescholtene kam mit gesenktem Haupt zum Fenster gehuscht und ließ sich von Jerry die Schlinge um die Taille legen. Mit betonter Lässigkeit und einem reizenden Lächeln auf den Lippen glitt sie dann aus dem Fenster in die eiskalte Nacht und entschwebte leicht wie eine Balletttänzerin in den Armen des Helden. Die Männer, äußerst besorgt um die schöne Frau, gaben mit viel Fingerspitzengefühl das Seil nach, und nach wenigen Sekunden rief die gelandete Lady von unten:

»Das war ganz einfach. Jetzt Sie, Majestät!«

Tatsächlich wagte sich nun die Königin selbst ins Flechtwerk, die mit ihrem schwarzen Flatterkleid und dem weißen Schleier tatsächlich in der Luft schwebte wie eine riesenhafte Eule im Sinkflug. Ihr folgten die Hofdamen sowie die hyperventilierende Oberhofmeisterin, die Diener und Mädchen, die im Bankettsaal gefangen waren. Einige unter erheblichem Quieken. Zuletzt ließen Jerry, Inspector Higgins und Jagdhelfer Brown den kleinen Cedric zusammen mit dem immer noch nicht ganz wiederhergestellten Preußenkönig zu den anderen hinab, um dann selbst einer nach dem anderen dem immer dichter wallenden Rauch im Weihnachtszimmer zu entfliehen.

Inzwischen waren Dutzende rote Feuerwehrfuhrwerke, Leiterwagen und Wassertanks in die Nähe des Brandherdes im Erdgeschoss geschafft worden. Pferde schnaubten nervös, entschlossene Männer in schwarzen Uniformen und mit blitzenden Helmen eilten zwischen Schlauchtrommeln und Pumpvorrichtungen hin und her, brachten Spritzdüsen in Stellung und brüllten Befehle.

»Einen Mantel, Majestät?«, hörte die Queen ein helles Stimmchen fragen und sagte, weil es sie tatsächlich trotz all der Aufwallung ein wenig fröstelte, sofort: »Gerne, mein gutes Kind«.

Erst da bemerkte Victoria, dass die aufmerksame kleine Person, die ihr und den anderen Evakuierten wärmende Kleidungsstücke aushändigte, tatsächlich noch ein Kind war. Gleich danach bemerkte sie, dass der wohltuend kuschlige Stoff, den sie da spürte, ihr eigener Hermelinmantel aus dem Krönungsornat war, der eigentlich hinter schweren Eisentüren in der mehrfach gesicherten Palastgarderobe hängen sollte. Der Oberhofmeisterin hatte das hilfsbereite unbekannte Mädchen den kostbaren Bibermantel ausgehändigt, den ihr diese bärtigen kanadischen Pelzjäger zum Geburtstag geschenkt hatten. Und für Lady Vivian war ein unbezahlbares russisches Bärenfell abgefallen, das einmal dem Zaren Nikolaus I. Pawlowitsch gehört hatte.

»Kennt jemand das Mädchen, das die Mäntel verteilt?«, erkundigte sich die Königin bei ihren Gesellschafterinnen.

»Ich habe sie nie zuvor gesehen.«

»Mir hat sie gesagt, ihr Name sei Emma.«

»Mich hat sie gefragt, ob ich eine Prinzessin sei und zufrieden mit meinem Schicksal.«

Die Königin schüttelte verwirrt den Kopf. Wildfremde Kinder machten sich in ihrem Schloss zu schaffen, ganze Flügel brannten lichterloh, und sie musste sich in höchster Not aus ihrem eigenen Speisesaal abseilen. So konnte das unmöglich weitergehen. Es mussten, wie immer in solchen Fällen, wieder einige schmerzhafte Personalentscheidungen getroffen werden.

Angestrahlt von den zum Glück immer kleiner werdenden Flammen aus dem Paradesaal, geleitete Diener Zacharias die erschütterte Festgesellschaft hinüber zum Nordflügel, wo die Dienerschaft bereits heißen Tee und Cracker vorbereitet hatte. Wilhelm, der nun wieder fast ganz Herr seiner Sinne war, suchte Cedrics Nähe.

»Das war ja wirklich mal eine ganz besondere Weihnachtsfeier«, quäkte der royale Enkelsohn. »Da werde ich daheim eine Menge zu berichten haben. He – was ist denn los mit Ihnen, Nils?«

Cedric war am Boden zerstört und innerlich zerrissen von widerstreitenden Gefühlen. Sein stark ausgeprägter Gerechtigkeitssinn begrüßte den Ausgang des Abends. Aber seine Sehnsucht nach seiner armen Mama Herzlieb und die Hoffnung auf ein Wiedersehen und eine gemeinsame Heimkehr nach New York hatten sich nun endgültig zerschlagen. Er spürte plötzlich den Arm des anderen Jungen auf seinem.

»Sehe ich da etwa Tränen?«, fragte Wilhelm tadelnd.

Cedric wusste nicht, warum er dem kleinen Preußen etwas vormachen sollte. Er nickte stumm.

Aber statt einer Kanonade von Spott nahm der andere ihn tröstend beiseite und klopfte ihm etwas hilflos auf die bebende Schulter.

»Lassen Sie es raus, Nils. Jawohl. Immer raus damit.« Wilhelm kämpfte plötzlich selbst mit den Tränen. »Ich habe auch viel geweint in meinem Leben. Die ganze Sache mit diesem blöden Arm und so. Was die Ärzte so alles angestellt haben, den wieder hinzubekommen! Manches davon hat bestialisch wehgetan. Dabei wollte ich doch nur lieb gehabt werden. Aber das haben sie nicht fertiggebracht. Meine Mutter nicht und auch nicht die Großmama.«

»Das tut mir sehr leid«, schniefte Cedric. »Ich mag Sie, Königliche Hoheit.«

»Danke, Nils. Das ist mächtig anständig von Ihnen.« Wieder ein Schulterklopfen und eine schüchterne Umarmung. »Jetzt ist aber Schluss, sonst denken die Leute noch wer weiß was …«

Und kaum dass seine Tränchen getrocknet waren, erschien plötzlich Jerry und nahm Cedric beiseite.

»Hör mal, mein Junge … Ich hab da mal 'ne Frage. Sie ist ja nun schon eine mächtig stramme Fregatte, deine Lady Vivian. Was meinst du? Ob der alte Jerry vielleicht versuchen sollte, seine Pottacken leewärts mit der Windhutze zu verwarpen?«

»Ich bin mir nicht sicher, ob ich dich verstehe.«

Der Seebär errötete.

»Na, du weißt schon … ob ich für die Lady den Buscherump durch die Panamaklüse chinschen soll …?«

Cedric folgte seinem Blick auf die liebliche Lady, eingehüllt in den russischen Bärenpelz, die jedoch ihrerseits den backenbärtigen Higgins anschmachtete, der mit seinen hochgekrempelten Ärmeln und dem Ruß im Gesicht sehr abenteuerlich und auf rohe Weise attraktiv wirkte.

»Ich fürchte …«, vertraute Cedric seinem seetüchtigen Freund an und räusperte sich. »Ich fürchte die Plankentrosse ist schon mastig mit dem Schlackengatt geschwoit.«

»Was …?«

»Und weiter?«, drängte Paddock. »Was geschah dann?«

»Das war's«, sagte Tom.

»Wie denn – das war's? Das war vor zwanzig Jahren! Wollen Sie etwa allen Ernstes behaupten, zwischen diesem und dem heutigen Heiligabend sei die Zeit stehen geblieben?«

»In gewisser Weise schon«, fand Jerry. »Aber jünger geworden bin ich trotzdem nicht. Manchmal zieht der leewärtige Westwind schon ganz füsselig in der Kieselschotte.«

Er klopfte sich auf seine Knie, und der Konstabler stellte fest, dass der hünenhafte Glatzkopf, obwohl er kräftiger aussah und lauter redete, auch nicht jünger war als er selber. Und er selbst hielt sich schon seit geraumer Zeit für einen ziemlich alten Mann.

»Aber schön war's trotzdem«, erklärte Emma. »Die Zeit ist ziemlich schnell vergangen. Weil es ja so furchtbar aufregend war.«

»Ja, es waren wunderschöne zwanzig Jahre«, bestätigte der junge Mann, der sich Tom Tipton nannte.

»Na ja. Gestatten Sie, dass ich Einspruch erhebe. Für uns war's nämlich gar nicht so schön. Zwanzig Jahre Zuchthaus, schlechtes Essen und harte Arbeit«, wandte Tripe ein. Aber das konnte man ja nach allem, was er und Froggat auf dem Kerbholz hatten, auch wirklich nicht anders erwarten.

»Was habt ihr denn die ganze Zeit gemacht?«, wollte Paddock nun endlich von Tom, Emma und Jerry wissen.

»Wir sind zur See gefahren! Noch am ersten Weihnachtstag haben wir auf einem Schoner namens *Nantucket* angeheuert und waren vor dem Jahreswechsel auf dem Weg nach Boston.«

»Und von dort nach Lissabon und zurück nach Panama. Und weiter um Kap Hoorn nach Tahiti. Und Bombay. Bombay war sehr schön. Wir haben die ganze Welt gesehen. Und ich konnte meine Freundschaften mit den Häuptlingen der Wopslemumkins und der Parromachaweekins wieder auffrischen. Was für ein Spaß! Es war wie früher. Nur viel besser. Ich hatte endlich echte Freunde auf meinen Reisen dabei.«

»Und unterwegs haben wir die tollsten Zirkusnummern entwickelt«, sagte Emma. »Eine Saison hatte ich zwei weiße Walrosse, einmal habe ich mit einem Gnuballett experimentiert. Und wisst ihr noch, die Schildkröten? Mein Gott, die Schildkröten!«

Die Männer lachten so herzlich, dass Paddock mitlachen musste, obwohl er keine Ahnung hatte, was denn mit den Schildkröten passiert war.

»Und jetzt habt ihr das Lama und den Pinguin«, folgerte er.

»Genau. Das ist die Krönung, wirklich. Eine Nummer wie diese hat die Welt noch nicht gesehen.«

»Hallo? Seid ihr hier? *Namaste!*« Draußen in der Winternacht erklangen plötzlich zwei Stimmen, eine männliche und eine weibliche.

»Wer ist denn das jetzt noch?«

»Oh, das sind unsere Freunde aus Kalkutta.«

»Jetzt kommen auch noch Inder?«

»Wie man' s nimmt. Die Königin war ja seinerzeit ein wenig verstimmt über alles, was da an Weihnachten passiert war. Und sie hat die Schuld dafür vor allem Chief Inspector Higgins und Lady Vivian gegeben.«

»Was ja in gewisser Hinsicht auch durchaus richtig ist!«, mischte sich Charlie Froggat ein, der allerdings mit dieser These schon seinerzeit vor Gericht nicht durchgekommen war.

»Die beiden mussten daraufhin England verlassen. Chief Inspector Higgins wurde kurzerhand als Assessor in die Kolonialverwaltung nach Kalkutta abgeschoben, und seine Anträge auf Rückversetzung wurden zwanzig Jahre lang nicht genehmigt. Aber das war nicht so schlimm, denn seine Lady Vivian wich ihm die ganze Zeit nicht von der Seite.«

»Wie überaus romantisch!«

»Sprecht ihr gerade von uns?« Nun wurde es wirklich richtig eng in der Dorfwache von Konstabler Paddock. Der Backenbart des ehemaligen Scotland-Yard-Ermittlers war vom tropischen Klima etwas dünner und ganz grau geworden, und seine einstmals schneidige Figur uferte nun in ein gemütliches Kolonialbäuchlein aus. Aber ansonsten war der ehemalige Chefermittler und jetzige Kolonialoberassessor Higgins in tadelloser Verfassung. Gleiches konnte man über seine bezaubernde Gattin sagen, die sich während ihrer Jahre in Indien für die Lehren des Ayurveda begeistert hatte und gerne in bunten, wallenden Gewändern auftrat und niemals ihren turbanartigen Kopfschmuck ablegte.

»Es ist mir ein Vergnügen, Sie kennenzulernen«, flötete die Lady dem entzückten Konstabler entgegen. Aber als er ihre Hand schüttelte, da zog sie sogleich ihre schmal gezupften Augenbrauen zusammen.

»Strecken Sie mal die Zunge raus«, forderte sie, und er tat wie ihm geheißen, denn er hielt das für eine traditionell indische Begrüßung. »Mir scheint, Sie haben da ein paar offene Fragen in ihrem Verdauungstrakt«.

»Ich habe einen trägen Darm«, bekannte er leicht errötend, denn er war keineswegs daran gewöhnt noch gar darauf erpicht, sein höchst privates Innenleben mit sonderbar kostümierten fremden Frauen zu erörtern.

»Das ist eine nur leichte *Vata*-Störung im Unterleib. Ganz typisches Polizistenleiden. Das bekommen wir aber leicht wieder hin. Tee, Früchtekur, Ölmassagen.«

»Danke, da bin ich aber beruhigt«, sagte Paddock verwirrt und fragte sich, wer in diesem Lande ihm wohl eine Ölmassage würde geben können.

»Wir haben den Wagen dabei«, erklärte Higgins. »Ich schlage vor, wir fahren jetzt alle zusammen nach Schloss Dorincourt.«

»Aber warum denn?« Dem Konstabler war gar nicht wohl bei dem Gedanken, in Gesellschaft dieser auffälligen Truppe aus Ex-Sträflingen, Schamanen und Akrobaten sein warmes Büro zu verlassen. Noch nie war etwas Gutes dabei herausgekommen, wenn kleine Polizisten sich mit solchen Leuten eingelassen hatten. Und schon gar nicht mitten in der Nacht. Mitten im Winter. An Heiligabend.

»Können wir nicht vielleicht warten, bis es wieder hell ist?«, fragte er.

»Aber es hieß ausdrücklich, wir sollten heute Nacht auf das Schloss kommen«, drängte Emma.

»Wo hieß es das?«

»In dem Brief, den jeder von uns bekommen hat. Hatten wir das nicht erwähnt? Hier …«

Sie händigte dem Dorfpolizisten einen mehrfach gefalteten und bereits arg zerknitterten Brief aus, auf den jemand mit sauberer Handschrift vermerkt hatte:

Juckelspinne Oberlinge Flockensuppe Nagelpuppe
Zischeldapp Papperlapp. Huckepacke Hundekacke

»Reimsprache, Geheimsprache«, stellte der Polizeibeamte sachverständig fest. »Und was soll das nun heißen?«

»Es heißt, dass wir heute Abend aufs Schloss kommen sollten, denn da gebe es eine schöne Bescherung. Treffpunkt sei die Polizeiwache von Erleboro.«

»Das ist ja unerhört! Meine schöne Wache heißt also im Reimcode *Hundekacke*?«

»Nein, *Nagelpuppe.*«

»Aha. Und jeder von Ihnen hat solch ein anonymes Schreiben erhalten?«

»Ja. Nur in meinem Brief steht *Flockensuppe, Fluppenschnuppe*«, sagte Tom Tipton und zeigte ihm zum Beweis sein Schreiben. »Statt *Flockensuppe Nagelpuppe.*«

Paddock wurde schwindlig. »Fluppensuppe? Und was heißt das?«

»Dass ich zuerst ins Schloss kommen sollte.«

»Und da waren Sie auch, bevor Sie zu mir kamen …«

»Ja. Und dort attackierte mich der Hausherr, also dieser Lord Fauntleroy, mit einem langen Spieß, so dass ich mir nicht zu helfen wusste, als meine Waffe zu ziehen und auf ihn zu schießen.«

»Verstehe. Hat er irgendwas gesagt, als er mit dem Spieß auf Sie losging?«

»Ja. Er schrie: Verschwinde aus meinem Haus! Ich bin Lord Fauntleroy und sonst niemand! So kam ich drauf, dass er wohl der Earl von Dorincourt war. Ich hatte ihn ja zuvor nie gesehen.«

»Und dann haben Sie ihn erschossen.«

»In Notwehr! Und bin dann schnell weggerannt.«

»Geschossen haben Sie mit dieser Waffe da?«

»Ja, mit dem Lama-Revolver.«

Paddock ließ sich das fragliche Schießeisen aushändigen und inspizierte es streng.

»Verstehe«, sagte er. »Das ist aber nur eine Schreckschusspistole. Damit kann man niemanden erschießen.«

»Oh, da bin ich aber erleichtert«, sagte Tom.

Aber Emma strafte den Beamten mit einem spitzen Blick.

Dies war eine Information, die nicht für die Ohren des Lamas bestimmt war, das stets Respekt vor dem Revolver gezeigt hatte. Nun würde Felicitas sich womöglich noch schlechter benehmen und vielleicht sogar wieder anfangen zu spucken. Das hatte schon früher zu vielen hässlichen Zwischenfällen geführt.

Paddock resümierte: »Und keiner von Ihnen kann sich vorstellen, wer die geheimnisvollen Briefe geschrieben hat und warum Sie alle heute hierherkommen sollten?«

»Ich dachte, es handle sich um eine Art nostalgische Weihnachtsfeier«, bekannte Chief Inspector Higgins, dessen kriminalistischer Spürsinn in der langen Zeit als Kolonialassessor im stickigen indischen Klima nicht gerade schärfer geworden war. »*Zischeldapp Papperlapp* heißt doch so viel wie: freundliche Erinnerungen austauschen.«

»Ganz falsch«, korrigierte ungeduldig der ehemalige Gangsterkönig Wickham alias Charlie Froggat, dem die Reimsprache viel geläufiger war. »*Quickelklapp Papperlapp* heißt freundliche Erinnerungen austauschen. *Zischeldapp Papperlapp* heißt: Ihr werdet euch ziemlich wundern und hinterher eine Menge zu erzählen haben.«

»Ach so. Na ja. Aber sollten wir nicht wirklich langsam aufbrechen?«

Und schon stürmten alle hinaus zu der vierspännigen Kutsche, die im tiefsten Schnee wartete, und kletterten hinein.

Nur für Tripe, Froggat und den Sozialarbeiter Freckles Pinpicker war drinnen kein Platz mehr. Sie klammerten sich auf der Rückseite an das Gestänge eines Koffergestells. Jerry, der viele Talente hatte, manche davon verborgen, nahm auf dem Kutschbock Platz und dirigierte die Pferde durch die Nacht. Felicitas und

Fred, gefolgt von dem hechelnden Terrier Toddy, trotteten hinterdrein.

Nach zehn Minuten bogen sie in die lange Allee ein, die schnurgerade durch den Park zum herrschaftlichen Schloss führte. In nur einem Fenster des mächtigen Gemäuers brannte noch Licht.

Es gehörte dies aber zum gräflichen Rittersaal, in welchem vor langer Zeit die ganze Tragödie mit einem harmlosen Baseballspiel begonnen hatte …

20. Kapitel

Im Schloss von Dorincourt kommt es zu einer unschönen Konfrontation und zur lange fälligen Abrechnung.

Im Rittersaal, wo vor vielen Jahren mit einem harmlosen Baseballspiel die Dorincourt'sche Tragödie begonnen hatte, brannte auch zu dieser späten Stunde noch Licht. Auf jenem wuchtigen Stuhl, den einst der alte Graf so würdevoll ausgefüllt hatte wie andere ihren Thron, hockte quicklebendig und mit verkniffenem Gesicht Cedric Errol, der junge und falsche Earl von Dorincourt. In seiner Rechten hielt er noch immer jenen Spieß, mit dem er am frühen Abend den unverhofften Besucher angegriffen hatte.

»Sie sagen mir jetzt auf der Stelle, was dieser Kerl hier wollte!«, fuhr der Lord seinen greisen Sachwalter an, den klapprigen Mr. Havisham, der seit nunmehr sechzig Jahren die Interessen des Hauses auf allen Ebenen und in allen Instanzen vertrat. »Er stellte sich als Tom Tipton vor. Aber das kann nicht sein. Ich bin doch der wahre Tom Tipton. Wer war also dieser impertinente Clown?«

Mr. Havisham lehnte am Fenster und spähte hinaus in die Nacht. Ein lieblos geschmückter Tannenbaum stand zerrupft im Raum und bot keinen besonders erbaulichen Anblick. Weihnachtlicher Geist, Jauchzen und Frohlocken spielten in diesem Schloss schon lange keine Rolle mehr. Dorincourt war der Mittelpunkt eines dunklen und freudlosen Reiches, in dem der eitle Junggraf mit eiserner Hand und erschreckender Willkür herrschte. In seinen Ländereien ackerten die armen Pächter jahrein, jahraus, um die horrenden Zinsen zu bezahlen, die ihnen ihr Herr auferlegt hatte. In seinen Bergwerken und Fabriken schufteten Frauen und Kinder und blinde Ponys unter menschenunwürdigen Bedingungen für Hungerlöhne. Er besaß ausgedehnte Plantagen in Übersee, wo Sklaven Zuckerrohr und Tabak ernteten. In seinem Besitz befanden sich Banken, die säumige Schuldner gnadenlos pfändeten und sogar hinter Gitter brachten. Er unterhielt in allen großen Städten bejammernswerte Mietskasernen, in denen die Bewohner erkrankten und früh dahinschieden. Und er zog im Oberhaus politische Fäden, die seine dunklen Geschäfte begünstigten, und schreckte auch vor Invasion, Krieg und Umsturz nicht zurück. Weiter und weiter wuchs seine unheimliche Macht, und niemand konnte ihn aufhalten, und nichts konnte ihn irritieren. Bis heute plötzlich dieser blonde Clown mit dem idiotischen Grinsen vor seiner Tür aufgetaucht war.

»Ich kann mir sein Erscheinen hier nicht erklären«, murmelte Mr. Havisham. »Ich dachte, er sei vor vielen Jahren unter eine Kutsche gekommen und tot. Jemand scheint sich einen schlechten Scherz mit uns zu erlauben.«

Der junge Earl, dessen abstoßendem, fast ordinärem Gesicht jede liebenswerte Neigung abging, schnaufte ihn herausfordernd an.

»... einen Scherz mit uns – *und ...?*«

»Was wollen Sie denn von mir?«

»… einen Scherz mit uns – *UND?*«, schrie der falsche Lord und sprang äußerst erregt auf.

»… einen Scherz mit uns, MYLORD!«, brüllte er wie von Sinnen. »MYLORD müssen Sie sagen, Sie verschrumpelte Hirnqualle. Sie haben mich gefälligst standesgemäß anzusprechen!«

»So beruhigen Sie sich doch, Mylord. Ihre Nerven liegen blank«, sagte der Advokat und blickte lieber wieder hinaus in die Nacht statt auf den schäumenden Randalierer, dem er vor einundzwanzig Jahren den Weg zur Lordschaft geebnet hatte. Dies war, wie er seit einiger Zeit mit einiger Zerknirschung dachte, vermutlich der größte Fehler seines Lebens gewesen.

»Er hat mit einem Revolver auf mich geschossen«, meckerte der falsche Lord Fauntleroy. Er ließ indes unerwähnt, dass er den Unbekannten mit dem Spieß eines der dekorativen Ritter attackiert hatte.

»Aber er hat nicht getroffen«, entgegnete Mr. Havisham und setzte lautlos hinzu: »… leider.«

Dem betagten Advokaten war das Leben im Dienste des jungen Ausbeuters und Despoten zur Last geworden. All die Reichtümer, die auch er in den Jahren angehäuft hatte – nicht zuletzt die wertvollen Aktien aus dem Tresor der Lady Lorridaile –, bedeuteten ihm nichts mehr. Längst wusste er, dass der Earl ihn aufs Altenteil schieben und entmachten wollte. Aber auch für den Anwalt war das plötzliche Auftauchen des jungen Mannes, der sich Tom Tipton nannte, zunächst ein großer Schock gewesen. Womöglich würden unliebsame alte Geschichten wieder aufgewärmt. Womöglich hatte er selbst damals die eine oder andere Dummheit begangen, die auch heute noch justiziabel war. Niemandem war daran gelegen, die Vergangenheit zu durchleuchten.

Schon gar nicht seine.

Oder etwa doch?

»Guten Abend, Gentlemen. Ach ja. Frohe Weihnachten wünsche ich …«

Die tiefe kratzige Stimme ließ ihn herumfahren, und der Lord, der sich wieder in seinen Stuhl hatte sinken lassen, schloss reflexartig den Griff um den Spieß fester und blickte ebenfalls in Richtung Tür, wo ein schwarz gekleideter Fremder mit Stiefeln und in langem Mantel erschienen war wie ein Geist. Im Schatten seines breitkrempigen Hutes war kein Gesicht zu erkennen. Erst als er langsam seinen Kopf hob und eine breite Nase voller Krater zum Vorschein kam, da dämmerte Mr. Havisham, dass jene Stunde näher rückte, von der er immer geahnt hatte, dass sie kommen würde. Viele Jahre lang hatte er jeden Gedanken daran weggewischt und keine Angst zugelassen. Aber jetzt war er da – der Augenblick der großen Abrechnung.

»Mumford Barnaby«, flüsterte er. »Sie sind also doch am Leben.«

»Das will ich meinen«, sagte der Privatdetektiv und kam langsam näher. »Berichte über mein Ableben habe ich stets mit Interesse verfolgt. Sie waren allesamt krass übertrieben.«

»Was führt Sie hierher? Haben Sie immer noch keine Familie, mit der Sie Weihnachten feiern können?«

»Das ist leider richtig. Meine arme Mutter ist längst gestorben und hat ihr Truthahnrezept mit ins Grab genommen. Deswegen habe ich mir erlaubt, zum diesjährigen Fest einige nette Menschen auf Ihr Schloss zu bitten, verehrter Earl von Dorincourt.«

»Was sollen das für Leute sein?«, schnarrte der böse Lord. »Und wer sind Sie überhaupt?«

»Oh, verzeihen Sie meine schlechten Manieren. Ich war wohl

zu lange in Amerika. Vielleicht erinnern Sie sich an mich. Ich war derjenige, der Sie vor langer Zeit im Hafen von Liverpool daran gehindert hat, das Schiff nach New York zu besteigen. Stattdessen habe ich Sie hierhergebracht.«

»Ich erinnere mich nicht«, sagte der Lord missmutig. Tatsächlich hatten der ausgiebige Genuss von alkoholischen Getränken und ein unsteter Lebenswandel schon in jungen Jahren einige schwarze Löcher in seinem Gedächtnis hinterlassen.

»Das sollten Sie aber«, sagte Barnaby kühl. »Denn Sie sind kein Lord, und Sie gehören nicht in dieses Schloss. Das findet zumindest mein Auftraggeber. Und er hat beschlossen, die Sache nun endlich richtigzustellen.«

»Wovon redet der Kerl, Havisham?«, rief der falsche Lord rebellisch, aber den Anwalt interessierte etwas ganz anderes.

»Wer ist denn Ihr Auftraggeber, Barnaby? Doch nicht etwa tatsächlich dieser geheimnisvolle anonyme Eisenbahnmagnat, der Sie angeblich eingestellt hat?«

»Nein, der ist leider auch gestorben. Aber vor seinem Tod hat er mich einem seiner engen Freunde aus dem Club der Milliardäre weiterempfohlen. Und in dessen Auftrag habe ich dieses Treffen einberufen. Er hat übrigens sein Vermögen im Einzelhandel gemacht.«

Havisham grübelte, wer das wohl sein könnte. Aber er kam zu keinem Ergebnis.

»Sie haben ihn einmal kennengelernt.« Der Detektiv lachte. »Ein sehr fleißiger und findiger Geschäftsmann. Hat aus einem einzelnen Spezereienladen in New York ein ganzes Handelsimperium gemacht.«

»Mr. Hobbs!«

»So ist es. Seine Ladenkette *Hobbsmart* ist der unangefochtene Marktführer mit fünfhundert Filialen. Neulich kam ich mit ihm ins Gespräch und erzählte ihm von meiner Vergangenheit als Privatdetektiv in London. Als die Rede auf den kleinen blonden Tom Tipton kam, der in die Slums geschickt wurde und dann später seine Tante Constantia ausraubte, wurde er sehr hellhörig. Er hatte sich schon lange gefragt, warum sein alter Freund Ceddie sich nie wieder gemeldet hatte. Er hatte vermutet, der Junge sei unter dem schlechten Einfluss der britischen Aristokratie zu einem fiesen Snob geworden. Und er war zu Tränen gerührt, als ich ihm die ganze Geschichte erzählt hatte. Und er beschloss, etwas zu unternehmen.«

Der falsche Lord wurde immer unruhiger.

»Machen Sie, dass dieser Typ hier verschwindet, Havisham. Ich will ihn nicht mehr sehen. Los, tun Sie was!«

»Nicht doch, Eure Lordschaft«, entgegnete der Advokat. »Die Sache fängt gerade an unterhaltsam zu werden.«

Fauntleroy witterte Verrat, während er zwischen den beiden älteren Herren hin und her schaute. Seine Erregung und sein Zorn wurden stärker und stärker, sein Kopf wurde rot und röter, bis er schließlich aufsprang und den Fremden mit dem Ritterspieß bedrohte.

»Verschwinden Sie! Ich will Sie nicht auf meinem Schloss haben!«

»Das ist aber gar nicht Ihr Schloss, Mr. Tipton. Und es wird Zeit, dass Sie sich an diesen Gedanken gewöhnen.«

Mit einem wüsten Schrei schleuderte der böse junge Mann das spitze Wurfgeschoss auf den Detektiv. Doch dieser war trotz seiner fast siebzig Jahre ein wendiger Mann, so dass er elegant wie ein Torero mühelos dem heranschwirrenden Spieß auswich. Wie ein Hammer schlug der Speer in die Tür ein, die eine Sekunde später von außen geöffnet wurde. Ein Diener steckte schreckensbleich den Kopf herein.

»Verzeihen Sie, Mylord, erwarten Sie Gäste zum Feste?«

»Nein, verdammt!«

»Unten vor der Tür steht allerhand Gesindel und verlangt Einlass. Ein Polizist ist auch dabei. Sie sagen, sie seien eingeladen. Sie haben auch ein struppiges Zottelvieh und einen zwergwüchsigen Butler im Frack dabei.«

»Das ist gar kein Butler. Das ist ein kappadokischer Pinguin«, korrigierte Barnaby.

»Jagen Sie das Pack fort!«, verlangte der Hausherr, dem langsam mulmig zumute wurde. Das war keine Weihnachtsüberraschung, wie er sie sich wünschte. Das war ein Überfall.

»Ich fürchte, dazu ist es nun zu spät«, sagte der Diener mit einem schafsähnlichen Gesichtsausdruck, als hinter ihm die Besuchergruppe aus der örtlichen Polizeiwache den Raum betrat. Voran schritt Konstabler Paddock, seinen beachtlichen Bauch wie eine Tonne vor sich hertragend.

»Guten Abend«, verkündete er optimistisch in das eisige Schweigen, das sie empfing.

»Gott sei Dank – er lebt!«, sagte der falsche Tom Tipton, als er den echten erblickte. »Ich hätte mir nie vergeben, wenn ich ihn erschossen hätte.«

»Da können wir ja alle erleichtert sein …«

Mit diesen Worten löste sich Mr. Havisham aus dem Schatten. Das Kerzenlicht tanzte unheimlich in seinem von Falten und Arglist zerfurchten Gesicht. Mochte er auch im echten Tom Tipton, dem falschen Cedric Fauntleroy, seinen Meister in Sachen Bosheit gefunden haben, vor dem falschen Tom Tipton, dem echten Lord Fauntleroy, wollte er sich keinesfalls klein machen.

Ihn hatte er nach wie vor in der Hand, ihn konnte er kontrollieren. Seine wieselflinken Blicke huschten zwischen dem jungen Mann und dem dicken Polizisten hin und her, als wollten sie ihn warnen, bloß nicht zu viele Geheimnisse preiszugeben.

»Nicht wahr, junger Mann«, sagte er mit drohendem Unterton. »Das wäre wirklich zu hässlich gewesen. Noch ein weiterer Mord in diesem friedlichen Haus.«

Unausgesprochen lag die Drohung im Raum, die Cedric all die Jahre in Angst gehalten hatte. Die Drohung, dass er und seine geliebte Mutter am Galgen landen könnten.

»Da soll mich doch der Klabautermann am Düsseldopp dreimal kielholen – das ist doch mein alter Nachbar, Detektiv Barnaby!«

Nun hatte Jerry den Besucher in Schwarz erkannt und begann langsam – sehr langsam – gewisse Zusammenhänge herzustellen. Und auch Chief Inspector Higgins erlebte ein kleines Déjà-vu.

»Rechtsanwalt Havisham, wenn ich mich recht entsinne«, sagte er. »Gut, dass ich Sie wiedersehe. Ich hätte noch einige Fragen an Sie, was den Einbruch bei der alten Dame, Lady Lorridaile, angeht. Sie waren damals so plötzlich verschwunden. Aber wie erklären Sie sich, dass der Tresor leer war und die Aktien gestohlen, obwohl der Junge doch gar nichts mitgenommen hatte. Es muss also ein anderer die Wertpapiere gestohlen haben. Und da bleiben eigentlich nur Sie übrig …«

»Ich weiß nicht, wovon Sie reden«, wehrte der Anwalt ab. Umso gesprächiger wurde Charlie Froggat:

»Dann will ich deiner Erinnerung mal auf die Sprünge helfen. Du hast mir den Jungen geschickt, um mit seiner Hilfe die alte Lady ausrauben zu können.«

»Ich kenne Sie gar nicht. Und es gibt für derartige Anschuldigungen auch keinen Beweis!«, sagte der Jurist selbstgewiss.

»Und was ist das hier? Ist das nun deine Handschrift oder nicht?« Froggat zog aus seiner Jacke einen zerknitterten Zettel heraus, mit dem Havisham damals den kleinen Cedric auf seine lange Reise geschickt hatte, und las genüsslich vor:

„Zickenbacke Wickenwurz, Protzverzottel Bockfurz.
Quackebacke, Schnutenpute, Heckenhacke. Angelrute.«

»Reimsprache, Geheimsprache«, schnaubte Mr. Havisham. »Das versteht doch kein vernünftiger Mensch.«

»O doch. Da steht: *He, alter Bockfurz. Nimm diesen amerikanischen Jungen für ein paar Wochen bei dir auf. Er hat eine reiche Tante in London, die wir ausnehmen können. Da ist eine Menge Geld für uns alle drin. Danach werden wir ihn auf unauffällige Art und Weise beseitigen. Warte auf weitere Instruktionen.*«

Inspector Higgins wurde hellhörig.

»Tatsächlich? Ich dachte, da stünde so was wie: Dieser amerikanische Junge ist so nutzlos wie ein Bockfurz, und er redet viel zu viel. Halte ihn auf jeden Fall von der Londoner Polizei fern und warte auf weitere Instruktionen.«

»Nein. Ganz falsch. *Quackebacke* heißt *reiche Tante.*«

»Ich dachte, es hieße *von der Polizei fernhalten.*«

»Darum nennt man es ja Geheimsprache«, stellte Alfred Tripe trocken fest. »Weil sie nicht jeder versteht.«

Nun erhob sich, zitternd vor Zorn, der Hausherr, dem diese Auseinandersetzung immer weniger gefiel, und kam drohend auf die bunte Truppe am Eingang zu.

»Verlassen Sie auf der Stelle mein Schloss!«, grollte er. »Sie verderben mir das Weihnachtsfest, und ich werde dafür sorgen, dass Sie das bitter bereuen. Ich lasse Sie alle einsperren. Raus! Weg! Verschwinden Sie!«

Die letzten Worte schrie er hinaus.

Wenn es eines gab, das Felicitas zur Weißglut bringen konnte, dann waren es unbeherrschte und laute Menschen. Gegenüber der Spezies Mensch im Allgemeinen hatte sie in ihrem Herzen nichts als eiskalte Verachtung. Aber gegen die Schreihälse und Drängler dieser Spezies verspürte das selbstverliebte Tier einen brennenden Hass. Und das äußerte sich in Momenten wie diesem, als sie, ohne lange nachzudenken, eine gewaltige Ladung saftiger Lamaspucke, die sich schon seit einiger Zeit des meditativen Wacholderwurzelkauens in ihrem Maul gesammelt hatte, mit einem schnellen und gezielten Schwall mitten in das hassverzerrte Gesicht des jungen Unholdes spritzte, der von der Wucht des Rotzgeschosses hintüberfiel und regungslos auf dem kalten Steinfußboden liegen blieb.

Konstabler Paddock ging die ganze Sache hier deutlich zu schnell, und er begriff immer weniger, wer hier nun mit wem welche Rechnung offen hatte. Aber es wollte ihm scheinen, als liefen wenn nicht alle, so doch sehr viele Fäden bei diesem zwielichtigen Anwalt zusammen, weswegen er mit donnernder Stimme erklärte: »Mr. Havisham, Sie sind hiermit festgenommen.«

»Ich? Wieso ich? Nehmen Sie ihn fest! Er ist an allem schuld!« Der alte Advokat deutete auf den hilflosen echten Cedric, der vor Schreck wie versteinert dastand. »Er und seine Mutter haben den alten Earl ermordet.«

Nun war es heraus. Nun musste über ihm die Welt einstürzen

und der Boden sich unter ihm auftun. Nun war sein Schicksal besiegelt. Dieser Heilige Abend würde also für ihn zum Schicksalsabend, dachte Cedric. Aber nichts geschah. Paddock war von der Anschuldigung des Advokaten völlig unbeeindruckt.

»Das war nur ein hässlicher Sportunfall und kein Mord. Sie haben den armen Jungen die ganze Zeit falsch beraten und sich mit Hilfe dieses bewusstlosen Hochstaplers hier ein Vermögen erschlichen. Und sobald er aufwacht, nehmen wir ihn auch mit. Im Kittchen ist ein Zimmer für sie beide frei. Wenn Sie meine Meinung hören wollen: Sie sind ein ganz lausiger Anwalt.«

»Pfui Teufel!«, rief Emma. »Wie kann man nur so gemein sein?«

»Ich würde ihm liebend gerne den Plackenpfosten durch den Süveldong bretzen«, drohte Jerry, und selbst die friedfertige Lady Vivian funkelte den alten Mann aus ihren wunderschönen Augen böse an.

»Wo ist meine Herzlieb?«, fragte mit tränenerstickter Stimme der große Lord.

Havisham machte eine müde Kopfbewegung in Richtung einer geschlossenen Tür, die in die gräflichen Privatgemächer führte. Sofort stürzte Cedric los und riss jede einzelne Tür in dem langen, dunklen Korridor auf, immer wieder den Kosenamen seiner Mutter rufend.

Im dritten Zimmer rechts fand er sie.

Mrs. Errol saß wie immer in ihrem Stuhl am Kamin, vertieft in eine anspruchsvolle Häkelarbeit, mit der sie schon seit vielen Jahren befasst war, und blickte erstaunt auf, als der junge Mann in der Tür erschien. Sie war genauso schön wie damals. Das fein geschnittene liebe Gesicht war unverändert voller Wärme und Verständnis. Die Haare waren noch immer streng zusammengebunden zu einer züchtigen Hochfrisur. Nur waren sie nun durchzogen von mehreren grauen Strähnen.

»Herzlieb?«, vergewisserte Cedric sich und streckte seine Hand aus.

Und es war dieses eine Wort, das die lange verschlossene Kammer ihrer Erinnerung mit einem Mal öffnete und den Schleier der Verwirrung von ihrer Seele riss.

»Mein Cedric!« Sie erhob sich, und da lag ihr Sohn schon in ihren Armen, und sie streichelte seinen Kopf.

»Da bist du ja wieder, mein Herzenskind«, flüsterte sie. »Ich habe so lange auf dich gewartet. Aber ich wusste, dass du wiederkommen würdest. Mein lieber kleiner Ceddie …«

Im Türrahmen standen die Freunde, Tränen der Rührung leuchteten in ihren Augen. Sie seufzten und nahmen sich ergriffen bei den Händen. Ein langer, langer Irrweg war endlich zu Ende. Ein lange verwehrtes Glück war endlich zurückgekommen. Nichts würde die beiden mehr trennen. Selbst das misanthropische Lama senkte den Blick und war für einen Moment froh, dass es diesen besonderen Augenblick miterleben durfte.

Vorsichtig zog Konstabler Paddock die Tür zu und flüsterte: »Frohe Weihnachten …«

Und unter erlösten Schluchzen hörte er die Stimme von Cedric Fauntleroy, dem neuen Earl von Dorincourt, der zurückflüsterte: »… und allen Menschen überall ein frohes, gesegnetes Weihnachtsfest.«

Epilog

Es war, als seien all die Jahre nur ein flüchtiger Hauch der Zeit gewesen. Ein Blinzeln nur, und alles war wie früher. Wer sie da zusammen am Kamin sitzen sah oder sie beobachtete, wenn sie gemeinsam durch den tief verschneiten Schlossgarten spazierten, der mochte meinen, Mutter und Sohn seien in den vergangenen einundzwanzig Jahren nicht einen einzigen Tag getrennt gewesen.

»Das waren wir ja auch nicht«, erklärte der junge Lord voller Inbrunst. »Ich habe jeden Tag an Herzlieb gedacht, jeden Abend vor dem Einschlafen mit ihr geredet und jede Nacht von ihr geträumt.«

Und Mrs. Errol lächelte beseelt, schloss die Augen und war unendlich dankbar, dass sie den Faden ihrer Erinnerung so fest und liebevoll wieder anknüpfen konnte, als hätte der treue Jerry einen seiner berühmten Flämischen Achtknoten hineingedreht.

Nach Weihnachten waren viele Aufgaben zu erledigen, viele Gespräche zu führen und viele Erklärungen abzugeben. Es mussten Vorkehrungen getroffen, Maßnahmen ergriffen und Vernehmungen durchgeführt werden.

Besonders schwierig gestaltete sich dabei der Umgang mit Tom Tipton. Der falsche Lord hatte, wie schon andere vor ihm, bei seinem Sturz auf die harten Bodenplatten des Rittersaales einige traumatische Schäden zurückbehalten und war jetzt und für absehbare Zeit zu keiner belastbaren Aussage in der Lage. Er kicherte vielmehr in einem fort und sagte immer wieder: »Hihihi, Lama, Lama, spuck, spuck, hihihi.«

Er fiel somit als Zeuge in dem landesweit beachteten Gerichtsverfahren aus und konnte die Geschichte des Mr. Havisham nicht bestätigen, nach welcher er und er allein der rechtmäßige Erbe des gräflichen Vermögens und Titels war. Dafür beharrte der Detektiv Barnaby auf seiner Aussage, den falschen Lord damals im Hafen von Liverpool entführt und nach Dorincourt gebracht zu haben. Und das im Auftrag des Mr. Havisham, der sich davon persönliche Vorteile versprochen hatte. Das reichte für eine saftige Haftstrafe, die Aberkennung seiner Anwaltslizenz und die Einziehung seines nicht unbeträchtlichen Vermögens in den neu gegründeten *Fauntleroy-Fonds*.

Der *Fauntleroy-Fonds*, den der junge Lord gleich im Januar gründete und dem er und seine Freundin und spätere Ehefrau Emma Gräfin Fauntleroy vorstanden, war das weltweit erste und für lange Zeit größte Wohltätigkeitsunternehmen, dessen Ziel es war, die Leiden der Armen zu lindern und ihnen alle Möglichkeiten eines würdigen Lebens und der gesellschaftlichen Teilhabe zu eröffnen.

Wenn man dem fiesen, falschen Lord Tom Tipton und seinem listigen Anwalt für eines danken musste, dann für die Vervielfachung des gräflichen Vermögens. Und wenn dies auch zumeist durch übelste Ausbeutung geschehen war und ihr ganzer Reichtum mit den Tränen, dem Schweiß und auf den gebeugten Rücken geschundener Arbeiter, Bauern, Mieter und Angestellter verdient worden war, so war es nun ein gewaltiges

Vermögen, das der edle, echte Cedric Lord Fauntleroy mit beiden Händen an die Mittellosen zurückgeben konnte. Viele begüterte Aristokraten fanden die Idee gut und spendeten reichlich. Und auch Cedrics alter Freund Mr. Hobbs, der milliardenschwere Gründer und Besitzer von *Hobbsmart*, überwies aus Amerika regelmäßig beträchtliche Summen, die Cedric zu vielfältigen wohltätigen Zwecken einsetzte.

Wohnungen, Hospitäler, Waisenhäuser ließ die Stiftung bauen. An Schulen, Universitäten und Pflegeheimen prangten die Messingschilder mit der Aufschrift: *»Ein Geschenk des Fauntleroy-Fonds. Möge das Glück einziehen und immer in diesen Mauern wohnen bleiben.«*

Kriegswitwen und die Opfer von Arbeitsunfällen, Kranke, Behinderte und Alte bekamen Unterstützung, neue Arbeit, neue Freunde und neue Hoffnung. Fortbildungskurse oder Ferien am Meer, Beinprothesen oder Rechtsbeistand, Sehhilfen oder Gehhilfen – überall, wo Not herrschte oder auszubrechen drohte, ließ ein milder, warmer Regen aus der Gießkanne der gräflichen Güte neue Blumen der Besserung sprießen.

Im Präsidium des *Fauntleroy-Fonds* saßen auch Jerry, Charlie Froggat und Freckels Pinpicker, die sich aus erster Hand gut mit Not und Elend vor allem im Osten Londons und in der Umgebung des Hafens auskannten. Alfred Tripe, der in seiner grenzenlosen Dummheit schon wenige Wochen nach dem vielversprechenden Neuanfang beim Klauen im Kaufhaus erwischt worden war, kam als einer der Ersten in den Genuss des Resozialisierungsprogramms für rückfällige Straftäter des *Fauntleroy-Fonds*.

Der ehemalige Kolonialassessor Higgins und seine Frau, Lady Vivian, bezogen einen Ashram auf dem weitläufigen Gelände von Schloss Dorincourt, wo sie Yogakurse abhielten und einen schwunghaften Versandhandel mit ayurvedischen Kräutern aufzogen, dessen Einnahmen zu hundert Prozent in den Fonds flossen.

Pinguin Fred kehrte zurück in seine alte Heimat, nach Kappadokien, wo er in eine abgelegene Felsenhöhle einzog und sich für den Rest seines Pinguinlebens in Ruhe und mit großer Sorgfalt putzte.

Das Lama Felicitas aber nahm sich eine teure Stadtwohnung in Belgravia, unweit des Hauses der seligen Lady Lorridaile, es blickte mit großer Verachtung auf seine Nachbarn herab und trat nie wieder im Zirkus auf.

Königin Victoria regierte noch viele Jahre und fragte sich immer dann, wenn sie einen Weihnachtsbaum sah, was wohl aus dem kleinen Jungen geworden war, der damals kurz im Schloss gewohnt hatte. In jenem Jahr, als das große Feuer ausgebrochen war. Oder war es im Jahr davor? So gut war ihr Gedächtnis auch nicht mehr.

Ihr unleidlicher deutscher Enkel Wilhelm, für den sie nichts Gutes prophezeit hatte, zettelte tatsächlich einen schrecklichen Krieg an und starb einsam in Holland.

Konstabler Paddock aber versah noch drei Jahre pflichtbewusst und unauffällig seinen Dienst in der Polizeiwache von Erleboro, um dann endlich seinen wohlverdienten Ruhestand anzutreten. Danach sah man ihn oft mit seinem Terrier Toddy beim Forellenangeln oder, vor einem Bierchen sitzend, im *Dorincourt Arms*, wo er manchmal und sehr zur Freude der anderen Gäste eine Weihnachtsgeschichte zum Besten gab, die von einem ekelhaften Grafen, seinem seelenlosen Anwalt und einem echten kleinen Lord handelte.

Es war eine sehr wundersame Geschichte. Und so richtig glauben wollte sie eigentlich niemand.

Aber schön war sie trotzdem …

Der kleine Lord und die große Sehnsucht

Jedes Mal denke ich: »Nein! Diesmal nicht! Entweder ich schaue mir die x-te Wiederholung gar nicht erst an oder wenn doch, dann wenigstens ohne die übliche Gefühlsaufwallung!« Das ist ja peinlich. Ein erwachsener Mann – und bricht schluchzend zusammen, wenn der fiese alte Graf zum liebenden Großvater mutiert!

Und dann sitze ich doch wieder gerührt vor dem Bildschirm, überwältigt von diesem herrlichen Kitsch, dem Sieg der Unschuld über die Ungnade, der Liebe über die Gefühlskälte und der Güte über die Gicht.

Der Klassiker vom kleinen Lord gehört als Fernsehspiel mittlerweile zu unserer Weihnachtsfolklore wie Tannenbaum und Zimtgebäck, denn er erfüllt auf wohlig-warme Weise unsere große Sehnsucht nach einer heilen Welt, nach familiärer Nähe, Versöhnung und braven, dankbaren Kindern.

Und weil der kleine Cedric so unverbesserlich gut und nett ist, begann ich mich – wohl irgendwann nach der neunten oder zehnten Wiederholung – zu fragen, was wohl aus ihm geworden sein mag.

Blieb er weiterhin so blauäugig, herzlich und hilfsbereit? Oder verwandelte ihn der gräfliche Wohlstand in einen Snob? Wurde er ein smarter Playboy? Oder ließen ihn die unvermeidlichen Brüche des Lebens zu einem Zyniker werden, so wie den alten Earl?

Wem keine Antwort gegeben wird, der muss sich selbst eine ausdenken. Daher beschloss ich – es war wohl nach der dreizehnten Wiederholung –, den kleinen Cedric zu adoptieren und ihn aus dem wohlbehüteten Haus seiner Schöpferin Frances Hodgson Burnett (1849–1924) und der sicheren Umgebung des Schlosses Dorincourt ins »feindliche Leben« zu führen. Ich gab ihm Widersacher (der Geist von Mr. Havisham möge mir verzeihen) und neue Freunde, setzte ihn allerlei Gefahren und scheinbar unüberwindlichen Hindernissen aus. Nur um eines bat ich ihn: Ich wollte nicht wieder so viel weinen müssen, sondern auch mal herzlich lachen … und siehe da: Er hat mich nicht enttäuscht.

Raymond A. Scofield